おいしくて泣くとき

森沢明夫

ハルキ文庫

角川春樹事務所

目次

本文デザイン　藤田知子

おいしくて泣くとき

プロローグ

雨、降らないといいな――。

糊《のり》の効いた白いシーツの上に横たわったわたしは、枕《まくら》の上で頭を転がして、窓の外に広がる空を見上げていた。

朝のうちは、まだ春めいた青空が広がっていたのに、昼が近づくにつれて黒い雲が張り出してきた。雨が降るのは時間の問題だろう。

テレビ台に置いたレトロなデザインの目覚まし時計を見る。

もうすぐ長針と短針が真上を向いて重なろうとしていた。

そろそろ、起き上がらないとね……。

胸のなかでつぶやいてはみたものの、どうにも身体《からだ》がだるくて言うことを聞いてくれない。まるで全身の毛細血管にびっしりと粘土が詰まってしまったようだ。

それでも「ふう」とひとつ息を吐いて、無理やり身体を起こしにかかれたのは、脳裏《のうり》に心也《しんや》の笑顔が思い浮かんだからだった。

心也は、今日から小学三年生に進級する一人息子で、始業式が終わったら見舞いに来てくれることになっている。

わたしはベッドから背中を引きはがし、のろのろと上半身だけを起こした。枕元に置いてあったウイッグをかぶり、スリッパを履いて、もう一度「ふう」と息を吐きながらベッドの脇《わき》に降り立った。

大丈夫。まだ、なんとか立てる……。

見舞客に使ってもらう丸椅子《まるいす》に手を伸ばした。

座面の端を握ると右手の甲が鈍く痛んだ。点滴の針を何度も抜き差しされたせいで紫色の痣《あざ》ができているのだ。

コト……。

小さな音を立てて丸椅子を窓辺に置く。

その椅子にそっと腰掛けた。

まだ四十路《よそじ》を迎えたばかりだというのに、たったこれだけの作業で多少なりとも息が上がってしまう自分が情けない。

外の空気が恋しくて窓を開けたくなったけれど、我慢した。

ここは六人部屋だ。

他の入院患者の迷惑にならないよう、勝手に窓を開けてはいけないという規則になっている。

わたしは窓枠に左肘《ひだりひじ》を突いて身体の支えにした。そのままガラスにおでこを近づけ、六階からの風景を見渡す。

この窓からの見晴らしのメインは、住宅地に連なる家々のカラフルな屋根だと思う。青い屋根、オレンジ色の屋根、赤い屋根——、さらに黒や深緑やグレーや茶色と、色彩に溢《あふ》れている。

好天の日には、あえて目を細めて風景を霞《かす》ませる。そうすると、カラフルな家々の屋根たちがモザイク模様になって、なんだか広大な花畑でも眺めているような気分になれるのだ。

ずっと遠くには高速道路が左右に延びていて、その向こう側は工業地帯だ。工業地帯のさらに向こうには海が広がっているのだけれど、残念ながらこの窓からは見えなかった。距離がありすぎるせいだろうか。あるいは、もっと高いフロアの窓からなら見えるのか。わたしには分からない。

以前なら、海が見えるかどうか、試しにこの病棟の屋上に上ってみようという気にもなったけれど、さすがにいまはそんな気力も失《う》せている。効くのかどうかさえも分からない薬の副作用で、すでにわたしの身体は隅々までぼろぼろなのだ。

灰色に霞んだ工業地帯を見詰めながら、わたしはその先の海を想《おも》った。

海——、といえば、一昨年《おととし》の夏休みを思い出す。

お店を臨時休業にしたわたしたち家族は、三人そろって車に乗り込み、一泊だけの小さな旅をした。場所は、自宅から三時間ほどの半島の南部にある「龍浦《たつうら》」という海だった。

あの旅では初日も二日目もよく晴れて、いかにも夏らしい開放的な時間を過ごすことができた。ぎらつく太陽は砂浜とアスファルトを焦《こ》がし、世界は蟬《せみ》の声で溢れていた。夏空はキーンと音がしそうなくらいに青く、天高く盛り上がる入道雲は怖いほどに大きかった。ブルートパーズのように輝く海原と、その青い輝きをはらんだ海風のなかで、わたしたち家族はまぶしさに目を細めながらずっと笑っていた気がする。

あのきらきらした旅から、もうすぐ二年か……。

声にならないため息をついたら、吐いた息で窓ガラスが白く曇《くも》った。その白くなったガラスに、わたしは小さな四つ葉のクローバーを指で描《か》いた。あの旅の途中、寂《さび》れた海辺の公園で、心也が四つ葉のクローバー探しに夢中になっていたのを思い出したのだ。

夫の耕平《こうへい》さんとわたしは並んでブランコに腰掛け、きいこ、きいこ、と軋《きし》むブランコを揺らしていた。そして、ヤドカリみたいに背中を丸めて四つ葉を探す心也を微笑《ほほえ》ましく眺めていたのだ。

「あっ、四つ葉、あった！」

と、こちらを振り向いたときの心也のはじけるような笑顔は、いまでも鮮明に覚えている。

あのとき心也は、四つ葉のクローバーを三つ探し出すまで帰ろうとはしなかった。しかも、這《は》いつくばって、膝《ひざ》を真っ黒にして、一時間もかけて見つけ出した三つの「幸せの象徴」を、「家族みんなの分」として、わたしに託してくれたのだ。

その三つのクローバーは、帰宅後、押し花にして、透明なプラスチックでパウチし、さらに緑色の紐《ひも》をつけて栞《しおり》にした。わたしにとっては大切なお守りで、いまでも日記帳に挟んで使っている。

ため息で白くなっていた病室の窓ガラスが透明に戻った。

指で描いた四つ葉のクローバーも消えた。

わたしはふたたびちらりと工業地帯の向こうを見詰めてから、視線を下へと落とした。眼下には病院の敷地につくられたロータリーと、表玄関の大きなひさしが見える。そのロータリーに接して左右に延びる国道は、平日の昼間だというのにひっきりなしに車が往来していた。歩道を見ると、閉じた雨傘を手にする人々の姿が目についた。

このまま、雨、降らないといいな——。

ふたたび天気を心配したとき、軽快な足取りで歩道を駆けてくる子どもの姿が目に入った。グレーのジャンパーと、お気に入りのアディダスのショルダーバッグ。ほとんど真上から見下ろしているのに、わたしはすぐに分かった。その子が心也だと。

ただ歩道を走っているだけなのに、転びやしないかと、わたしは勝手にハラハラしはじめていた。ほんと心配性な親バカだなぁ、と苦笑してしまう。

心也は歩道を折れて病院の敷地へと入ってきた。ロータリーに沿ってくるりと駆け抜け、
やがて表玄関のひさしの下へと消えた。

わたしは椅子から立ち上がり、ベッドの上に腰掛け直した。なるべくさっぱりとして見えるよう、手ぐしでウイッグの髪をといた。

わたしは、元気。

いつも笑顔のお母さんだ。

胸裏《きょうり》で自分を鼓舞《こぶ》しながら、ゆっくりと深呼吸をした。

やがて廊下の方から子ども特有の軽やかな足音が聞こえてきた。

わたしはクリーム色のカーテンで仕切られた部屋のなかで耳をそばだてる。

可愛《かわい》らしい足音が、病室へと入ってきた。

そして、小さな手が、目の前のカーテンをそっと開けた。

「お母さん」

心也は周囲に気を遣って小さな声を出した。

わたしは「早かったね」と目を細め、口角を上げる。

「うん。学校が終わってから、ダッシュで来たから」

言いながら心也は、一瞬、こちらの顔色を窺《うかが》うような目をした。わたしの具合が悪くないかどうかを探ったのだ。

だから、わたしは笑顔をさらに広げて見せた。

「そう。お母さん嬉《うれ》しいな。ありがとね」

すると心也は少しホッとしたのだろう、えへへ、と笑いながらこちらに近づいてきて、ちょこんと隣に腰掛けた。

わたしはそんな息子の頬《ほお》を両手で挟み、「ほっぺた赤いと思ったら、冷たいねぇ」と言った。

「今日、けっこう寒いから。でも、学校の桜はもうすぐ全開」

「それを言うなら、満開でしょ」

「あ、そっか」

心也が微笑み、わたしも微笑む。

わたしは両手を心也のやわらかな頬から放して訊《き》いた。

「お昼ご飯は？」

「まだ」

「じゃあ、お腹空《なかす》いてるでしょ？」

「うーん……、少し、ね」

「プリン食べる?」

「えっ、プリン? 食べるっ!」

プリンは昔から心也の大好物なのだ。

わたしは下半身にぐっと力を込めて立ち上がると、小さな冷蔵庫のなかからプリンを出してやった。学生時代の友人がお見舞いとしてくれたものだ。

「このプリン、すっごく美味《おい》しいやつじゃん」

「とろっと滑《なめ》らかで、最高だよね」

「うん、最高」

心也は頷《うなず》くと、絵に描いたようなほくほく顔で「いただきます」と言い、さっそくプリンを食べはじめた。

「うんまっ」

わたしは、プリンの甘さに目を細めた息子の横顔を見詰めた。あまりにも幸せそうな顔をしているから、見ているこちらまで思わず微笑んでしまう。そして、ふと思う。

あと何回、この笑顔を見られるのかな――。

「ねえ、心也」

「ん？」

「今日の始業式はどうだったの？」

わたしは、気持ちが落ち込む前に話しかけた。

「うーん、まあ、退屈だった」

「あはは。退屈かぁ」

「だってさ、校長先生の話が長いんだもん。あ、でも、担任の先生、替わらなかったよ」

「あら、よかったね。谷口《たにぐち》先生、やさしいもんね」

「うん。クラスのみんなも喜んでた」

心也はプリンをぱくぱく食べながら、新しい教室が三階になったこと、いちばん前の席になってしまったこと、五月に林間学校があること、問題児の附田《つくだ》くんが先生に叱《しか》られたことなどを話してくれた。

わたしは相槌《あいづち》を打ちながら、心也の横顔をぼうっと眺めていた。頭の隅っこでは、別のことを考えていたのだ。

この子を産んだときのこと。授乳をしていた頃《ころ》のこと。はじめて歩いた日のこと。リビングのドアに指を挟んで大泣きしたときのこと。夜中に高熱を出して病院へ運んだときのこと。画用紙にわたしと夫の顔を描いてくれたときのこと。枕元のクリスマスプレゼントを見て大はしゃぎをした寒い朝のこと。

「ねえ、ぼくの話、聞いてる?」

食べ終えたプリンのカップとスプーンを手に、心也がこちらを見上げていた。

「え? もちろん聞いてるよ」

わたしは、ちょっと狼狽《ろうばい》しながら答えた。

心也は軽く小首を傾《かし》げたけれど、いったん立ち上がってゴミ箱にプリンのカップとスプーンを捨てて、また、わたしの隣に座り直した。そして、こちらを見上げ、話題を変えてくれた。

「授業参観は、来られる?」

「え?」

「だから、いま言った、来月の——」

「ああ、うん」わたしは心也の背中に左腕を回して、小さな肩を抱き寄せた。そして、少し明るめの声で、きっと嘘《うそ》になってしまうであろう返事をした。「もちろん行くつもり。すっごく楽しみにしてる」

すると心也は、ホッとしたように頬を緩めると、わたしの右手を指差した。

「ねえ、痛い?」

「え?」

「ここ」

心也が、ここ、と言ったのは、紫色の痣ができたわたしの手の甲だった。

「動かしたときは、ちょっとだけね。でも、大丈夫だよ」

「注射、何回もしてるから？」

「まあ、そうね」

軽く頷いて見せると、心也のふたつの小さな手が、わたしの手をサンドイッチのようにそっと挟んだ。

「痣が早く治るように、ぼくが気を入れてあげる」

気を入れる——。

これは夫の耕平さんの専売特許だった。たとえば心也がどこか痛がったときには、決まって耕平さんが「よし、お父さんが気を入れて、すぐに治してやるからな」と言い、患部に手を当てるのだ。耕平さんは料理人であって気功《きこう》師ではないから、もちろん実際に気功を使えるわけではない。それでも、いわゆるプラシーボ効果というやつだろう、心也には驚くほど「お父さんの気」がよく効くのだった。

「心也は優しいね」

お父さんの優しさが、ちゃんと伝わっているんだね——。

しみじみ言ったら、心也は少し照れ臭そうにはにかんだ。

痩《や》せて骨ばった手の甲に浮いた痣。その痣に沁《し》みてくる小さな手のぬくもり。

わたしは、心也に気づかれないように深呼吸をした。

そうでもしないと涙がこぼれそうだったのだ。

この子は、とくに勉強ができるわけでもないし、運動が得意なわけでもない。音楽も図工も、おしなべて人並みだけれど、でも、いつだって他人の気持ちを慮《おもんぱか》ってやれるような優しさは携えている。

わたしには自慢の息子だ。

「ねえ、どう？　少し良くなった？」

まじめな顔で「気」を注入してくれた心也が、わたしを見上げた。

「うん、痛みがほとんどなくなったよ」

「ほんと？」

わたしは頷いて見せた。

「すごいね、心也、お父さんみたいだね。ありがとう」

心也の顔に子どもらしい笑みが咲いた。

わたしの手を挟んでいた小さな手がそっと離れていく。

わたしも、抱き寄せていた心也の肩から左腕を放した。あまりにもべたべたしていると、敏感なこの子はきっとわたしの本心に感づいてしまうから。

それからしばらくのあいだ、わたしたち母子《おやこ》は、とりとめのない会話を愉《たの》しんでいたけれど、ふと心也が時計を見て「あ、もうこんな時間だ」と言ったのを機に、ほかほかしていた空気がすうっと霧散《むさん》した。

「あ、今日は、サッカーだっけ？」

昨年から、心也は近所のクラブチームに所属しているのだ。

「うん。いったん帰って、ご飯食べて、練習に行かないと」

「そっか。がんばってね」

「うん」

頷いて、心也はベッドから腰を上げた。そして、アディダスのショルダーバッグを肩にかけると、「明日は、お父さんと一緒に来るからね」と言った。

わたしは笑顔をつくって頷いた。

「車に気をつけて帰るんだよ」

「わかった」

「サッカーで、怪我《けが》をしないようにね」

「うん。じゃあ、また明日ね」

顔の横で小さく手を振り、心也はくるりと踵《きびす》を返した。

愛《いと》おしい華奢《きゃしゃ》な背中。

わたしは呼び戻したくなるのを必死にこらえた。

その背中が、ベッドを仕切るカーテンの向こうへと消えた。

鼻の奥がツンと熱を持った。

あ、涙が――と思ったとき、いま閉じたばかりのカーテンがふたたび少しだけ開いて、心也が顔だけ覗《のぞ》かせた。そして、「ばいばい」と小さな声で言った。

子どもらしい無邪気な笑顔。

わたしは、頬を伝ったしずくに気づかれないよう、「あはは」と明るく笑って手を振り返した。

「うん、ばいばい」

心也の顔がカーテンの向こう側に消えた。

遠ざかっていく足音。

それが聞こえなくなったとき――、わたしの頬を、ふたたびしずくが伝った。

ひた。

しずくのひとつが、右手の甲の痣の上に落ちた。

頬を滑り落ちたとき、しずくは熱かったのに、手の甲に落ちたときはもう冷たくなっていた。

人の身体も、こんなふうに、一気に冷たくなるのかな……。

わたしは窓に顔を向けた。

ガラス越しの空を見上げる。

雨、降らないで。

せめて、心也の大好きなサッカーが終わるまでは。

祈るように胸裏でつぶやいた。

薄墨《うすずみ》色の空が、ゆらゆらと揺れ出す。

まばたきをしたら、ふたたび熱いしずくがこぼれて、今度は太ももの上に小さなシミを作った。

愛おしさと、切なさ。

いまの、この気持ちも、綴《つづ》っておこう——。

わたしは右手を伸ばして、枕の下からA5サイズのリング綴《と》じのノートとペンを引き出した。少し角がよれたこのノートに、先月から日記をしたためているのだ。

ページのまんなかあたりに挟まっているのは、心也にもらった四つ葉のクローバーで作った栞だ。わたしはページを開き、栞を抜いて、それを枕の上にそっと置いた。

開いたノートを太ももの上にのせる。左ページは、昨夜の涙でふやけて、紙がよれよれになっていた。

書くべきことは、もう決まっていた。

痣の浮いたわたしの右手をそっと挟んでくれた心也の小さな手のぬくもりと、今日もお店を営業しながら心也を育ててくれている耕平さんへの感謝——、それと、おそらくは行けないであろう授業参観への想い。

わたしは、まず『四月八日』と日付を記した。

まるで自分のものとは思えないような、いびつで力無い文字が、ページの上に並んだ。

かまわずわたしは、本文を書きはじめた。

ペンを持つ右手の甲の痣が、少しだけ痛んだ。

生きている人間だけが味わえる、甘やかな痛みだった。

第一章　夏のトンボ

心也

校舎の二階にある三年B組の教室。

開け放った窓から、真夏の風が吹き込んできた。

ベージュのカーテンが膨《ふく》らみながら揺れて、ゆっくりと元に戻る。

夏休みまで、あと一週間――。

塾の夏期講習や部活の最後の大会を控えたクラスメイトたちは、帰りのホームルームがはじまっても、どこか地に足が着いていないような浮ついた空気を漂わせていた。

窓際の席にいる俺《おれ》は机に頬杖《ほおづえ》をついて、あくびを噛《か》み殺した。蝉《せみ》の声が、ちょっとうるさい。

窓の外を見ると、からっぽな青い空と、音もなくむくむくと盛り上がってくる入道雲が、世界の半分を占めていた。

サイテーな夏かもな……。

中学生活最後の夏だというのに夢も希望も失《な》くしていた俺は、胸のうちでつぶやいた。

「おーい、立候補者がいないなら、推薦で決めるぞ」

蟬の声に負けじと、このクラスの担任である矢島《やじま》先生、通称ヤジさんが声を張り上げた。四十代なかばの小柄で痩《や》せっぽちなオッサンだけど、音楽教師らしく声はよく通る。そしてなにより爆発したみたいな長髪が悪目立ちしている。

「先生、それ、本当にやんなきゃいけないんですか？」

男子バレー部の辻村《つじむら》が、かったるそうに訊《き》いた。

「全学年の職員会議で決まったことだからな」

「わたしたち、一応、受験生なんですけど」

成績のいい女子バスケ部の江南《えなみ》が辻村に加勢した。

「まあ、そう言うなよ。夏休みのあいだの息抜きだと思ってさ」

「息抜きって言われても、部活の最後の大会があるし、マジでそれどころじゃないよなあ？」

野球部で万年補欠の西田《にしだ》がクラスメイトに向かって言うと、教室内が一気にざわついた。

ヤジさんが求めているのは、クラスごとに作る「学級新聞」の編集責任者だった。十月に地元の新聞社主催の「学級新聞コンクール」があり、それにうちの学校からも全クラスが参加することになったらしいのだ。

で、ヤジさんは、このクラスの代表として男女各一名の編集責任者を立てようとしているわけだけれど、そんな面倒な役回りを自ら引き受けるようなひま人などいるはずもない。

「はい、静かに。とにかく、やることは決まってるんだから、誰《だれ》かを推薦してくれないとホームルームも終われないぞ」

ヤジさんが言うと、ざわめきがブーイングに近くなった。なにしろクラスのほとんどの連中は、さっさと部活に行かねばならないのだ。

すると、教室の後ろの方から甲高《かんだか》い男の声が上がった。

「じゃあさ、とりあえず女子は夕花《ゆうか》がやればいいんじゃね？」

声の方を見ると、サッカー部のお調子者、青井《あおい》が立ち上がっていた。

クラスメイトたちの視線が青井に向けられ、すぐに俺の斜め前の席——新井《あらい》夕花に集まった。

いきなり名指しをされた夕花は、ちょっと肩をすくめるようにしてうつむいた。

「だってさ、夕花は部活もやってねえし、成績だっていいんだから、夏休みに時間を作れるだろ？」

自分のアイデアを名案だと確信したのだろう、青井は得意げな顔でクラスメイトたちを見回した。

「なるほどな。新井、どうだ？　やってくれるか？」

ヤジさんが期待を込めた顔で夕花を見た。

「えっと……、でも」

「いいじゃん、夕花ならやれるよ」

「そうだよ、お願い」

「部活のあるみんなが困ってるんだよ？」

「助け合うのがトモダチじゃん」

「やれる、やれる」

気の強い女子たちが次々と言葉をかぶせていく。正論を言っているようで、これは夕花にたいするいじめだった。

「ゆ、う、か！　ゆ、う、か！　ゆ、う、か――」

意地悪な女子の誰かが手拍子をとりながら声を上げた。すると、皆がそれに便乗しはじめ、あっという間にクラス中が夕花コールで溢《あふ》れかえった。

俺の斜め前にある夕花の背中は、花がしおれるように丸くなっていった。

「はいはい、いったん静かに！」

ヤジさんが両手を挙げて夕花コールを制した。

「というわけで、新井、どうかな？」

あらためて訊き直したヤジさんの言葉は、もはや問いかけではなく強制だった。

「じゃあ……、はい」

消え入りそうな夕花の返事に、クラスメイトたちはホッとした空気を漂わせ、パラパラと拍手を鳴らした。一部の女子たちは小さないじめをやり遂げたことに満足したようで、にやにやしている。

「そうか。よかった。じゃあ、新井、よろしくな。で、あとは男子だけど――」

ヤジさんが、なぜか俺の方を見た。

え？

なに？

嘘《うそ》だろ――。

そう思ったけれど、嫌な予感というのはたいてい当たるものだ。

「風間《かざま》も、いまは帰宅部だったよな？」

薄っぺらい笑みを浮かべながらヤジさんが言った。

マジかよ、ふざけんな。

胸の奥でつぶやいてクラスメイトたちの方を振り向くと、無数の嘘くさい笑みが俺に向けられていた。

斜め前の夕花は、まだ、背中を丸めたままうつむいている。

「心也くん、おねがーい」

さっきの気の強い女子が、猫なで声を出した。

「おねがーい」

と、別の女子の声。

「心也、マジで頼むわ」

青井の声がしたとき、教室の空気がすうっと嫌な感じに変わっていくのが分かった。心也コールがはじまりそうになったのだ。

「ああ、いいよ、もう。やりゃいいんだろ」

内心で舌打ちした俺は、投げやりな口調で言い放った。

どうせ心也コールをされたら断れない空気になるのだ。だったら、その前に承諾してしまった方がマシだ。

「おお、そうか。じゃあ、男子は風間で、女子は新井ってことで、決定な」

ヤジさんの台詞《せりふ》に、空々しいような拍手が起こった。「イエーイ」とか「サンキュー」とか言う奴《やつ》もいれば、指笛を鳴らして囃《はや》し立てる奴もいる。

「いいか、みんな。言っとくけど、風間と新井はあくまでリーダーであって、制作担当じゃないんだからな。この二人を中心に、みんなで協力し合って、最高の学級新聞を作るように。入賞したら新聞の日曜版に掲載されるらしいぞ」

騒がしくなった教室では、もう誰もヤジさんの話なんて聞いていなかった。

窓から夏の青い風が吹き込んでくる。

カーテンが膨らんで揺れる。

夕花は両手を机の上に置いて、背中を丸めたままじっとしていた。

ったく、どこまでサイテーな夏だよ……。

声に出さずにつぶやいたら、蟬の声がいちだんとうるさく聞こえはじめた。

放課後――。

新聞作りについて話し合うハメになった俺と夕花は、教室に残された。

ヤジさんはというと「じゃあ、あとは二人でしっかり話し合って、いい新聞を頼むぞ。あ、でも、適当な時間に帰れよ」と、まさに適当な台詞を置き土産《みやげ》にして教室から出て行った。自分が顧問をしている管弦楽部のいる音楽室へと向かったのだ。

「はあ」

静まり返った教室で、思わず俺はため息をついた。

「深いため息だね」

言いながら夕花がくすっと笑う。

俺たちはそれぞれ自分の席に着いていた。夕花は椅子《いす》を後ろに向けて、斜め後ろの俺と向き合うようにしている。

「そりゃ、ため息も出るだろ」

「なんか、強引に決められちゃった感じだもんね」

夕花は困ったように眉尻《まゆじり》を下げていたけれど、目はまだ少し笑っていた。

「ほんと、みんな、無責任だし卑怯《ひきょう》だよな」

俺の言葉に夕花は答えず、代わりに小首を傾《かし》げた。

「心也くん、夏休みは、忙しい?」

「え? まあ、俺は——」と言いながら、少しだけ未来をイメージしてみた。でも、予定らしい予定は何ひとつない。「ひまだけど。部活の大会もないし」

「そっか」

「夕花は忙しいのか?」

「え?」

「塾とかさ」

すると夕花は、小さく笑いながら首を横に振った。短いボブの髪の毛がさらさらと揺れる。

「わたし、塾には行ってないよ」

　その返事を聞いたとき、俺は、自分がとても馬鹿な質問をしてしまったことに気づいた。行ってない、のではなく、行けないのだということを思い出したのだ。だから俺は、慌てて言い直した。

「あ、っていうかさ、夕花は成績いいし、レベルの高い高校を狙《ねら》って、たくさん勉強するんだろうなって思って」

「そんなには、しないよ……」

　夕花は垂れ気味の目を細めたまま小さく首を振る。

　そこで、会話が途切れた。

　向かいの校舎から管弦楽部の演奏が漏れ聞こえてくる。

　小学生の頃《ころ》によく遊んだ幼馴染《おさななじみ》とはいえ、さすがに二人きりでいると微妙によそよそしい空気が漂ってしまう。

「ねえ、心也くん」

「ん？」

　沈黙を破ってくれたのは夕花だった。

「もう、サッカー部には戻らないの？」

「まあ、うん」

「怪我《けが》、まだ治ってないの？」

無意識に俺は左膝《ひだりひざ》に手を当てて、呼吸を深くしていた。

「一応、普通っぽく歩けるようにはなったけど……。でも、膝関節のなかの靭帯《じんたい》が一本切れたままだからなぁ」

「え……。切れたままで、歩いて学校に来てるの？」

「まあな。つーか、まだ手術もしてねぇし」

夕花は少し驚いた顔で唇を閉じた。次の言葉を選んでいるのだろう。夕花が訊きたいことは、だいたい分かる。だから俺は先回りしてしゃべり出した。

「手術ができるようになるのが秋以降でさ、しかも、手術をしたら、その後のリハビリに十ヶ月くらいかかるんだってさ」

「そんなに？」

「うん。参っちゃうよな、ほんと」

「じゃあ……」

「俺がまたサッカーをやるとしたら、高校一年の途中からってことになるかな」

「そっかぁ……」

夕花は、分かりやすいくらい残念そうな顔をした。

この四月――、俺はサッカー部の公式戦で大怪我をした。相手ディフェンダーの危険なタックルをもろに左膝に受け、前十字靭帯を断裂してしまったのだ。もっと言うと、膝関《しつかん》節《せつ》を覆《おお》っている関節包《ほう》という組織も破れたし、半月板《はんげつばん》という軟骨の一部も崩れてしまっていた。救急車で運ばれた俺の膝のＭＲＩ画像を見ながら、担当医が「いやぁ、これは、なかなか派手にやったねぇ……」と言ったときは、かなり絶望的な気分になったものだ。

その怪我をしてから二ヶ月ほどは松葉杖に頼った生活をしていて、三ヶ月以上が経《た》ったいま、ようやく腫《は》れが引いてきたので、装具さえ着けていればほぼ普通に歩けるようにはなった。とはいえ、靭帯が一本ないせいで、膝は常にぐらぐらしていて、たとえば階段を降りるときなどには恐怖がつきまとう。うっかりすると膝を脱臼《だっきゅう》しそうな感じになるのだ。当然、大好きだった体育の授業はすべて見学だ。

この怪我を治すためには「靭帯再建術《さいけんじゅつ》」という、内視鏡を使った大掛かりな手術が必要らしいのだが、それをやるには、まず膝のなかで漏れている血液が完全に止まっている必要があるという。なぜなら、血が出ていると内視鏡を入れても関節のなかの様子が見えないからだ。そして、俺の膝関節のなかで完全に血が止まるのは、早くても秋くらいで――、つまり、中学校最後となる夏の大会には間に合わないどころか、手術すらできないというのが現実だった。

だから俺は、さっさと五月に退部届けを出していた。

このまま部活を続けていても意味がないし、一応、レギュラーで活躍していた身としては、「見学」と「応援」だけの日々には耐えられなかったのだ。

退部してからの俺は、ひたすら無気力な日々を過ごしてきた。放課後、みんなが笑い合いながらグラウンドに向かっていくのを横目に見ながら、ひとり逆方向の正門へと左脚をひきずって歩いていくときの暗い気分は、帰宅した後まで尾を引いた。だから、怪我をして以降の俺は、なんとなく部屋にこもりがちになっている。

「じゃあ、心也くん、夏休みはひま人なんだね」

直球すぎる夕花の言葉に、俺は苦笑した。そして、かすかに疼《うず》く左膝から手を離し、そのまま両手を後頭部の後ろで組んだ。

「俺は、ひま人かぁ……」

「わたしもテニス部を辞めてから、ずっとひま人だけど」

夕花は二年生のときにテニス部を辞めていた。辞めた理由を訊いたことはないけれど、だいたい想像はつく。おそらく夕花の家には部活を続けさせるだけの金銭的な余裕がないのだ。

「俺さ」

「ん？」

「部活をやってないと、なんか、こう、変な罪悪感みたいなのを感じるんだけど。夕花は、そういうの、ない？」

「あるかも。みんなが仲間と頑張ってるときに、自分だけ蚊帳《かや》の外に置かれてるなぁっていう感じ」

「ほんと、まさに、それな」

心の底から同意したとき、夕花の目がちょっぴり見開かれた――と思ったら、すぐに三日月形に細められた。

「ねえ、わたし、いいこと考えたかも」

「ん？」

「わたしたちで部活を作るって、どうかな？」

「部活？」

「そう」

「なんだよ、それ？」

意味が分からず、笑いながら夕花を見ると、夕花はちょっぴり恥ずかしそうに肩をすくめて、ぼそっと小さな声を出した。

「ひま部……」

一秒、二秒、と間が空いて、次の瞬間、俺は吹き出していた。

「あははは。ひま部って――、なにそれ」

夕花も自分の言葉にくすくす笑い出す。

「部員は、わたしと心也くんだけ」

「部員、少なっ！」

「わたしがテニス部を辞めてひまになったのは去年の夏前でしょ？」

「そうだっけ？」

「そうなの。だから、わたし、心也くんの先輩ね」

「先にひまになったから、先輩ってか？」

「そう」

「同学年なのに先輩後輩があんのかよ」

「うん。でも、部長は心也くんね」

言いながら、くすくす笑う夕花の顔が、さっと明るくなって、すぐに元に戻った。窓のカーテンが風に揺れて、一瞬だけ、外の光が入ってきたのだ。そして、なぜだろう、その瞬間だけはスローモーションのように見えた。しかも、俺の心臓は一拍スキップしたようで、胸の奥がキュッと息苦しくなったのだった。

「俺が後輩で部長って――」

「いいじゃん」

「つーか、部長ってタイプじゃないの知ってるだろ？」

「知ってるけど、いいの。わたしよりはマシだから」

「マシって、失礼な奴だなぁ」

「じゃあ、これは、最初の先輩命令ってことで」

夕花は愉《たの》しそうに目を細めて、まっすぐ俺を見ていた。

「いきなり上から命令かよ」

言いながら俺は、鼻先を掻《か》いて視線を少し落とした。

机の上に夕花の両手が置かれていた。女の子らしい華奢《きやしや》な手だな、と思ったら、左手の人差し指に絆創膏《ばんそうこう》が巻かれていることに気づいた。

「だって、わたし先輩だもん」

俺はふたたび顔を上げた。こんなに明るい顔をした夕花を見たのは、ずいぶんと久しぶりな気がした。

ふだんの夕花は、教室ではとてもおとなしく、どこか申し訳なさそうな感じで過ごしている。理由は単純。気の強い女子たちのグループにいじめられているからだ。

正直、夕花が「いじめられる要素」をいくつも抱えていることは、男子の俺から見てもよく分かる。たとえば夕花は勉強ができるうえに、顔も、声も、そこそこ可愛《かわい》いから、それが妬《ねた》みの原因になっているし、性格がやたら素直で平和主義だから、嫌味を言われても言い返すことがない。だから相手は安心してちょっかいを出せるのだ。それと、夕花が幼馴染の俺にだけ、気を許したような接し方をするのも、女子たちからしてみれば気に障るらしい。

さらに――、俺が怪我をする少し前あたりから、夕花の家庭がかなり荒《すさ》んでいるという噂《うわさ》がクラスのなかで流れていた。それが事実かどうかは不明だし、誰が言い出したのかさえもあやふやだ。それでも、そういう黒い噂は、気の強い女子たちにとっては栄養満点の餌《えさ》になるらしく、夕花へのいじめに拍車がかかったように見えた。

「同い年なのに、めっちゃ偉そうな先輩だな」

俺は腕組みをして言った。

うふふ、と笑った夕花は、すでに俺が「部長」を引き受けたものと理解したらしい。

「じゃあ、いまから『ひま部』結成ね」

ひま部、結成――。

なんだか、ものすごく阿呆《あほ》っぽい展開になってきたな……。

無意識に俺は苦笑していた。

「つーかさ、ひま部の活動って、ただ、ひまでいることなわけ？　それって、ぜんぜん活動じゃなくね？」

俺が言うと、夕花は少しのあいだ思案してから答えた。

「うーん、そうだよね。ひまでいるのって、活動じゃないもんね」

「だろ？」

するると夕花は、「あっ」と声を上げて、胸の前で両手を合わせた。「じゃあさ、ひまつぶしを活動にしようよ」

「それじゃあ、ひま部じゃなくて、ひまつぶし部じゃんか」

「あはは。そうだよね」

「だろ？」

「じゃあ、正式には『ひまつぶし部』で、略して『ひま部』ってことで」

夕花のあまりの適当さに、俺はまた吹き出してしまった。

「あはは。笑える。バスケットボール部を、バスケ部って略すみたいな感じな？」

「そうそう。でね、わたしたちの最初の活動を、新聞作りにすればいいかなって」

なるほど、さすが賢い夕花、と思いかけて、俺は我に返った。

「ん？　ちょっと待て。まさか、学級新聞を俺たち二人だけで作るつもりかよ？」

「うん」

「は？　なんで？」

「だって……、誰かに頼んでも……」

「頼んでも？」

「なんか……、嫌な顔を、されちゃうかも……」

語尾が小声になっていた。それでも夕花の顔には、まだ笑みの欠片《かけら》が少しだけ残っていた。眉をハの字にした、困ったような微笑だ。

「ああ、そういう――」と、中途半端な言葉を漏らした俺は、続く台詞を失くして、口を閉じた。

たしかに、クラスの半分近い女子たちにいじめられている夕花に頼まれて、ほいほいと面倒な仕事を引き受けてくれる奴がいるかと言うと、なかなかそうも思えない。とくに女子は断るだろう。夕花と仲良くすれば、自分までいじめの対象にされかねないのだから。

だったら、俺が真剣に頼めば――。

そう思って口を開きかけたとき、先に夕花の声が放たれた。でも、それは、気の強い女子たちに向かってしゃべるときのような、とても頼りない声色《こわいろ》だった。

「ごめんね、なんか」

「え?」

「やっぱ、二人だけじゃ、嫌だよね……」

ふわり、と窓から夏の風が吹き込んできた。

カーテンが夢のように揺れる。

小首を傾げた夕花の顔に小さな笑みが浮かんでいた。そして、それが、あきらめの笑みだと気づいたとき、俺は夕花に気づかれないよう、ゆっくりと深呼吸をした。そして、さつきより強い心臓のスキップを感じながら、わざとため息まじりにしゃべり出したのだった。

「念のために訊くけどさ」

「え？　あ、うん」

「俺たち二人だけで新聞を作るっていうのも、先輩命令なのか？」

「え……？」

ぽかんとした顔で、俺を見詰める夕花。

夕花の瞳《ひとみ》は黒ではなくて鳶《とび》色だということに、いま、あらためて気づいた。

俺は、熱を持ってスキップしはじめた心臓を無視して、駄目《だめ》押しを口にした。

「先輩命令だったら、まあ、仕方ねえかなって」

夕花の頬がゆるみ、口角がきゅっと上がった。

小学生の頃から見続けてきた夕花らしい笑顔が、咲いた。

「うん。先輩命令だよ」

また一匹、近くで蟬が鳴きはじめた。

夕花は、大きく吸い込んだ息を、ホッとしたようなため息に変えて吐き出した。

遠くから聞こえていた管弦楽部の演奏が止《や》んだ。

俺たち以外に誰もいない教室で、にこにこした夕花と目を合わせているのが急に照れ臭くなった俺は、視線を外して窓の外を見た。

空は、いつの間にか、夕暮れ一歩手前の白茶けた水色に変わっていた。それでも、まだ、遠くには大きな入道雲が盛り上がっている。

「そっか。まあ、先輩命令じゃ、仕方ねえな」

入道雲に向かって、俺は言った。

ひま部を結成したその日は、とりあえず学級新聞のメインテーマをざっくりと決めた。

わが街の職人たち――。

ありふれたテーマだとは思うけれど、これからやるべきことが具体的に見えてくるテーマでもある。ようするに、近隣の職人たちを取材して、それぞれの仕事の内容、やり甲斐《がい》、大変さ、職人としての人生観などを新聞記事にするのだ。

実際に誰を取材するかなどの細かなことについては明日以降に決めよう、ということになり、とりあえず俺たちは下校することにした。

二人で手分けして戸締りをして、教室を出た。

俺は膝をかばいながらゆっくりと階段を降り、夕花がそのペースに合わせて隣を歩いた。

一階まで降りると、昇降口で靴を履いた。そのとき、俺は気づいてしまった。夕花の下駄《げた》箱《ばこ》の扉が不自然に凹《へこ》んでいて、ちゃんと閉まらないことに。きっと、夕花をいじめている誰かに壊されたのだ。

肩を並べて校舎から出て、ひとけのない体育館の脇《わき》を通り抜け、そのまま校門を出た。そして、国道へと続く坂道の歩道をゆっくりと下っていく。

「もうすぐ夏休みかぁ……」

夕花がパイナップル色をした空を見上げながら言った。

その言葉に反応したかのように、坂の下から南風が吹き上がってきて、夕花の髪の毛と制服のスカートを揺らした。

「風、少し潮の匂《にお》いがするな」

「ほんとだ。するね」

空を見上げたまま、夕花は目を細めていた。真剣に匂いを嗅《か》いだのだ。

「今年は、面倒な宿題、出ないといいなぁ」

俺の口から、ぽろりと本音がこぼれる。なにしろ、ただでさえ余計な新聞作りがあるのだ。

夕花は、俺の言葉には答えず、いきなり明るめの声を出した。

「あっ、心也くん、ほら、見て」

「ん？」

「トンボが飛んでる」

夕花の指差す方を見上げた。

「ほんとだ」

二匹の赤トンボが、南風に逆らいながら、ふわふわと同じところに浮かんでいた。

「まだ夏休み前なのにね」

「ずいぶん気の早い奴らだな」

幅の狭い歩道を、空を見上げながら歩いていたせいか、隣を歩く夕花の腕が、一瞬、俺の肘《ひじ》に触れた。

半袖《はんそで》のブラウスから伸びた白い皮膚のやわらかさ。

かすかに汗ばんだような、ひんやりとした温度。

俺は少し慌てて離れたけれど、夕花は何事もなかったかのように、「あっ、トンボたち、飛んで行っちゃった」と空に向かってつぶやいた。

そのまま坂道を下っていくと、坂の下の十字路の角に木造の大衆食堂が見えてきた。そこが俺の家であり、父の店でもある。自分で言うのもなんだけど、正直、うちはかなり時代遅れな感じの一軒家だ。ここ数年、新しい建物がどんどん増えてきたこの街では、ちょっと浮いた雰囲気を醸《かも》し出していると思う。そして、そんな店の二階で、俺は父と二人で暮らしている。

食堂の名前は、うちの苗字《みようじ》をそのまま使って『大衆食堂かざま』という。最近、入り口の引き戸を新しくしたけれど、いまだに昔ながらの色褪《いろあ》せた暖簾《のれん》がかかっているし、店内のつくりも「レトロ」という言葉がぴったりな感じだ。

「そういえば、心也くんちの桜、大きくなったよね」

坂の下の我が家を見ながら夕花が言った。

「そうか？」

「うん。ずいぶん大きくなったよ」

うちの庭には、一本の桜の若木がある。俺が生まれたとき、母が記念樹として植えてくれたものらしい。その母は、俺が小学三年生のときに病気で他界していた。

「俺と同い年の桜だから、少しは大きくなったかもな」

「同い年なんだ。じゃあ、十五歳の桜なんだね」

「うん」

「あの樹《き》になったさくらんぼ、美味《おい》しかったよね」

夕花が懐かしそうな声を出した。

「ほんの少ししかなってなかったけどな」

そういえば、ちょうど母が亡くなる頃——小学三年生の頃まで、夕花はよくうちに遊びに来ていた。そして、まだ小さかった樹の枝からさくらんぼを採っては、一緒にぱくぱく食べていたのだった。でも、小学校の高学年にもなると、さすがに「男女」を意識しはじめて二人きりで遊ぶこともなくなり、それ以降、さくらんぼはすべて鳥たちのご馳走《ちそう》となっていた。

「心也くん、今年も食べた？」

「さくらんぼ？」

「うん」

「食べなかったな」

「えっ、ひとつも？」

「まあね。っていうか、ここ何年も食べてねえわ」

思えば母が亡くなって父と二人暮らしになってからは、なんだか毎日があくせくしていたし、俺もサッカーをはじめて忙しくなっていたのだ。だから、さくらんぼを気にしている余裕なんてなかったのかも知れない。そんな気がする。

「えー、なんで食べないの？　美味しいのに」

夕花がこちらを振り向いた。また、ちょん、と腕と腕が触れ合う。

「正直、実がなったかどうかなんて気にしてなかったし」

「もったいないよ」

「いいじゃん、べつに。どうせ鳥が食うんだし」

「鳥に食べられちゃうなら、わたしが食べたい。ねえ、来年、実がなったら食べに行ってもいい？」

「好きにしろよ」

俺は、ちょっと素っ気ない感じで答えた。

「じゃあ、実がなったら教えてね」

「それも先輩命令か？」

「うん」

頷《うなず》いて、夕花は笑った。

「じゃあ、まあ、しゃあねえな」

坂道を下り切って店の前まで来ると、俺と夕花は「またな」「うん、また明日ね」と言って別れた。夕花の家は、もう少し先の住宅地の奥まった場所にあるのだ。

俺は、色の抜けた暖簾をくぐり、店内に入った。

「ただいま」

と客席の奥に向かって控えめなトーンで言うと、いつものように「おかえりなさい」と明るい女性の声が返ってきた。

母が亡くなってから店の配膳《はいぜん》係として働いてくれている景子《けいこ》さんだ。ひっつめ髪に、上品な花柄のエプロン。小柄だけど、いつも凜《りん》と背筋が伸びているから、あまり小さくは見えない。見た目はけっこうおしゃれで若そうなのに、本人いわく「もうすぐ還暦なの」とのことだ。旦那《だんな》さんを事故で亡くしてからは、うちから歩いて数分のアパートでずっと一人暮らしをしているらしい。

「おう、心也。学校、楽しかったか？」

厨房《ちゅうぼう》から顔を出した父が、野太い声でお決まりの台詞を言う。そして、ニカッと笑う。昔だったら「うん！」と答えていたものが、中学生になってからは「まあね」になっている。そんな俺を見て、エプロン姿の景子さんが微笑《ほほえ》ましそうな顔をしていた。この流れも、いつものことだ。

夕食どきにはまだ少し早いのに、すでに店内では数人のお客さんが定食を食べていた。そのなかに常連のおじさんが一人いて、俺に「よおっ」と手を挙げたので、黙って小さくお辞儀《じぎ》を返した。

厨房と対面する四人がけのカウンター席を見ると、小学四年生くらいの瘦せた女の子が、いちばん奥の席にちょこんと座り、ひとりぼっちで食事をしていた。ときどき見かける愛想のいい女の子だった。

その子もちらりと俺を見た。俺は、あえて無視してあげようと思ったのに、ぺこりと会釈《えしゃく》をされてしまった。だから、仕方なく俺も目で頷いておいた。

「ほれ、ミキちゃん、じゃんじゃん食えよ」

厨房の父が、女の子に声をかけた。声が野太いせいで、叱《しか》っているようにも聞こえるけれど、父は満面の笑みなのだ。

「はい」

「ご飯のお代わりは？」

「えっと……」

肩をすくめたミキちゃんに、父はいっそう笑みを大きくした。

「あはは。遠慮はしなくていいからな」

「じゃあ、あと、少しだけ……」

ミキちゃんと呼ばれた女の子の茶碗《ちゃわん》に、景子さんが横からすっと手を伸ばした。

「ミキちゃんは、いつもきれいにご飯を食べて、偉いねぇ」

景子さんは少女の頭を軽く撫《な》でると、手にした茶碗を厨房の父に手渡した。

こういうのもまた、この店のいつもの風景だ。

俺は黙ってフロアから厨房に入り、すぐ右手にある引き戸を開けた。この三和土《たたき》で靴を脱ぎ、自宅に上がるのだ。本当なら店に入らず庭にまわって、こっそり裏口から帰宅することもできるのだけれど、残念ながらその裏口にはいつも鍵《かぎ》がかかっている。父は防犯を考えた上での施錠だと言っているけれど、どうやらそれは嘘のようだった。というのも、以前、景子さんがこっそり教えてくれたことがあるのだ。

「耕平さんはね、心也くんが、いつもどんな顔をして学校から帰ってくるのか見てるのよ。ぶっきらぼうに見えても、父親としてちゃんと心配してるのね」

耕平さんというのは、俺の父の名前だ。

正直いうと、店のなかを通って、お客さんに見られながら帰宅するというのは恥ずかしくてたまらない。でも、まあ、二人きりで暮らしているわけだし、防犯の意味も含めて、これも仕方がないか、とあきらめている。

俺は三和土で靴を脱ぎ、家に上がった。

そして、後ろ手に引き戸を閉めようとしたとき、野太い声が背中にかけられた。

「あっ、おい、心也」

「え?」と、俺は振り返る。

「お前、夏休みって、いつからだっけ?」

「一週間後だけど」

これ以上、お客さんたちに家族の会話を聞かれるのが嫌で、俺はさっさと家のなかに逃げ込みたかった。でも、マイペースな父は「あいよ、ミキちゃん。ゆっくり食べていきな」とカウンター越しにお代わりの入った茶碗を差し出して、それからあらためて俺の方を見た。

「夏休みは、ひまなんだろ？」

夕花に続いて、こうもストレートにひまだと決めつけられると、さすがにちょっと抵抗したくもなる。でも——、

「まあ、うん。だいたいは」

と言うしかなかった。

夕花とひま部の活動をするとしても、それ以外は、ほとんどひまな日々になりそうなのだ。

「じゃあ、今年も適当なところで母ちゃんの墓参りに行こうな」

うちの墓は静岡県の海辺にあって、車で片道四〜五時間もかかる。でも、まあ、せっかくの夏休みだし、一度くらい遠出をするのも悪くない気がした。

「分かった」

素直に頷いた俺は、「じゃ、上行くから」と言って、厨房と自宅を仕切る引き戸を閉めた。そして、急な階段を膝をかばいながら上り、自室に入った。もともと畳敷きだった床をフローリングに変えた六畳の部屋は、あまり物を置いていないせいか、そこそこ片付いている。

真っ先にエアコンのスイッチを入れた。朝から窓を閉めたまま留守にしていたから、部屋中に熱気がこもっていたのだ。

カバンを机の上に置き、「ふう」と意味のないため息をついて、ベッドに身体《からだ》を投げ出した。そのまま仰向《あおむ》けになり、少し色褪せた白い天井を見詰める。

なんとなく、夕花の笑顔が思い出された。

ひま部だってさ――。

心のなかで自分に向かってつぶやいたら、階下から父の盛大な笑い声が聞こえてきた。

きっと常連のお客さんと冗談を交わしているのだ。

俺は、ふと、カウンターでご飯を食べていた痩せた女の子を憶《おも》った。ミキちゃんと呼ばれていたあの子は、うちの店でやっている「こども飯」をよく食べに来る子だった。「こども飯」とは、ようするに、ご飯を満足に食べられない貧困家庭の子どもたちに無料で食事を提供するサービスのことで、父はこれを三年ほど前からはじめていた。いわゆる慈善事業というやつだ。当初は誰の手も借りず、父が一人で自腹を切ってやっていたのだが、時間とともに噂を聞きつけた近隣の農家の人たちがこぞって規格外の作物を分けてくれるようになり、父も少しは経営がラクになったらしい。

いま現在、うちの店に「こども飯」を食べに来る子の数は、近所の小・中学生すべて合わせて二〇人くらいだと思う。彼らは毎日来るのではなく、お腹《なか》が空《す》いてどうしようもなくなったときに、こっそり店に電話をして予約を取り、約束した時間に食べに来る。サービスを受けられるのは、基本的には「小・中学生だけ」というルールにしているけれど、どうしても、というときは、こっそり母子《おやこ》そろって受け入れることもある。

ちなみに、このサービスをはじめてすぐの頃、父は慣れないDIYでカウンター席を作った。食べに来た子どもたちが、他のお客たちに背中を向けて（つまり、顔を見られずに）食べられるように、という配慮だ。

でも、そのカウンター席ですら抵抗があって、どうしても人に見られずに食べたいという子もいる。そういう子は、たいてい羞恥心《しゅうちしん》が強くなった中学生なのだが、父はよく営業時間前などにこっそり受け入れている。とはいえ、いくら隠れてみても、この家の住人である俺だけは、どうしても彼らの姿を目にしてしまう。そして、その瞬間が、なかなかつらい。こっそり食べに来たはずの同級生が、たまたま俺と出くわしてしまったときの気まずそうな顔といったら……。彼らは決まって、こっちまで気分が萎《な》えるような目をするのだ。正直いえば、俺だって、同級生のそういう姿は見たくないし、後日、そいつと学校で出くわしたときの気詰まりな空気には、いつだってげんなりさせられている。

俺に見られていちばん気まずそうな顔をするのは、隣のクラスの問題児、石村蓮二《いしむられんじ》だった。

石村は授業中に教室から抜け出してトイレでタバコを吸ったり、万引きで警察につかまったり、暴行事件を起こして家庭裁判所に送られたりもしているという筋金入りのヤンキーで、ヤクザの下でトルエンの売人をやっている——なんて噂を耳にしたことすらある。

とくに身体が大きいわけでもないのに、喧嘩《けんか》がめっぽう強いとか、じつは空手の達人らしいとか、同級生たちはあれこれ勝手に言っているけれど、俺はほとんどしゃべったことがない。だから、実際のところ、石村がどんな奴なのかはよく知らない。ただ、いつも数人の仲間を引き連れては、肩で風を切るように校内を歩いているのを見かけるだけだ。

石村と仲間が歩いてくると、たいていの連中は絡《から》まれないようにと道をあける。ちょっとでも気に入らない奴がいれば、石村は正面からメンチを切って相手を威圧するのだけれど、そこにたまたま俺が通りかかると状況が変わる。石村は急に不貞腐《ふてくさ》れたような顔になり（ときには舌打ちをして）、どこかへ歩き去っていくのだ。

きっと石村は、「こども飯」を食べていることを知られた俺に「弱み」を握られたような気分にでもなっているのだろう。

そんな石村とは反対に、「こども飯」を食べているときに会っても、お互い、さほど気まずさを感じないでいられる同級生がいる。

ひまわり部の先輩──夕花だ。

夕花はそもそも幼馴染だから、幼少期からよくうちの店でご飯を食べていた。そして、その延長線上という感じで「こども飯」を食べに来ているから、俺もほとんど気まずさを感じずにいられるのだ。だから、カウンター席にいる夕花を見つけると、俺はとりあえず「おす」とだけ声をかけておく。我ながら素っ気ない感じの挨拶《あいさつ》ではあるけれど。そんなとき夕花は、「ご馳走になってます」なんて言いながら、小さく肩をすくめて、俺に笑いかけてくる。夕花が肩をすくめると、すかさず厨房から野太い声が飛んでくる。遠慮するなとばかりに父が冗談を言って、夕花を笑わせるのだ。

そんな感じだから、きっと夕花の方もあまり肩身の狭い思いをせず「こども飯」を食べられていると思う。ただし、夕花の隣の席には、いつも大きな違和感を漂わせる存在がいた。

夕花の弟、小学四年生の幸太《こうた》だ。

幸太は、夕花とは違い、とても地味な顔をしている。目は一重で小さくて、鼻も小ぶりで低く、唇は薄いうえに色がない。顔の皮膚は全体的に粉を吹いたように乾いて白いけれど、首のまわりはアトピー性皮膚炎で赤くなっている。髪の毛は坊主刈りだが、よく後頭部や側頭部に一円玉くらいの禿《は》げが出来ていた。いわゆる円形脱毛症というやつだろう。

何より印象的なのは、幸太の顔に、ほとんどと言っていいほど表情がないことだった。厨房の父が渾身《こんしん》のギャグを飛ばしても、幸太はほとんど笑わない。ただ、ちょっと、眉をハの字にして困ったような顔をするだけだ。そして、静かに「こども飯」を食べ終えると、痩せっぽちの背中をわずかに丸め、夕花の背後霊みたいになって帰っていく。一応、父に向かって「ごちそうさまでした」とは言う。でも、それはいつも蚊の鳴くような声だった。

幸太の醸し出す違和感は、二人が帰った後にも余韻のように残る。彼が食べたあとのカウンターは、皿の周りにぼろぼろとたくさんの食べかすがこぼれていて、その様子が何とも言えない侘《わび》しさを漂わせるのだ。

夕花と、幸太。

血のつながらない姉弟《きょうだい》……。

俺は、ベッドに寝転がったまま天井を見詰め、まったく似ていない二人の顔を思い浮かべた。

夏休みに入れば、長い期間、学校給食を食べられなくなる。貧困家庭で暮らす子どもたちにとっては、この長期休暇がいちばんの試練だと、以前、景子さんに教えてもらったことがある。事実、毎年、夏休みのあいだは「こども飯」をあてにする子の数が一気に増えるのだ。

部屋のエアコンがだいぶ効いてきた。

俺は上半身を起こして、ベッドの端に腰掛けた。

足元に転がっていたサッカーボールを左足で引き寄せ、座ったまま軽くボールを蹴《け》り上げた。そのボールを、右足、左足、と順番にチョン、チョンと軽く蹴って、リフティングをして遊ぶ。

こんな遊びでも、靭帯の切れた左膝には違和感が生じる。痛む、というほどではないけれど、骨の位置がズレたまま膝関節を動かしているような、とても不快な感じがするのだ。

それでも、かまわず俺は座ったままリフティングを続けた。

そして、ぼんやりと考えた。

さっき、俺の肘に触れた夕花のやわらかくてひんやりとした腕——、そこに、直径十センチほどの青痣《あおあざ》が浮いていたことを。

夕花

たびたびお世話になっている『大衆食堂かざま』の前で、心也くんに「ばいばい」と手を振った。

紺色の暖簾をくぐる心也くん。その背中を見届けたわたしは、ふたたび歩き出した。信号のある交差点を渡り、自宅アパートのある住宅地へと向かう。

すでに青さを失っている夏空を見上げて、ふと思った。

そういえば、わたしが学校であんなにも微笑んでいられたのって、いつ以来だったかな……。

しばらく考えたけれど、まるで思い出せなかった。どうやら、それくらい遠い過去のことみたいだ。

なんか、悲しいな……と考えそうになって、わたしは慌てて深呼吸をした。

意識的に息を吸い、ゆっくりと吐き出す――。

マイナスに傾きそうになった心を、いったん静止させるには、深呼吸がいちばん効果的なのだ。そして、心が静止しているあいだに、わたしは自分の頭のなかを「楽しいこと」に置き換える。些細《ささい》なことでも、下らないことでも、楽しければ何だっていい。思考がプラスになりさえすれば、後から付いてくる心も自然とプラスに変換されるのだから。

落ち込む前に深呼吸。そして、思考の入れ替え。

これは中学生になってからわたしが学んだ、ひとりぼっちで生きていくための術《すべ》だった。

いま、わたしの脳裏《のうり》に浮かんだプラスの言葉は、ついさっきわたしを楽しくさせてくれた「ひま部」だった。

ひま部――。

それにしても、心也くんはよくオーケーしてくれたなと思う。自分で言うのもなんだけど、結局はただの新聞作りだし、そもそもネーミングにセンスがないし。

「ひま部……」

歩きながら小声でつぶやいてみたら、響きがあまりにも馬鹿っぽくて、うっかり苦笑いしそうになった。

やっぱりセンスがない。微塵《みじん》もない。

でも――、わたしは、ほんの少しだけ、自分のことを褒《ほ》めてもいいかな、と思えた。

だって、これまでは「夏休み」という言葉を耳にするだけで、灰色の重苦しいイメージが広がって、胸が重たくなっていたのに、いまは多少なりとも違っている。灰色のなかに、いくつかの明るい色彩が見えるような、そんな気がしているのだ。

ついさっきまで、何ひとつ予定のなかったわたしの夏休みに「仕事」ができた。しかも、ひとりぼっちの「仕事」じゃない。苦手な人と一緒なわけでもない。学校でいちばん――というか、唯一の、「わたしがわたしでいられる相手」と一緒なのだ。だからきっと、ひま部の活動をしているあいだは、さっきみたいに笑みを浮かべていられると思うし、心がホッとするような時間を味わえるはず。そんな未来が、わたしの夏休みに約束された。そして、その約束を、わたしは自分の言葉で取り付けることができたのだ。

自分を褒めていいのは、まさにそこだ。

正直、クラスのみんなに新聞作りを押し付けられたときは、いつもみたいに胸のなかが黒く塗りつぶされて、深呼吸をすることも忘れていた。でも、そのすぐ後に心也くんに白羽の矢が立ったとき、ちょっと申し訳ないけれど、わたしはこっそり幸運を感じていたのだった。もしも、心也くん以外の人が選ばれたなら――、きっと「わたしと一緒の係」というだけで相手を不機嫌にさせたと思うし、新聞作りの作業だって、わたし一人に押し付けられていた気がする。

心也くんを指名してくれた矢島先生と、駄目押しをしてくれた青井くんには、ある意味、感謝だ。

わたしは、ひま部、ひま部、と心のなかで唱えながら大通りを折れて、家々が立ち並ぶ細い路地に入った。

すると、狭くなった空にふたたびトンボが現れた。

今度は一匹だけで、さっきよりも少し高い空を飛んでいた。

音もなく浮かぶトンボは小さなシルエットだけど、透明な翅《はね》だけは淡い陽光を透かしてきらきらと輝いていた。

「きみは、自由だね……」

誰にも聞こえない声で、ため息と一緒につぶやいた。

そのとき、正面から風が吹いてきた。わたしは潮の匂いをはらんだやさしい空気のかたまりに包まれた。前髪がさらさらと揺れて、ちょっとくすぐったかった。自由なトンボは、生ぬるい南風に運ばれるようにして飛び去った。

わたしはトンボが消えた方を振り返らず、そのまま歩いた。

自宅のアパートまで、あと少し。

少しだと思うと、歩幅が狭くなってくる。

そうだ。ひま部。ひま部。ひま部……。

心のなかで呪文《じゅもん》みたいに唱えながら、わたしは歩幅を必死に広げ、重たくなっていく身体を、前へ、前へ、と運んだ。

クラスの人たちから「おんぼろ」「幽霊が出るらしいぞ」なんて失笑されているアパートは、自分でも、たしかに……、と言いたくなるような年季の入った建物だった。築何十年も経っている二階建ては、壁のあちこちにヒビが入っているし、階段を上り降りするとカンカンカンと薄っぺらい金属音がする。しかも、その手すりは錆《さび》だらけで、軽く触れただけでも手が赤茶色に汚れてしまう。雨樋《あまどい》もそこかしこで割れているから、ひとたび強い雨が降ると二階の屋根からびちゃびちゃと水のかたまりが落ちてきて、傘をさしていても飛沫《しぶき》が足元を濡《ぬ》らす。わたしが暮らしているのは、そんなアパートのなかでもとりわけ日当たりが悪くて薄暗い、一階のいちばん奥の部屋だった。

部屋のドアの前に立ったわたしは、時代めいたドアノブを握り、そっとひねった。カチャ、とかすかな音がした。鍵はかかっていなかった。わたしはひとつ呼吸をして心を落ち着かせてから、ゆっくりとドアを引き開けた。

すぐに足元を見る。

履き古した茶色いサンダルは、見当たらなかった。

義父は、外出しているらしい。

小さな息をこぼしたわたしは、玄関に入って「ただいまぁ」と部屋の奥に声をかけてみた。返事はなかった。

靴を脱いで、部屋へと上がる。

古びてザラついた床板をみしみしと鳴らしながら台所を通り抜け、木枠のガラス戸を引いて居間へと入った。冬になるとこたつとして使う小さな卓袱台《ちゃぶだい》。その天板には、缶ビールの空き缶が三つと、飲みかけの日本酒の一升瓶《いっしょう》が放置されていた。ガラス製の灰皿は、タバコの吸い殻《がら》が山盛りで、こぼれた灰が床にまで散らばっている。

わたしは、くたびれた生活臭が充満する居間を通り抜け、さらにその奥へと続く襖《ふすま》をそっと開けた。

「ただいま」

と言いながら、小さく笑いかける。

すると、煎餅《せんべい》布団に横たわったパジャマ姿のおばあちゃんが、少し嗄《しゃが》れた声を返してくれた。

「おかえり、夕花」

目尻のしわを深めたおばあちゃんの枕元《まくらもと》で、弟の幸太がちょこんと正座していた。

「おかえりなさい」

幸太は、こちらを見上げると、アトピーで赤くなった首筋をぽりぽりと掻いた。額《ひたい》にはうっすらと汗をかいている。エアコンのないこの和室は、とても蒸し暑いのだ。

二人の傍らでは、年代物の扇風機がカタカタと音を立てて首を振り、淀《よど》んだ空気をかき回していた。その風にあたりながら、二人ともにこやかな顔をしていた。

「あれ、なんか楽しそう。二人で何を話してたの？」

わたしは通学カバンを畳の上に置くと、幸太の隣に正座した。

「お姉ちゃんの話だよ」

「え、わたしの？」

首を傾げたわたしに、おばあちゃんが代わりに答えた。

「夕花が小さかった頃、木登りをしてたら降りられなくなっちゃって――」

「あ、分かった」と、わたしは膝を打った。「おばあちゃんと二人で動植物園に行って、わたしが梅の木に登ったときのアレでしょ？」

「そうそう。覚えてるんだね」

おばあちゃんが懐かしそうな目をした。

「覚えてるよ。だって、あれ、大ピンチだったんだから」

あのとき、わたしは樹に登ったまではよかったのだけれど、ふと下を見た瞬間、予想外の高さに足がすくんで動けなくなり、しかも、おしっこがしたくなって泣きだしてしまったのだ。慌てたおばあちゃんは、近くのソフトクリーム店のお兄さんに声をかけてくれて――。


「そのお兄さんが、夕花を抱えて降ろしてくれてね」

「わたしとおばあちゃんは、すぐにトイレまでダッシュ」

「セーフだったの？」

　幸太は、小さな目を無くなるほど細めて、わたしを見上げた。

「うん。ぎりぎりセーフ」

　おばあちゃんも布団に横たわったまま、しわしわの顔をわたしたちに向けてくれる。

　網戸にした窓から、湿気を含んだ風が入ってきた。

　近くでアブラゼミが鳴きはじめた。

　わたしは平和な心でいる自分に気づいていた。

　義父は留守。母は深夜まで仕事。残された三人で他愛《たわい》もない話をしながら笑っている――、もしかすると、これが我が家でいちばん幸せな瞬間なのかも知れない。わたしは、ふとそんなことを思いながら口角をさらに上げて、二人に笑顔を返した。

　おばあちゃんが、ほとんど寝たきりになってしまったのは、二年前の転倒がきっかけだった。一人でスーパーに買い物に出かけたとき、歩道でつまずいて転んで、太ももの付け根の骨を骨折してしまったのだ。誰かが呼んでくれた救急車で総合病院に運ばれ、すぐにボルトで骨をつなぐ手術を受け、それからひと月ほどは入院していた。退院後も、長いこと車椅子に頼った生活をしていたら、いつしか筋肉が弱って脚が極端に細くなり、歩くのがおぼつかなくなってしまった。それ以来、半分寝たきりになったおばあちゃんは、トイレに立つのがやっと、といった感じになってしまったのだ。

もしも、この「やっと」すらできなくなったら――。

と考えると、わたしはぞっとしてしまう。なぜなら、うちにはおばあちゃんの介助をしてくれる人がいないからだ。

幸太とわたしには学校があるし、母は昼間の派遣の仕事と「夜のお仕事」を掛け持ちしている。

でも、義父だけは何もしていない。定職に就かず、それでいて家事もしてくれないのだ。やることと言ったら、せいぜい新聞の勧誘やNHKの集金を追い返すことくらい。そういう人だった。この家に来たときから、ずっと。

居間でだらだらと過ごすことが多く、昼間からお酒を飲んで酔っ払うこともある。しかも、襖一枚を隔《へだ》てた部屋で寝ているおばあちゃんのことを、極力「いないもの」として扱うのだ。

「なんで俺が血のつながらねえババアの面倒を看《み》なくちゃいけねえんだよ？」

お酒に酔って不機嫌になった夜、母にそう言ってつっかかったこともあった。子ども部屋で眠っていたわたしと幸太が目を覚ますほどの大声だったから、それは当然、おばあちゃんの耳にも届いたはずだ。その夜は、母のすすり泣く声と、小さな悲鳴と、義父の怒鳴《どな》り声がいつまでも続いた。わたしと幸太は真っ暗な四畳半の部屋の布団のなかで、じっと息を殺して嵐《あらし》が過ぎ去るのを待っていた。

そして、そのとき、幸太がわたしを呼んだのだ。

「お姉ちゃん……」

暗闇《くらやみ》のなか、わたしは枕の上で頭を転がし、幸太の方を向いた。幸太は、うっすらとした黒いシルエットだったけれど、こちらに背中を向けていることは分かった。

「なに？」

わたしがひそひそ声で答えると――、

「ごめん……、なさい……」

幸太の声は震えていた。

え――？

「ごめんって、何が？」

「だって……、ぼくと、お父さんが……」

幸太は、声を殺して泣いていたのだ。

「え……、どうしたの、幸太？」

わたしのひそひそ声に、幸太が震えるかすれ声をかぶせてくる。

「ここに……、この家に、来ちゃったから……、だから……」

「幸太」

わたしの呼びかけに幸太は答えなかった。

答えられなかったのかも知れない。

それから幸太は、布団を頭までかぶって、ずっと、ずっと、むせび泣いていた。

襖の向こうから届く義父の怒鳴り声。母のすすり泣きと小さな悲鳴。おばあちゃんの沈黙。幸太のむせび泣き。

わたしの脳裏には、学校でわたしをいじめる子たちの顔がちらついた。

「ごめん……、なさい……」

布団のなかから、くぐもった幸太の声が沁《し》み出てきた。

わたしは仰向けになり、両手で胸を押さえ、なるべくゆっくり深呼吸をした。いつものように心を静止させて、何か楽しいことを考えようとしたのだ。

でも、このときばかりは無理だった。

真っ暗な天井を見上げながら、わたしは自分の心がゆっくりと死んでいくのを感じていた。薄ら寒いような部屋の暗さが、呼吸をするたびに胸の奥へと侵入してきて、内側をどんどん「真っ暗な空っぽ」で蝕《むしば》んでいくような気がした。

ふいに、母がヒステリックな金切り声を上げた。

すぐに義父の怒鳴り声がして、何かモノがぶつかるような鈍い音が響いた。

短い母の悲鳴――。

幸太のむせび泣きが大きくなった。

おばあちゃんの沈黙も深くなった。

仰向けのわたしの目尻から、しずくがこぼれて耳に入った。


わたし……逃げ場、ないじゃん。


そう思ったら、わたしも頭から布団をかぶらずにはいられなかった。

幸太に背を向け、身体を海老《えび》のように丸め、両手で口元をぎゅっと押さえながら泣いた。

年代物の布団のなかは、やけに埃《ほこり》っぽくて、狭くて、暗くて、息苦しかった。

せめて幸太には気づかれないように――と、心を砕いて泣いたつもりだった。でも、そんなきれいごとをやり遂げられるほど、わたしの内側にはまだ姉としての「芯《しん》」が通っていなかったらしい。

幸太には、罪なんてない。

それは知っていた。

頭では、ちゃんと理解していたはずだった。

でも――、
もしも――、
義父と幸太がこのうちに来なかったら――。

考えたら「真っ暗な空っぽ」がみるみる胸のなかで溢れて、それが嗚咽《おえつ》となって喉《のど》から絞り出されてしまったのだ。

泣けば泣くほど、わたしは、わたしのことがいっそう嫌いになっていった。

幸太は悪くないよ。気にしなくていいんだよ。

隣の布団で泣いている幸太に、わたしはその言葉をかけてやることができなかった。手を握ってやることもしなかった。ただ、わたしは、胎児のように布団のなかで丸まって、感情のままに泣いていたのだ。

その夜、結局、わたしと幸太は、ひとことも言葉を交わさなかった。

いつの間にか、泣き疲れた幸太は眠りに落ちていたけれど、わたしは一睡もしないまま朝を迎えた。

永遠みたいな、とても、とても、怖い夜だった。

義父が幸太を連れて我が家に転がり込んできたのは、わたしが中学校に上がった年の春のことだった。

あれ以来、義父はただの一度も定職に就いていない。ひと月に一度か二度、あるいは三度くらい、気が向いたら日雇いの力仕事に出ることはある。でも、まったく働かない月の方が多い。

一方の母は、そばで見ているわたしが不安になるほど、身を粉《こ》にして働いていた。毎晩、夜の仕事から帰ってくるのは、日付が変わってからだ。もしかすると、義父と再婚したことに責任を感じているのかも知れないけれど、わたしはそれに関して訊いてみたことはない。代わりに、わたしはこう訊いた。

「深夜まで、何の仕事をしているの?」

でも、そのとき母は言葉を濁《にご》してはぐらかした。

「夕花は知らなくていいことだから」

はぐらかされたことで、むしろ、わたしの抱いていた予想が確信に変わった。深夜に帰宅したとき、母の吐く息はいつもお酒臭かった。

カタカタと音を立てる扇風機。

近くで鳴くアブラゼミの声。

横たわったおばあちゃんと、ちょこんと正座をした幸太。

穏やかな二人の笑み。

「あ、そうだ、今日、学校でね――」

わたしがひま部の話をしようとしたとき、カチャカチャ、と玄関のドアの鍵を開ける金属音が耳に入った。

ハッとしたわたしは、無意識に息を止めていた。

おばあちゃんの顔から笑みが消え、幸太は緊張して首をすくめた。

義父が、帰ってきたのだ。

ドアが開く音がして、すぐに、バタン、と閉じる音が響いた。

「帰ってきたね」

わたしは二人にそう言った。なるべく明るい声で言ったつもりなのに、頬が軽く引きつってしまった。

義父が台所を横切り、隣の居間に入ってきたのが音で分かる。一歩ごとにミシッと鳴る床のきしみは、義父の身体の大きさを物語っていた。

がさがさと乾いたような音も聞こえてきた。それは義父が抱えた袋の音――、つまり、パチンコの景品が詰まった紙袋の音に違いなかった。

さらに続けて、どすん、と畳が抜けそうな低い音が響いた。

卓袱台の前であぐらをかいたのだ。

いま――、襖一枚を隔てた向こう側に、義父がいる。

このままおばあちゃんの部屋で息を殺していたら不自然だと思われてしまう。それは、絶対に避けるべきだった。しかも、今日の義父は、パチンコに勝って機嫌は悪くないはずだ。つまり、いまは出ていくチャンスに違いなかった。

わたしは思い切って幸太に声をかけた。

「おかえりなさいを言いに行こう」

「うん……」

傍らの通学カバンを手にしたわたしは、おばあちゃんに無言のままバイバイと手を振った。おばあちゃんは少し不安そうな顔で小さく頷いてくれた。そして、わたしと幸太は襖を開け、義父のいる居間へと入っていった。

「おかえりなさい」

とわたし。

「ん？　なんだ、おめえら、いたのか」

「うん」

「お、そうだ。これ、食っていいぞ。今日はいい台に当たってガンガン出たからな」

白髪《しらが》の混じった無精髭《ぶしょうひげ》と、後頭部でひとつにまとめたボサボサの長髪。義父は黄色く濁った目でニヤリと笑うと、ふたつある紙袋のうちのひとつをわたしに「ほれ」と差し出した。

「あ、ありがとうございます」

受け取ったわたしは、義父に愛想《あいそ》笑いを浮かべてから、幸太に振り向いた。

「幸太、良かったね。ほら、美味しそうなお菓子がいっぱい」

「うん……」

頷いた幸太の愛想笑いは、あまり上手ではない。

「じゃあ、わたしたちは部屋で勉強しようか？」

「おお、そうしろ。賢くなって、たくさん金を稼いで、親孝行しろよ」

義父が、せせら笑うように言った。そして、いったん立ち上がるとテレビの電源を入れた。画面に映ったのは天気予報だった。若くて美人なアナウンサーが、台風への備えについて真顔で話していた。どうやら明後日《あさって》には大型で強い台風が上陸するらしい。

「台風なんて知らねえっつーの」

ひとりごとを口にして、義父はチャンネルを替えた。画面はお笑い系のバラエティー番組になった。音量を一気に上げたので、居間がとても騒々しい空間になった。

めた。

「ほら、行こう」

幸太にだけ聞こえる声で言って、わたしたちは子ども部屋に逃げ込み、襖をぴたりと閉めた。

漏れ聞こえてくるテレビの音に混じって、プシュッという音がした。義父が缶ビールを開けたのだ。この時間から飲みはじめたら、夜には悪酔いするかも知れない。できれば、それまでにお風呂《ふろ》に入って、いつでも布団に逃げ込める準備だけはしておきたい。

「一時間くらい勉強したら、順番にお風呂に入っちゃおう」

わたしの言わんとしていることを察しているのだろう、幸太は黙って頷いた。

うちの子ども部屋には、いわゆる勉強机というものがない。だからわたしは脚を折って収納できるタイプの小さなテーブルを出して、部屋のまんなかに置いた。そこで、幸太と向かい合って勉強をするのだ。

それぞれが教材とノートを開いたとき、幸太がちょっと申し訳なさそうな感じで薄い唇を開いた。

「お姉ちゃん……」

「ん？」

「ぼく、お腹空いた」

「え？」

「それ、食べていい？」

幸太の目は、わたしの横に置いてある紙袋に向けられていた。

「あ、うん。もちろん」

わたしは義父からもらった紙袋を引き寄せると、なかから菓子パンとお菓子とジュースを取り出し、テーブルの上に並べた。

「はい。好きなの食べていいよ」

「うん」

幸太は痩せた野良犬みたいに顎《あご》を出して頷いた。そして、迷わずいちばん大きなパンを手にすると、ちょっと乱暴に包装を破いて、なかのパンを齧《かじ》りはじめた。

せっかくだから、わたしも食べた。砂糖がたっぷり使われた、胸焼けするほど甘ったるいパンだった。

紙袋のなかには、他にも袋入りのインスタントラーメンと、いくつかの缶詰が入っていた。

これだけあれば、少なくとも今週中は『大衆食堂かざま』のお世話にならなくて大丈夫かも——。

そう思ったら、さっきおばあちゃんに話しかけたことを思い出した。

ひま部について話そうと思っていたのだ。

わたしは幸太を見た。義理の弟はまさに、一心不乱、という感じでパンに齧り付いていた。いつものように、ぼろぼろとパンくずをこぼしながら……。

正直、わたしは幸太の食べ方が苦手だった。汚いとか、行儀が悪いとか、そういうことではなくて、見ているると、なんだかとても悲しい気分になってくるから。

わたしはため息と一緒に、喉元まで出かかっていたひま部の話題も飲み込んだ。

明日になれば、会えるのだ。

同級生で後輩で部長の心也くんに。

幼馴染の笑顔を思い出したら、帰り道で見つけたトンボの姿が脳裏に浮かんだ。

あの、きらきらした透明な翅――。

わたしの心の隅っこに「自由」という単語がコロリと転がった。それは、ちょっぴりくすぐったいような感覚で、ひま部のイメージとどこか似ているようにも思えた。

食べかけのパンを、もうひと口食べた。

胸が焼けるほどに甘い――ただ、それだけのパンなのに、身体の奥の方が喜んでいるような、そんな変な感じがする。

食べられる物なら、何でもいいのかな……。

ガッついて食べる幸太を見ながら、わたしは手にしたパンに視線を落とした。

プシュッ。

隣の部屋で、不吉な音がした。

義父が二本目の缶ビールを開けたのだ。

パチンコで勝って気が大きくなったのか、いつもより飲むペースが速い。

日本列島に台風が来るのは明後日らしいけれど、うちでは、ひと足先に——というか、まさに今夜——嵐が発生する確率が高まっていた。

ふと幸太を見たら、幸太もわたしを見ていた。食べかけのパンを手にしたまま、不安そうにまばたきを繰り返している。

大丈夫だよ、きっと。

何の根拠もないけれど、わたしは幸太にそう伝えたくて、笑みを浮かべ、小さく頷いてみせた。

幸太も、うん、と微笑しながら頷き返す。

でも、その笑みには、半分近い「あきらめ」の成分が含まれているようにも見えた。

もしかしたら、わたしの笑顔も、いまの幸太みたいに少し歪《ゆが》んでいるのかな……。

わたしは作り笑顔のまま、心の重さに耐えていた。

幸太がこぼした食べかすが、いつもより多い気がした。

もしも、明後日の台風が、この世界のすべてを根こそぎ吹き飛ばしてくれたなら——。

ぼんやりと、そんなことを考えながら、甘いだけのパンに齧り付いた。

義父にもらったパンは美味しくないけれど、必要な味がした。

ゆり子

「いや、参ったなぁ。明後日、台風が直撃するってよ」

コーヒーの香り漂う客席のいちばん奥——カウンターに近い四人がけのテーブル席にいる内藤《ないとう》さんが、誰にともなくそう言った。スマートフォンを片手にニュースを読んでいるらしい。

「内藤さん、また取材でどこかに行くの?」

アイスコーヒーのお代わりを内藤さんの前にそっと置きながら、わたしが返事をした。

「うん。雑誌の企画で軽登山をしてさ、その山頂から富士山《ふじさん》を眺めつつ野点《のだて》を愉しもうっていう取材なんだけど。台風直撃じゃ、さすがに延期だな」

内藤さんはスマートフォンの画面から顔を上げて、眉をハの字にした。チョコレート色に日焼けをしたこの人は、うちの店『カフェレストラン・ミナミ』の常連客だ。とりわけネイチャー系に強いフリーライターで、著書も二~三冊あるらしい。一年中、坊主頭に派手なバンダナをかぶり、ザ・アウトドア、という感じのウエアを着ているけれど、年齢はすでに五二歳。わたしとマスターと、ちょうど同い年なので、お客さんというよりも、同級生という感覚でお付き合いさせてもらっている。

「えー、台風、やだなぁ……」

　カウンター席に腰掛けた小学二年生のみゆちゃんが、悲しげな顔をこちらに向けて、膝から下をぶらぶらさせた。

「みゆちゃんも、明後日、何かあるの？」

　穏やかな声を出したのは、わたしの夫であり、この店のオーナーでもある「マスター」だ。カウンター越しの厨房から、優しい目でみゆちゃんを見下ろしている。

「うん。学校でプールの授業があるの」

「そっかぁ。でも、さすがに台風じゃ中止かもね」

　ステンレスのトレーを抱えたまま、わたしはみゆちゃんの隣の席に腰掛けた。

「あーあ、プール楽しみにしてたのになぁ……」

　肩を落としたみゆちゃんを見ていたら、ちょっといいことを思い出した。わたしは、みゆちゃんの小さな耳に、そっと口を寄せた。

「ねえ、みゆちゃん、今日は特別に、美味しいアイスクリームを買ってあるんだけど」

「えっ」

「みゆちゃん、食べる？」

「食べる、食べる！」

「わあ」と、目を丸くしたみゆちゃんの顔に、子どもらしい笑顔が咲いた。「食べる、食べる！」

「じゃあ、マスター、食後に特製アイスクリームをひとつ、みゆちゃんにお願いしまーす」

ツインテールの可愛らしい頭を軽く撫でながら、わたしは立ち上がった。するとマスターは、「オッケー。じゃあ、みゆちゃん、ご飯を食べちゃおうね」と言って、カウンター越しに目を細めた。

「うん！」

箸《はし》を手にしたみゆちゃんは、台風とプールのことなんてすっかり忘れたかのように皿を引き寄せた。その皿には、バター醤油《しょうゆ》味の焼うどんが半分ほど残っていた。肉と野菜とにんにくがたっぷり入った、子どもたちに大人気の栄養満点メニューだ。

「その特製アイス、俺ももらおうかな」

アイスコーヒーを片手に内藤さんが言うので、わたしは悪戯《いたずら》っぽく笑いながら返した。

「いいけど、大人はタダじゃないですよぉ」

「えええぇー、ゆりちゃんさ、最近、俺にだけ厳しくない？」

「そんなことないです。わたしは、ただ、子どもに優しいだけです」

カウンターのみゆちゃんが、大人の会話にクスッと笑ったので、わたしは同意を求めて

「ねー」と小首を傾げた。すると、すかさずみゆちゃんも「ねー」と同じ仕草で応《こた》えてくれる。

「うわ、女ってさ、どうしてそうやって同盟を組んで、か弱い男をいじめるわけ？」

内藤さんが、わざと泣きそうな顔をしてみせる。

「別に、いじめてなんていないもん、ねー」

「ねー」

わたしとみゆちゃんの息の合った「ねー」を見ていたマスターは、腕を組んで苦笑している。

「はいはい、分かりましたよ。じゃあ、ちゃんとお金は払うから、ここにアイスをのっけてコーヒーフロートにしてよ」

内藤さんがアイスコーヒーの入ったグラスをわたしに差し出した。

「はーい。毎度ありがとうございまーす」

わたしは内藤さんからグラスを受け取り、厨房のマスターに手渡した。

内藤さんが飲んでいたこのコーヒーの商品名は、正式には「アイス・ミナミブレンド」という。ホットなら、ただの「ミナミブレンド」。お店の名前を冠したこのふたつの商品は、代金のなかに百円分のチャリティーが含まれた特別メニューだ。そして、気心の知れた常連さんの多くは、あえてこのチャリティーメニューを頼んでくれる。というのも、マスターとわたしが、この店で「子ども食堂」サービスをしていることを知っているからだ。

もっと言うと、さほど儲《もう》かってもいない小さな店が、ちょっと無理をしながらこのサービスを続けていることまで知っている——というか、そうに違いないと思ってくれているのだった。

「内藤さん、アイス、たくさん食べる?」

マスターがカウンター越しに訊いた。

「うーん……、じつは最近さ、嫁に、太ったんじゃない? ってチクチク言われてるんだよね」

「じゃあ、少なめにしとこうか」

「いや、やっぱ、ふつうで」

内藤さんの開き直りに、マスターが軽く吹き出した。

「いいじゃん。俺だって、アイス好きなんだもん」

その言い方がおかしくて、わたしとみゆちゃんも「あはは」と笑った。

天井に付けたスピーカーから、夏らしい『ビーチ・ボーイズ』の曲が流れはじめた。

なんだか、平和で穏やかな午後だな——。

わたしは笑みの欠片を口角に残したまま、何気なく窓の外に視線を向けた。もうすぐ夕方になろうかというのに、七月後半の陽光は目がチカチカするほど明るかった。歩道を行き交う女性たちは日傘をさしているし、無数の蟬たちの恋歌が店内にまで忍び込んでくる。

近所の中学校の制服を着た男女が、親しげに会話をしながら通り過ぎていった。その二人は、夏空を見上げながら歩いていた。彼らを見て、ああ、青春だなぁ……、なんて思ってしまうのは、わたしが歳《とし》をとったせいだろう。

「はい、アイス、ふつう盛りね」

カウンター越しにマスターがグラスを差し出した。わたしはそれを受け取って、内藤さんのテーブルに置いた。グラスにはロングスプーンが差してある。

「わお、美味《うま》そ……」

さっそくアイスを食べはじめた内藤さんが「んー」と目を細めたとき、みゆちゃんが「ごちそうさまでした」と手を合わせた。

「はい。お粗末《そまつ》さまでした。じゃ、みゆちゃんにもアイスを出すからね」

そう言って、マスターは小皿にアイスを盛りはじめた。わたしは、みゆちゃんが食べ終えた焼うどんの皿を下げる。いつものことだけれど、麺《めん》も野菜もまったく残さず、とてもきれいに完食してくれた。

みゆちゃんが幸せそうにアイスを食べはじめると、内藤さんがわざわざカウンター席にやってきて、みゆちゃんに向かって「このアイス、美味しい、ねー」とやった。みゆちゃんは、笑いながら「ねー」と返す。

「やった。おっさんでも、ねーねー合戦ができたぞ」

内藤さんが大げさなガッツポーズをしてみせたから、店内は一気に笑いに包まれた。

「あ、そういえばさ」アイスを食べながら、内藤さんがマスターとわたしを交互に見た。

「この店の外の看板、ちょっと曲がってるみたいだけど、知ってた?」

「え、看板?」と、わたし。

「うん。カフェレストラン・ミナミって彫られた木の看板が、入り口のドアの上にかかってるじゃん。アレだよ」

「もしかして、昨日の突風のせいかな?」

言いながらマスターが厨房から出てきた。

たしかに昨日の夕方は、突然、強い風が吹いて、その後すぐにゲリラ豪雨に見舞われたのだった。

「俺、ちょっと、見てくるよ」

マスターは店の外へと出ていった。

「じゃあ、わたしも、ちょっと見てくるね」

内藤さんとみゆちゃんに言い残して、わたしもマスターの背中を追った。

店の外に出たわたしは、思わず目を細めた。陽光がまぶしい上に、蒸し風呂みたいな空気の暑さに顔をしかめたのだ。

「あっつーい」

思わずこぼれたわたしの声に、マスターも「すごいな、この暑さ」と反応してくれた。そして、続けた。

「悪いけどさ、ゆり子、ちょっと離れたところから見てくれない？」

「え？」

「看板の傾きをチェックして欲しいんだよ。曲がってたら俺が調整するから、指示してくれる？」

「あ、うん」

わたしは店のドアから数歩下がって、前を通る道路の車道ぎりぎりのところに立った。そして、そこから看板を見上げた。

「どう？　傾いてる？」とマスター。

「うーん……」正直、わたしには傾いているようには見えなかった。「あえて言うなら、ほんのちょっとだけ、右側が下がってるかなぁ。でも、気にならないくらいだけど」

「オッケー」マスターが背伸びをして、看板の下側に触れた。「あれ、ぴくりともしないや」

「看板、固定されてるんじゃない？」

「そうかも。ってことは、突風くらいじゃ曲がらないよな。内藤さんの気のせいか？」

言いながらマスターが看板にかけていた手を下ろした。

そして、こちらに振り返ったとき——。


ドガガガガッ!


背にしている道路の左手で、強烈な衝突音が響いた。

わたしは反射的に音の方を振り向いた。

そして、そこから先は、スローモーションだった。

ボディーの一部を凹ませた白いミニバンが、道路にたいして直角の方向に飛ばされ、民家の塀《へい》に激突した。それと同時に、猛スピードの黒いダンプカーが、こちらに向かって迫ってきた。

ミニバンとダンプカーが接触して、どちらも制御を失ったのだ。

嘘でしょ——。

わたしの頭はショートして、真っ白になっていた。

全身が硬直し、ぴくりとも動けない。

わたし、死ぬかも——。

シンプルに、そう思った。

ダンプカーの運転席が目に入った。大きなフロントガラスの向こうにいるのは、三〇歳くらいの若いドライバーだった。彼は目と口を大きく開けたままハンドルにしがみついていた。

あ、この人も、怖いんだ——。

この究極のピンチに、わたしの脳は、なぜかそんなことを考えていた。

ああ、もう駄目だ——と思った次の瞬間、それまで一直線にこちらに向かってきたダンプカーの進行方向が、わずかにそれた。ドライバーが強引にハンドルを切り、ダンプカーはバランスを失いつつも左へと角度を変えたのだ。

わたしは、助かる！

でも、そのまま進んだら——。

わたしの喉は、誰かの手で強く握られたみたいになった。

声が出せない。

でも、心のなかで叫んだ。


マスター！


黒くて巨大な鉄のかたまりが、猛烈な速度で突進していく。

まっすぐに。マスターをめがけて。

マスターは、いつもと同じデニムのエプロンを着けていた。近づいてくるダンプカーを見ながら、店のドアに背中を張り付けたまま固まっていた。

ああっ、駄目だ、もう――。

わたしは、無意識に首をすくめ、目を閉じた。

次の瞬間、あまりにも激しい音が、わたしの胃壁《いへき》をビリビリと震わせた。

わたしは呼吸を忘れていた。

ダンプカーのエンジン音が止んだ。

世界から、すべての音が消えたような気がした。

恐るおそる目を開けた。

「ひっ……」

と引きつったような女性の声がした。

それが、わたしの喉から発せられたものだと気づいたのは、三秒ほど経ってからだった。

黒いダンプカーは、まっすぐお店に突っ込んでいたのだ。

わたしとダンプカーの間には、根元から折れた一本の樹木が横たわっていた。それは、この店のシンボルともいえる桜の樹だった。

ダンプカーは、店の壁を完全に破壊していた。

ドアの前にいたマスターは――。

尻餅《しりもち》をついて、呆然《ぼうぜん》とダンプカーの方を見ていた。


生きていた。

マスターが。


わたしは、ほぼ無意識に両手で口元を押さえた。

ふいに、脳が働きはじめて、マスターが助かったわけを理解した。

つまり、ダンプカーは、店に突っ込む直前に桜の樹にぶつかったことで進行方向をわずかに変えたのだ。

尻餅をついていたマスターが、こちらを見た。

視線が合った。

「ゆり子」

穏やかな、いつものマスターの声だった。

その声を聞いたら、なぜか背骨からスルリと力が抜け落ちて、わたしはその場に膝から崩れ落ちた。地面にペタリとお尻を着け、正座みたいな格好になってしまったのだ。しかも、両手は口を押さえたままだった。

音を失っていた世界のどこかで、蟬が鳴きはじめた。

「ゆり子」

ふたたびマスターがわたしの名前を呼んだ。

その声がスイッチになって、わたしの涙腺《るいせん》は決壊《けっかい》した。

ただ、つるつると、しずくが頰を伝い落ちる。

泣いている理由が、自分でもよく分からない。

そのとき、頭上で何かが動いた気がした。

わたしは釣られて少しだけ顔を上げた。

夏の夕空に、二匹の赤トンボがふわふわと浮かんでいた。

赤トンボの身体は小さなシルエットだった。でも、透明な翅だけは、まるで夢のようにきらきらと輝いていた。

「大丈夫ですかっ？」

声をかけてくれた通行人のおじさんの顔が、トンボを隠してしまった。

「はい……」

わたしは答えて、小さく頷いた。

「ゆり子」

マスターの声。今度は、すぐそばから聞こえた。

「お店が……」

わたしは小さなかすれ声を出して、マスターを見た。

「うん」

蒼白《そうはく》な顔をしたマスターがゆっくりしゃがんで、わたしの肩を横からそっと抱いてくれた。

おい、早く警察を呼んで！　いま呼んでます！　ダンプのドライバー生きてるか？　ヤバそうです。警察より救急車を呼んで下さい！　いま呼びます！

いろんな人たちの声が飛び交っていた。

なんだか、その声が、やけに遠くに聞こえて、ぜんぶ人ごとみたいな気がした。

マスターの手が、わたしの肩から背中へと降りた。そして、ゆっくりとさすってくれた。

ああ、あったかいな、マスターの手は……。

ぼんやりと、そんなことを思っていたら、店のドアが内側から開いて、なかから内藤さんが飛び出してきた。腕にはみゆちゃんが抱かれていた。二人はすぐにわたしたちを見つけて、駆け寄ってきた。

「ゆりちゃん、大丈夫？」

内藤さんが、へたり込んだわたしを見下ろした。内藤さんに抱かれたみゆちゃんの不安そうな顔を見たとき、わたしのなかで切れていた何かがつながった気がした。

「あ、はい。大丈夫です」

口を押さえていた両手を下ろし、立ち上がった。

「みゆちゃん、大丈夫だった？」

わたしが訊《たず》ねると、みゆちゃんは声を出さずに小さく頷いてみせた。

「怖かったね」

「うん……」

「おいで」

両手を出すと、みゆちゃんがわたしにしがみついてきた。

「もう大丈夫だからね」

ぎゅっと抱っこをしたまま、みゆちゃんの背中をさすったら、耳元で少女のか細い声がした。

「ママさん、泣いてるの?」

わたしは洟《はな》をすすって、なるべく明るめの声で返した。

「ううん。泣いてないよ」

遠い夏空を、救急車のサイレンが震わせた。

湿っぽい南風が吹いて、根元から倒れた桜の樹の葉がさわさわと揺れる。

この樹がなかったら、マスターは――。

考えたら、夏の炎天下だというのに悪寒が走り、背中に鳥肌が立った。

わたしの首にしがみつくみゆちゃんの細い腕。

近づいてくるサイレンの音。

蒼白なマスターと、心配そうな内藤さんの顔。

わたしはゆっくりと顔を上げた。

まぶしい夏空には、もう赤トンボの姿はなかった。

第二章　台風がくる

心也

ひま部という、おかしなユニットを結成した翌日の昼休み、給食を食べ終えた俺《おれ》はバスケ部の高山《たかやま》たち三人と、教室でトランプのポーカーをして遊んでいた。

「お、やった。フラッシュで、俺の勝ち」

ニヤリと笑って勝ち誇りながら、俺が手札を机の上に公開したとき、それまでガヤガヤしていた教室がふいに静まり返った。

なんとなく不穏な空気を感じた俺は、トランプをやっていた友人たちの顔を見た。すると、三人そろって俺の背後を見上げたまま固まっていた。

え？

彼らの視線に釣られた俺は、慌てて首をひねり、後ろを見た。

そこには、腕組みをした男が立っていた。

金髪、パーマ、細く剃《そ》った眉毛《まゆげ》、そして、異様なまでに殺伐とした目。

隣のクラスの問題児、石村蓮二だった。

クラスメイトたちは、いきなり石村が教室に入ってきたことで、あっけにとられていたのだ。

「風間」

石村の唇が、棘《とげ》のある低い声で俺の名を呼んだ。

「あ？」

俺は振り返ったまま、一文字で答えた。

「ツラ貸せ」

クラス中の視線が俺と石村に集まっていた。ここで情けない反応をするのは、俺のプライドが許さない。

「なんでだよ？」

かなりヤバそうな展開だな——、と内心では思いつつ、俺もなるべく低い声で応《こた》えた。

「いいから、ツラ貸せ」

「だから、理由を言えよ」

声色《こわいろ》をいっそう強くしたら、石村が黙った。もちろん、ただ黙っただけじゃない。言葉の代わりに獰猛《どうもう》すぎる視線で俺を威圧しはじめたのだ。

俺は、その圧力に耐えた。心臓がバクバク暴れて、鼓膜の奥で脈を打ちはじめていた。それでもなんとか視線は外さなかった。でも、ずっとこのままではいられないことも分かっていた。だから俺は、「ふう」と息を吐いて、ゆっくりと立ち上がったのだ。

ガタ……。

俺の引いた椅子《いす》の音が、水を打ったような教室に響いた。

石村と正面から向き合った。お互いの目と目の距離は三〇センチも離れていなかった。

石村は俺よりほんの少し背が高いだけなのに、なぜだろう、やたらと大きく感じた。

「おい、風間……」

トランプをやっていたバスケ部の高山が、心配そうな声を出した。

「悪《わ》りい、ちょっと三人でやってて」

俺は高山たちに声をかけると、あらためて石村に向き直り、顎《あご》で教室の出入り口を示した。

行くなら、行こうぜ——。

無言でそう伝えたのだ。

石村は敵意むき出しの視線で俺のつま先から頭のてっぺんまで舐《な》めるように見てから、ゆっくりとこちらに背を向けた。そして、両手をポケットに突っ込み、教室の出入り口に向かってガニ股《また》で歩きはじめた。俺も両手をポケットに突っ込んで、石村に付いていく。言葉を発しないクラスメイトたちの無数の視線を背中に感じながら。

俺たちが教室を出ると、クラスは一気にざわついた。

「ねえ、先生に言った方がよくない？」

女子の誰《だれ》かの声が聞こえた。

正直、すぐにでもそうして欲しいし、もっと言えば、石村が背中を向けているいまのうちに、さっさと逃げ出してしまいたい。でも、残念ながら、そう上手《うま》くはいきそうになかった。なぜなら、誰かが先生に言ったところで、これから俺が連れていかれる場所まではわからないだろうし、隙《すき》をついて逃げ出そうにも、いまの俺のぐらつく膝《ひざ》では無理だ。そもそも走れないのだ。だから、とにかく俺は、冷や汗をかきながらでも強がり続けるしかなかった。

ガニ股で悠々と階段を降りていく石村の背中は、ゆるぎない「自信」という文字を背負っているように見えた。でも、同時に少し丸まってもいた。

俺たちとは逆に、階段を下から上ってくる生徒たちはみな、石村を見ると、さっと避《よ》けて道を空けた。石村は、そんな連中を気にするでもなく、ただ自分のペースで階段を降りていく。

同級生たちに「自然と」避けられている石村を見ていたら、ふと、先週、テレビで観《み》た動物番組の映像を思い出した。それは、群れから追い出された一匹の牡《おす》ライオンが、草食動物たちの間をとぼとぼと歩いていくシーンだった。仲間がたくさんいる草食動物たちは、近づいてきたライオンを遠巻きに眺めながら、常に一定の距離を保って道を空けていた。土埃《つちぼこり》が混じったサバンナの風にたてがみを揺らすライオンは、くたびれ果てたように顎を出して歩き、鋭い牙《きば》を覗《のぞ》かせた口も半開きだった。百獣の王は、チクチクと四方から刺さる草食動物たちの視線に耐えているようにも見えた。いや、もしかすると、視線の痛さよりも「遠さ」に耐えているのかも知れない——。少なくとも、俺の目にはそんなふうに映っていた。

石村の丸まった背中が、すたすたと階段を降りていく。

俺は、不安定な左膝に注意して、手すりにつかまりながら石村の背中を追った。

踊り場にさしかかったとき、あらためて思考を巡らせた。いま、石村が俺を連れていこうとしている場所には、まず間違いなく石村の「仲間たち」が待ち構えているだろう。ということは、この膝の怪我《けが》がなかったとしても、そもそも俺には勝ち目などないのだ。

逃げられず、闘っても勝てず。

土下座でもさせられるのか？

そもそも、なぜ、俺が？

考えていたら、吐き気がするほど憂鬱《ゆううつ》な気分になった。俺は声にならないよう気をつけながら、深いため息をこぼした。

そして、ふたたび訊《き》いた。

「おい、どこ行くんだよ？」

でも、石村は答えなかった。こちらを振り返りもしない。

「つーか、俺が何かしたのかよ？」

ダメもとで放った質問も、予想通り丸まった背中に弾《はじ》き返された。

それから俺たちは一階まで降りて、昇降口で靴を履いた。

外に出たとき、思わず目を細めた。

硬い真夏の日差しに目を射られたのだ。

細めたままの目で東の空を見上げると、昨日と同じような入道雲が湧《わ》き立っていた。

ひま部がどうのこうのと言い合いながら、夕花と笑っていた昨日が、どれほど平和だったことか……。

いまのこの窮地と比べたら、新聞作りを押し付けられたことなんて些細《ささい》なことすぎて、本当にどうでもよく思えてくる。

斜め前を歩いていた石村が、遅れがちな俺をチラリと見た。そして、ふたたび前を向いた——と思ったら、ようやく威圧感のある低い声を出した。

「脚、怪我してんのか？」

と答えて、俺は少しのあいだ口を閉じた。でも、石村は何も言わずに歩いていくだけだった。だから、俺は続けた。

「たいした怪我じゃねえけど」

言ってすぐに、俺は自問した。

この強がり、必要だったかな？

たいした怪我じゃないと知ったら、それこそ、やつらは遠慮なく俺を袋叩《ふくろだた》きにするのでは……。俺の脳裏《のうり》に、考えたくもないような映像がチラつきはじめた。胃のあたりが熱を持って、ぐっと重たくなってくる。

「膝の靭帯《じんたい》が切れて、歩くのもやっとだけどな」

一応、それだけは伝えておくことにした。

俺の言葉を聞いているのかいないのか、石村は歩く速度を緩めるでもなく、体育館の方へと向かった。

どうやら石村は、俺を体育館の裏手に連れていこうとしているらしい。あそこは生い茂った樹々《きぎ》のせいで昼間でも薄暗く、人目につきにくいから、よく授業を抜け出したヤンキー連中が溜《た》まっては、タバコを吸ったりしている場所なのだ。

俺たちは体育館の出入り口から奥へと回り込んだ。

「まあね」

無数の蟬《せみ》たちの声がシャワーのように降り注がれる。さらに奥へと進むと、すうっと気温が下がった気がした。濃密な樹々の葉が、真夏の陽光を遮ったのだ。

三六〇度、蟬、蟬、蟬……。

蟬たちは、石村が来てもお構いなしに大声で鳴き続けていた。

大きな楠《くすのき》のそばまで来ると石村は足を止めた。そして、おもむろにこちらを振り返り、とがった三白眼《さんぱくがん》で睨《にら》みつけてきた。俺は黙ったまま、なるべく平静を装って石村を見返した。決して睨んだりはせず、でも、怖気付《おじけづ》いていることは悟られない、そういう微妙な視線を送ったつもりだった。

俺たちの足元には、無数のタバコの吸い殻《がら》が転がっていた。そして、ありがたいことに、このタバコを吸っていたはずの連中の姿はどこにもなかった。石村は、仲間を集めていなかったのだ。

「風間てめえ」

眉間《みけん》にしわを寄せた石村の低い声は、蟬たちの声にかき消されそうだった。

「あ?」

俺はさりげなくポケットから両手を出した。いざというときに、せめて顔ぐらいは防御したい。

石村が、ずいっと俺に近づいてきたと思ったら、右手でワイシャツの胸ぐらを摑《つか》んできた。そして、そのまま力ずくで身体《からだ》を反転させ、楠の太い幹に俺の背中を強く押し付けた。

「な、なんだよ……」

喉《のど》を締め付けられた俺は、かろうじて声を出した。ワイシャツの生地を通して、硬くひんやりとした楠の木肌を背中で感じていた。

「俺が、てめえんちで飯喰《く》ってること——」

歯をくいしばるような表情をした石村が、顔をギリギリまで近づけてきた。あと一センチで、おでことおでこがくっつきそうな距離だ。

俺の胸ぐらを摑んだ石村の右手が、さらにぐいぐいと首元を絞り上げてくる。俺は声を出せないまま、石村の次の台詞《せりふ》を待っていた。

「誰に言った？」

え——？

「誰に言ったか、答えろっつってんだ、コラ」

答えようにも、喉元が苦しくて答えようがない。俺は両手で石村の右手を摑み、力任せに引き下げた。

「し、知らねえよ」

やっとのことで声を出して、深く息を吸い込んだ。ワイシャツの胸ぐらをふたたび引き上げようとする石村に抵抗したまま、俺は急いで続けた。

「何のことだよ。いきなり。わけ分かんねえよ」

それから少しのあいだ、石村の右手と俺の両手の力比べになった。そして、どちらも言葉を発しなかった。

きっと、石村も、何かを考えているのだろう。

そう思ったとき、ふと石村の右手の力が緩んだ。そして、近づけていた顔を離した。石村の三白眼にギラついた強い意志が宿った気がした。

殴られるのか――。

俺は瞬時にそう察して、両手を握り、顔の前に挙げた。無意識にファイティングポーズをとっていたのだ。

石村の視線が、いっそう怖いものになっていく。

世界を埋め尽くす蟬たちの絶叫が、俺の耳の穴から頭蓋骨《ずがいこつ》の内側にまで入り込んで、ぐわんぐわんと反響しはじめた。なんだか目が回りそうだった。

これが、リアルな恐怖か――。

真っ白になりかけている脳みその、どこか一部の醒《さ》めたところで、俺はそんなことを考えた。

と、そのとき、石村の背後で何かが動いた。俺はちらりとそちらに視線を送った。そして、悟った。

ああ、駄目《だめ》だ。終わった――。

石村の仲間たち数人が近づいてきたのだ。

連中は、対峙《たいじ》した俺と石村を見て、にやにやしはじめた。その足音に気づいた石村が、ふと後ろを振り返った。そして、ふたたび俺に向き直った。

「行けよ」

「え……」

「もういい」

「え?」

「さっさと消えろっつってんだ、馬鹿」

石村は両手をポケットに突っ込むと、俺に背を向け、仲間たちの方を見た。少し丸まった石村の背中には、うっすらと汗が浮いていて、ワイシャツが張り付いていた。

俺は、なるべく左脚を引きずらないよう心を砕きながら歩き出した。向こうから、ヤンキー連中が近づいてくる。俺はそれを避けるようにして、体育館の壁すれすれを進んだ。

「あれぇ、誰かと思ったら風間じゃん」

四六時中、石村とつるんでいる川田《かわだ》が、ちょっと意外そうな顔をした。

「おす」

俺は、素っ気ない返事をして、連中とすれ違おうとした。

「へえ、偽善者って、こいつ？」

川田の隣にいた小狡《こずる》そうな顔をした男がそう言ったとき、俺の背後から低い声が届いた。

「おう、おめえら、もう飯喰ったんかよ？」

石村の声だった。

連中が石村に気を取られた隙に、俺はすたすたと脇《わき》を通り過ぎていき、体育館の角を曲がることができた。

「ふう……」

助かった——のか？

深く、深く、息を吐いて、俺はさらに足を速めた。

とにかく、一秒でも早く安全な教室に戻らなくては。

ちらりと後ろを振り返った。連中の姿はなかった。

もう一度、体育館の角を曲がると、視界が開け、夏空に映える校舎が目に入った。

俺は、自分のクラスのある二階の教室を見上げた。

ベランダに、一人の女子生徒の姿があった。組んだ腕を手すりにあずけ、そこにちょこんと顎をのせた格好で外を眺めている。

その女子生徒——夕花が、俺に気づいた。

ハッとした顔をした夕花は、まるでバネ仕掛けみたいに背筋をピンと伸ばすと、手すりから腕と顔を離した。そして、ちらりと背後を振り返り、教室のなかを確認してから、俺に向かって小さく手を振った。俺も軽く手を挙げて、ピースサインを返す。

俺は大丈夫だ――。

そう伝えたつもりだった。でも、夕花は、何か言いたげな感じで、じっとこちらを見下ろしていた。

真夏の直射日光が、真上から夕花の黒髪を照らしていた。

すげえ、あちいな……。

ふと、俺はそう思った。いまこの瞬間まで、俺は恐怖と緊張で暑さすら忘れていたらしい。でも、ひま部の「先輩」の顔を見たら、現実に戻ってこられた。

「ふう、あちいな」

小さく声に出してみた。そして、念のため、もう一度だけ後ろを振り向いた。体育館の前に人影はなかった。

大丈夫だ。完全に――。

そう思ったとき、小狡そうな男に投げかけられた声が甦《よみがえ》ってきた。

へえ、偽善者って、こいつ？

俺は校舎に近づいていた。ベランダの手すりから顔を覗かせた夕花が、俺を見下ろしながらかすかに微笑《ほほえ》んだ。俺も同じように微笑み返そうとした。でも、実際は、わずかに頬《ほお》が引きつっただけだった。

偽善者――。

これまで幾度も浴びせかけられてきた三文字の言葉。

「勝手に言ってろ……」

足元に落ちた自分の濃い影に向かって吐き捨てると、俺はそのまま下駄箱《げたばこ》のある昇降口へと入っていった。

夕花

放課後、まぶしいブルーだった空が急に暗くなった。

開け放った教室の窓からひんやりとした風が吹き込んできたな――と思ったら、すぐに激しい雨が降りはじめた。

夕立だ。

幾千万の銀色の糸で、窓の外の風景がぼんやりと霞《かす》む。

わたしは、子どもの頃《ころ》から雨が嫌いじゃない。雨音も、水の匂《にお》いも、やわらかくにじむ世界の彩りも、毛羽立った心を落ち着かせてくれるから。

「げぇ、雨かよ。夕花、傘持ってきた？」

窓の外を見た心也くんが眉をひそめた。

「ううん」

わたしは首を横に振る。

誰もいない教室には、今日もひま部の二人だけが残されていた。夏休みに入る前に、学級新聞の内容をおおまかにまとめたものを矢島先生に提出するように言われたのだ。

横風にあおられた雨が教室に吹き込んできて、わたしたちは慌てて窓を閉めた。

ザーという雨音が、ガラスで遮られると、耳心地のいいサーに変わる。

「ねえ、心也くん」

言いながら、わたしは自分の席に着いた。

「ん？」

小首を傾《かし》げた心也くんも自分の椅子に座って、わたしと机をはさんで向き合った。

「さっきの昼休みのことだけど——」

「ああ……、あれは、まあ、たいしたことねぇよ」

心也くんは、うっすら苦笑いをして誤魔化したけれど、はだけた胸元に赤い擦り傷ができていることにわたしは気づいていた。

「ワイシャツのボタン、取れちゃってるよ?」

「あ、うん、知ってる」

ちょっと面倒くさそうに答えるのは、取れた理由を訊かれたくないからだろう。

「取れたボタン、持ってる?」

「え?」

「持ってたら、縫い付けてあげるよ。今日、家庭科の授業があったから、裁縫道具もあるし」

「え、マジで?」

「うん」

心也くんは早くにお母さんを亡くしているから、きっとボタン付けも自分でやることになると思う。いつも幸太と一緒に「こども飯」を頂いているわたしとしては、せめてこういうところで恩返しをしておきたい。

「付けてもらえたら助かるんだけど、ボタン、外で落としちゃったんだよな」

言いながら心也くんは、窓の外――、体育館の方をちらりと見た。

やっぱり石村くんとの間に何かがあって、ボタンが取れてしまったのだ。

「そっか。じゃあ、似た色のボタン、付けてあげる」

「そんなに都合のいいボタン、あんの？」

「うん。ちょっと色が違うかも知れないけど、サイズは同じのがあると思う」

「でもさ、ひとつだけ色が違ったら、変じゃね？」

「大丈夫。いちばん下に付いているボタンを取って、それを上に付け直して、空いたいちばん下のところに、新しく色の違うボタンを付けるから」

「…………」

わたしの説明が下手《へた》だったのか、心也くんはいまいち腑《ふ》に落ちていなそうな顔をした。

「えっとね、色の違う新しいボタンは、ズボンのなかに隠れちゃうところに付けるから大丈夫。で、もともとそこに付いていたボタンを、取れちゃった首元に付け替えるってこと」

「ああ、なるほど、そういうことな」

ようやく分かってもらえたらしい。

わたしはさっそく机のなかから家庭科で使う裁縫箱を取り出すと、針に糸を通し、心也くんのワイシャツのボタンにいちばん近い白色のボタンを選び出した。

「このボタンで、いいかな？」

「いいじゃん。ほとんど同じ色だし」

心也くんは、ワイシャツの裾《すそ》をズボンの外に出したままの格好で突っ立っていた。

「俺は、このままで、いいの？」

無邪気に訊かれて、わたしは少し困惑してしまった。

「えっと、さすがに、それだと――」

心也くんとの距離が近すぎて……。

「じゃあ、脱ぐ？」

「え？」

「ワイシャツ」

何か問題ある？　という顔で、心也くんがわたしを見下ろしていた。わたしは、意味もなく恥ずかしくなってしまった。耳まで赤くなっているかも知れない。

「あ、ええと、うん。じゃあ、そうしてくれる？」

「オッケー」

心也くんは、さっさとワイシャツを脱いで、わたしに差し出した。受け取ったわたしは、ワイシャツを机の上にそっと置くと、見るともなく心也くんを見た。

「ん、なに？」

上半身裸の男子が目の前にいて、しかも、教室で二人きり。

心也くんは、何も感じないのかな――。

わたしは、ひとりでどぎまぎしてしまい、急いで視線をワイシャツに戻した。

「ううん。じゃあ、付けちゃうね」

「助かるよ、マジで」

わたしは、いちばん下のボタンの糸をハサミで切った。そして、そこに似た色の新しいボタンを縫い付けはじめた。

「やっぱり、女子は上手なんだなぁ」

頭の上から心也くんの声が聞こえてくる。

「これくらい普通だよ」

手元を見たまま、わたしは答えた。

「うち、母親がいねえからさ、そういうの見てると、なんか新鮮な感じなんだよな」

色違いのボタンはすぐに付いた。わたしは何も答えないまま、続けて上のボタンを付けはじめた。

上半身裸の心也くんが、目の前の椅子に座った。そして、少し身を乗り出すようにして、わたしの手元を覗き込んでくる。

ワイシャツのボタン付けなんて、とても簡単なことなのに、じっくり見られていると変に緊張して、手元が狂いそうになる。わたしは慎重に、正確に、針を動かした。なるべく丁寧に、もう二度と取れないように、しっかりと——。

ガラス窓の向こうから、サー、というやわらかな雨音が忍び込んでくる。照明を消したままの教室は薄暗くて、静止した空気がやけに生ぬるかった。

心也くんの整った息遣い。

なんの不安もなく、穏やかさに満ちた教室——。

家でも学校でもびくびくしながら生活をしているわたしにとって、いま、この瞬間は、なんだか夢のなかにでもいるようなふわっとした時間だった。

針をワイシャツの裏側に通し、仕上げに糸を玉にしてキュッと留めて、ハサミで余分な糸を切った。

「はい、完成」

わたしは机越しにワイシャツを差し出した。

「サンキュー。マジで助かった」

心也くんが目を細めてワイシャツを受け取ったとき、わたしたちの指先がかすかに触れ合った。わたしの指先には、ぴりぴりと甘やかな電気が流れたような気がしたけれど、心也くんも感じたのかな……。

そんなことを思いながら、わたしは裁縫道具をそそくさと片付けはじめた。

と、その刹那《せつな》、薄暗かった教室に白い閃光《せんこう》が走った。

ハッとしたわたしたちは窓の外を見た。

すぐに迫力のある重低音が轟《とどろ》いた。

「うわ、夕立だけじゃなくて雷もかよ」

「わりと近そうだね」

「たしかに。つーか、この雨、やむのかな」

ワイシャツに袖《そで》を通しながら、心也くんがひとりごとみたいに言った。

「雨、やんで欲しい？」

「え？」

不思議そうな顔をした心也くんが、こちらを振り向いた。

重く、黒くなっていく空。

その空に比例して薄暗くなった教室。

激しさを増す雨と、雨音。


やまなくて、いいよ。

ずっと、このままで――。


わたしは、そんなことを考えていた。

子どもの頃から雨が好きだから。きっと。

「やまないと家に帰れねえじゃん。夕花、傘持ってないんだろ？」

そう言って、心也くんが苦笑した。

帰りたい家がある人の言葉は、いつだって優しい――。

わたしはため息の代わりに「そうだよね」とつぶやいてみた。

夕立の世界にふたたび閃光が走り、すぐに雷鳴が轟いた。

この雨が上がるのなら、せめて虹《にじ》がかかればいいのに。

ぼうっと外を見ていたら、心也くんがくすっと笑った。

「もしかして夕花、雷にビビってんの？」

「え？」

「めっちゃ不安そうな顔してんぞ」

「別に、そういうわけじゃ……」

「大丈夫だって、建物のなかにいれば」

勝手に的外れなことを言った心也くんは、「さっさと終わらせようぜ、ひま部の仕事」

と笑う。

ひま部の仕事、終わって欲しい？

今度は胸のなかでそう問いかけながら、わたしの口は「うん、そうだね」といつもと同
じ声色を発していた。

心也

夕花にボタンを付けてもらった翌日は、朝から抜けるような青空が広がり、東の空にマッチョな入道雲が湧き立っていた。蝉たちも無駄に元気で、登校時間の気温はすでに三〇度を超えていた。でも、今朝のテレビの天気予報によると、これからどんどん空模様は変わっていき、午後になると台風の影響が出はじめるらしい。

真夏のまぶしい朝日のなか、俺は通学路の坂道を登り、校門を通り抜けた。汗ばんだ背中にワイシャツがぺったりと張り付く。体育館の前を過ぎ、昨日、夕花が俺を見下ろしていた教室のベランダを見上げた。そこには声を上げてふざけあう三人の男子のクラスメイトたちの姿があった。

昇降口に入ると、少しホッとした。強烈な日差しから逃れられたからだ。スニーカーから上履きに履き替えるとき、俺はちらりと夕花の下駄箱を見た。ひとつだけ扉が凹《へこ》んでいるから、見つけるのがとても簡単な下駄箱だった。

上履きに履き替えた俺は、階段を上り、いつものように教室に入った。

その「異変」に気づいたのは、親しい友人たちに「おーっす」と手を挙げながら自分の席に向かおうとしたときのことだった。どういうわけか俺の席の周りに数人のクラスメイトたちが集まっていて、机を見下ろしていたのだ。

夕花は、その輪には加わらず、斜め前の自分の席で静かに本を読んでいた。へたに後ろを振り向いて余計なことを言ったりしたら、それがまたいじめの火種になるということを夕花はよく知っているのだ。

俺は嫌な予感を抱きながら、彼らの輪に近づいていった。

「あ……」

最初に俺に気づいたのは、サッカー部のお調子者、青井だった。その青井の様子に気づいた他のクラスメイトたちが、一斉にこちらを振り向いた。

微妙な緊張と好奇が入り混じったいくつもの顔。

「お前ら、何してんの？」

平静を装いながら、俺は、みんなが見下ろしていた自分の机を見た。

嫌な予感はハズレた。より、悪い方に。

俺の机の天板に、太い油性ペンで落書きがされていたのだ。

偽善者のムスコ

いかにも頭の悪そうな汚い文字で、でかでかと、そう書かれていた。

「………」

一瞬、言葉を失ってしまった俺を、周囲のクラスメイトたちが黙って見ていた。

俺の脳裏には、石村とその取り巻きの顔がちらついていた。怒りなのか、悔しさなのか、恥ずかしさなのか、自分でもよく分からないけれど、とにかく真っ黒でドロドロとした感情が肚《はら》のなかで渦巻いていることだけは分かった。

動揺を隠したくて、俺は指先でそっと落書きをこすりながら口を開いた。

「ふざけんなよ。これ油性じゃんか」

せっかく明るめの声で言ったのに、クラスメイトたちは、それぞれの顔を見合いながら押し黙っていた。

重めの沈黙を破ってくれたのは、いつもはきはきしている女子バスケ部の才女、江南だった。

「それ、書いた犯人のことは誰も見てないけど――、でも、みんな、石村くんじゃないかって……」

まあ、普通は、そう思うだろうな……。

俺は、それには答えず「ふう」と大きなため息をこぼすと、肩にかけていたカバンを床の上に置き、椅子に腰掛けた。そして、筆箱から消しゴムを取り出し、落書きの上から力任せにこすってみた。でも、油性ペンで書かれた文字は、少し色が薄くなっただけで、ほとんど消えてくれなかった。

「消しゴムじゃ無理だよ、油性なんだから」江南が横から口を出してくる。「ねえ、風間くん、職員室に行って、ヤジさんにシンナーと雑巾《ぞうきん》を借りてくれば？」

「おっ、それはグッドアイデア。なんなら俺、一緒に行ってやろうか？」

目の奥に好奇心を光らせた青井が言う。

「大丈夫。俺、一人で行ってくるわ」

消しゴムを筆箱に戻し、俺はおもむろに立ち上がると、野次馬たちを押しのけるようにして輪の外へと出た。

職員室に行くには、階段を降りて一階に行き、屋根付きの渡り廊下を通って、隣の校舎の二階に上がらなくてはいけない。

俺はぐらつく膝に注意しつつ、手すりにつかまって階段を降りはじめた。降りながら、ふと、昨日の石村の少し丸まった背中を思い出した。

「くそっ」

また、偽善者呼ばわりかよ――。

俺の人生のなかに「偽善者」という三文字が放《ほう》り込まれるようになったのは、父が「こども飯」サービスをはじめた三年ほど前からだった。といっても、そのほとんどは俺個人への批判としてではなく、いつも『大衆食堂かざま』か、その店主である父に向けて放たれた三文字だった。

正直、店にかかってきた電話にたまたま俺が出たら、いきなり「この偽善者ヤロー」と怒鳴《どな》られて通話を切られたこともあるし、あるときは、ポストに投函《とうかん》されていた紙切れを手にしたら、そこにボールペンで「偽善者！」と書かれていたこともある。中学一年生になったばかりの頃、クラスで最初に仲良くなった友人に「お前んち、偽善者の店って言われてるらしいぞ。知ってた？」と言われたときは、さすがにこたえた。

父も景子さんも、「こども飯」というサービスが匿名の人間から批判の対象になっているという事実を俺には知られたくなかったようだけれど、でも、噂《うわさ》は勝手に俺の耳に入ってくるし、目の前で店の電話が鳴れば出てしまうし、新聞を取るついでにポストの中身を手にしてしまう。そもそも俺に隠すなんて無理な話なのだ。

ポストに投函されていた二度目の「偽善者」と出会ってしまったとき、さすがに俺は父と景子さんに訊《たず》ねた。

「こども飯、このまま続けて大丈夫なの？」

口にした言葉は質問形式だったけれど、俺は不平を込めた声のトーンで「もう、やめようよ」と伝えたつもりだった。だって、せっかく世のため人のため、自分を犠牲にしてまで働いているのに、どこの誰かも分からないような奴《やつ》らから罵《ののし》られるなんて、あまりにも割りが合わないではないか。

するとと景子さんは、いつものように軽やかな微笑みを俺に向けた。

「心也くんは、気にしなくていいよ。大丈夫だから。ね？」

語尾の「ね？」は、父に向けられたものだった。

それを受けた父は、やっぱり父らしく、厨房《ちゅうぼう》でニヤリと悪戯《いたずら》坊主みたいに笑うのだった。

「もちろん大丈夫だ。つーか、匿名でしか文句を言えねえようなチンケな連中に、俺の人生を変えられてたまるかってーの」

そんな感じで大人たちは「大丈夫だ」と言い張った。

でも、「偽善者」という三文字には、ある種の「毒」が含まれていた。「毒」だから、それを浴びせられるたびに、俺の心はじくじくと膿《う》んで痛んだし、しかも、その「毒」は時間とともに薄れはしても、決して消えることがなかった。常に心のどこかに残り続けるのだ。とりわけ今回の落書きの「毒」は強烈だった。なにしろクラスのみんなに見られてしまったのだ。これまでのように電話や手紙を使って、こっそり個人的に攻撃されるのとはワケが違う。

職員室に向かって歩きながら、俺は自分の足が地についていないことをはっきりと自覚していた。自分でも思いがけないくらいに動揺しているらしい。

渡り廊下を抜けて、隣の校舎の階段を上った。

職員室の引き戸は開いていた。

なかを覗くと、奥の窓際の席にヤジさんがいて、何かしらの書類に目を通しているようだった。

「おう、風間か、どうした？」

ドアのそばにいた体育の岡田《おかだ》先生が、俺に気づいて声をかけてくれた。

「あ、ええと、矢島先生に、ちょっとお願いがあって……」

「そうか。おーい、矢島先生」

岡田先生の太い声の呼びかけに、ヤジさんが書類から顔を上げた。そして、すぐに俺の存在に気づいた。

「風間が用事があるそうですよ」

「おう、どうした？　入っていいぞ」

俺は小さく一礼をして、職員室のなかに入った。そして、ヤジさんの席まで行くと「えっと、シンナーってありますか？」と訊ねた。

「は？　シンナー？」

「はい」

「お前、シンナーなんて、何に使うんだ？」

怪訝《けげん》そうなヤジさんの顔に、俺は少し慌ててしまった。

「えっ？　違いますよ。吸うわけじゃなくて――」

「馬鹿。そんなこと、分かってるよ」

ヤジさんは吹き出しながら言った。

「あ……、はい」

「で、何に使うんだ？」

「えっと、じつは――」

それから俺は、机の落書きについて、ありのままにしゃべった。ここでヤジさんに嘘《うそ》をついても仕方がないし、事実を伝えた方がシンナーを貸してもらえる確率も高いと思ったのだ。

俺の説明を聞き終えたヤジさんは、眉毛をハの字にしてため息をついた。

「偽善者か……。なるほど。まあ、しかし、お前も大変だよな」

なるほど――って、何だよ？

この瞬間、これまで俺がヤジさんに抱いていた「好感」の絶対量が、一気に半減するのを感じた。

俺は、黙ってヤジさんを見下ろしていた。視線に苛立《いらだ》ちがこもってしまったかも知れない。でも、ヤジさんは気にする風でもなく、椅子をくるりと回して、こちらに背を向けると、斜め前の席にいた美術の恩田《おんだ》ひとみ先生に声をかけて、ガラス瓶に入ったシンナーを借りてくれた。

「雑巾はないけど、代わりにこれを使っていいぞ」

ヤジさんは机の引き出しからポケットティッシュを取り出すと、シンナーの瓶と一緒にこちらに差し出した。

「ありがとうございます」

あまり心を込めずに軽く頭を下げた俺は、さっさと職員室を後にした。

教室に戻ると、俺の席の周りから、人だかりが消えていた。

とはいえ、クラスメイトたちは俺の一挙手一投足に興味があるらしく、席に着いた俺がシンナーを使って机をこすりはじめると、たくさんの好奇の目にさらされるハメになった。

そして、ふたたび野次馬的なクラスメイトたちがぽつぽつと集まってきた。

シンナーの匂《にお》いは、教室中に充満した。

でも、文句を言ってくるような奴はいなかった。

「シンナーってすげえな。完璧《かんぺき》に消えるじゃん」

昨日、トランプを一緒にやっていたバスケ部の高山が、明るめの声でそう言ってくれた。

こいつは優しい奴だから、俺の心中を察して空気を軽くしてくれたのだ。

「消えるけど、シンナーくせえ机になっちゃうよな」

言いながら苦笑した俺を見て、高山がさらに突っ込んできた。

「あはは。風間、授業中にラリってたりしてな」

高山は、だらりとベロを出し、目を白黒させて、シンナーでトリップしたふりをして見せた。それを見ていた周囲の連中が声を出して笑う。

俺は少しホッとして頬を緩めながら、さらに丁寧に机をこすった。

みるみる消えていく落書き――、それを見下ろしつつ、頭では別のことを考えていた。

たとえこの落書きが消えても、石村とその取り巻き連中が消えるワケではないのだ。正直、やっかいなことになってしまったと思う。石村の仲間を全部集めると、おそらく十数人にはなるだろう。俺ひとりで敵対したら、それこそ一瞬で袋叩きにされてしまう。仲のいいサッカー部の連中に援護を頼んで、数で負けないようにしたくても、それは現実的ではなかった。なぜなら彼らはいま中学最後の夏の大会に向けて必死に練習をしているのだ。ここで暴力沙汰《ざた》なんて起こしでもしたら、それこそ出場停止なんてことにもなりかねない。

やっぱり、俺ひとりで解決するしかないようだった。

こちらから、何かしらのアクションを起こすか。それとも、何も無かったかのようにふるまって、泣き寝入りするべきか――。

考えているうちに、落書きはすべて消えた。

元どおりになった机を見下ろしたら、俺は無意識に「ふう」と長い息を吐いていた。

「風間のため息、深すぎ」

サッカー部の青井が、ちゃかすように言った。

「うっせえ」

と返して、俺は小さく笑った。

机の上から毒のある三文字が消えると、重苦しかった空気も少しは薄れた気がする。

とりあえず、いまは――、普通に過ごしておこう。

重たいことを考えるのは、冷静になってからでいい。

そう決めたら、ちょうどチャイムが鳴って、教室にヤジさんが入ってきた。クラスメイトたちは一斉に自分の席に着く。

教壇に立ったヤジさんは、俺を見下ろして苦笑いをした。

「シンナー、けっこう臭《にお》うなぁ。きれいに消せたか？」

「はい」

「そうか。じゃあ、後で恩田先生に瓶を返しておけよ。多分、今日はほとんど美術室にいると思うから」

「はい」

俺に向かって小さく頷《うなず》いたヤジさんは、教卓に両手をついて、クラス全体を見渡した。

「えーと、まずは、忘れないうちに連絡事項な。今日は台風が近づいているので、屋内の部活も含めて、すべて活動は休止になったから。放課後はすみやかに帰宅するように」

「はーい」

気の抜けたような返事がぽつぽつと上がる。

「連絡事項は、以上。じゃあ、出欠を取るぞぉ」

ヤジさんが、いつものようにクラスメイトの名前を順番に点呼しはじめた。本人もご自慢のバリトンは、俺の耳には不快なノイズとして響いた。


三時間目の国語の授業がはじまってしばらく経《た》つと、窓の外が急に暗くなってきた。見上げた空には黒くて低い雲が、まるで早送りのような速度で流れていた。

「今夜の台風、けっこう強いみたいだね」

板書を終えた国語の藤巻《ふじまき》さつき先生が、ちらりと窓の外を見て言った。大学を卒業して二年目という若さと、明るい性格のおかげで、生徒たちから友達のように慕われている先生だ。

「俺、嵐《あらし》の前って、めっちゃ血が騒ぐんだよな」

後方の席から青井の声が聞こえてきた。誰かが「俺も!」と言ったのを引き金に、教室がざわつきはじめた。

俺は、斜め前の華奢《きゃしゃ》な背中を見た。

夕花は机に覆《おお》いかぶさるようにしてノートを取っていた。台風の話題にざわつくクラスメイトとは、まったく別の世界にいるような背中だった。

無になろう、存在を消そう、誰にも気づかれないよう、息を止めたままでいよう――、そんな、淋《さび》しい静けさを夕花は常にまとっていた。うちの店のカウンター席で幸せそうに「こども飯」を食べているときとは、まるで別人のような存在感だ。

ふと、表情のとぼしい幸太の横顔が脳裏をよぎった。

食べているところをたまたま俺に見られて、やたらと恨めしそうに頬を歪《ゆが》めた石村の顔も思い出す。

偽善者のムスコ――。

毒を孕《はら》んだ言葉。その落書き。

思い出したら、俺の胃のなかで、嫌な熱がとぐろを巻きはじめた。

この感じは、やっぱり「怒り」だよな――。

俺は確信した。というか、認めた。

認めたら、なぜか「怒り」の理由が明確になった。

偽善者のムスコ——、このムスコという三文字がやたらと腹立たしい意味を持つということに気づいたのだ。つまり、俺はただのムスコであって、偽善者と罵られたのは父だ。

父が、クラスメイトたちの前で吊《つ》るし上げられたのだ。

俺はゆっくりと息を吸い、そして、嫌な熱を孕んだ息を吐き出した。

低い空を流れてゆく黒雲から、ぱらぱらと大粒の雨滴が落ちはじめた。

窓から吹き込んでくる蒸し暑い風。

暑いのに、俺の背中にはチリチリと鳥肌が立っていた。

しばらくして三時間目の終わりを告げるチャイムが鳴った。

俺は席を立ち、誰とも目を合わさずに教室を出た。

そして、肚のなかに強い決意を持って、隣のクラスの引き戸をガラリと開けた。

引き戸の近くに、サッカー部の陽平《ようへい》の背中があった。

「陽平」

「ん？」と振り返った陽平が、少し怪訝そうな顔をした。「どうした、おっかねえ顔して」

おっかねえ顔？

正直、いま俺は、ひどい恐怖と闘っているのだけれど。

「えっと、石村は？」

おっかないらしい表情を変えられないまま、俺は訊ねた。

「え……」

「どこにいる？」

「あいつ、今日は――」陽平の視線が、いちばん後ろの席に向けられた。「朝から見てないけど。どうせ欠席じゃねえの」

「休み？」

「たぶんね」

石村は、いない。

それが分かったとたんに、ガチガチに緊張していた身体から、すうっと力が抜けていくような気がした。

「石村の席って、そこ？」

訊きながら俺は、なんとなくその席へと近づいていった。

「そうだけど……」

陽平の声を聞きながら、俺はハッとして歩みを止めた。

ビンボー野郎

驚いたことに、石村の机の上にも、油性ペンで落書きがされていたのだ。

「この落書き……」

言いながら陽平を見た。

「それな、昨日の朝、学校に来たときには書かれてたんだけど」

陽平はどこか迷惑そうな顔をしてみせた。

「石村は、この落書きを見た？」

「そりゃ見たよ」

「………」

「あいつ、昨日は、昼休みにふらっと登校してきてさ」

「えっ、昨日の昼休みに見たってこと？」

「そう。あいつのことだから、落書きを見たら絶対にキレちゃうだろうなって思って見てたんだけど、でも、なぜか笑ったんだよな」

「笑った？」

「うん。ほんの少しだけね。で、席に着かないまま教室から出ていっちゃったんだよ」

なるほど。石村は、その足で俺のところに来たのだ。

「それで？」

俺は陽平に先を促した。

「それっきりだけど」

「それっきり？」

「うん。昨日の昼に出ていってから、教室には一度も顔を出してないよ」

「そっか」

俺は腕を組んで、もう一度、石村の机を眺め下ろした。すると陽平が片方の眉を上げて俺を見た。

「つーかさ、なんで風間がそんなこと訊くわけ？」

「え……、いや、なんとなく」

「なんとなくって、なんだよ？　そもそも、うちのクラスに何しに来たわけ？」

「まあ、ちょっと、いろいろあってさ」

「まさか、風間――」

陽平が、ハッとした顔をした。

「なに？」

「あの落書き、お前が書いたんじゃ……」

「阿呆《あほ》か。書くわけねえだろ」

「だよな」

陽平が安堵《あんど》したように小さく笑った。

この一連の会話の流れで、ひとつ分かったことがある。誰があの落書きを書いたのかは、このクラスでも謎《なぞ》のままなのだ。

「風間」

「ん？」

「石村んちって、マジで貧乏なのかな？」

「なんで、そんなこと、俺に訊くんだよ」

「もしかして石村、おまえんちの店で飯を喰ってんのかなぁって思って」

陽平は基本的にいい奴だ。単純で、まっすぐで、さばさばしているし、チームのために身体を張れるゴールキーパーでもある。でも、いまの陽平のこの質問は、俺の胸の内側を少なからずザラつかせた。

「うちの店では、見たことねえけど」

俺の嘘に、素直な陽平はあっさり騙《だま》されてくれた。

「なんだ、そっか」

「そもそも石村の家が貧乏かどうかなんて、俺、興味ねえし」

「まあ、そうだよな。あんな奴、友達でもねえしな」

言って、陽平は薄ら笑いを浮かべた。

「あ……、じゃあ、俺、そろそろ自分の教室に戻るわ」

「え？」

「次の授業の準備があるし。またな。サンキュ」

これ以上、余計な詮索《せんさく》をされないよう、俺はくるりと陽平に背を向けて歩き出した。

いったん廊下に出て、隣にある自分の教室に戻った。そして、席に着いた。

夕花は、ひっそりと読書をしていた。所在無げなその背中をぼんやりと眺めながら、俺は頭のなかを整理した。

まず——、昨日の朝、石村の机に「ビンボー野郎」と落書きがされていた。石村は昼に登校してきて、その落書きを見てしまう。そして、すぐさま隣の教室にいる俺のところにやって来た。石村は、自分が「こども飯」を利用していることを、俺が周囲に言いふらしていると勘違いしたのだ。で、俺は体育館の裏に連行されて、多少なりとも「会話」を交わす。その途中、石村の取り巻きがやって来て、そこでなぜか俺は解放された。でも、取り巻きとすれ違いざまに「偽善者」という三文字をぶつけられたのだ。そして、その翌朝（つまり、今朝）、俺の机に「偽善者のムスコ」という落書きがあって……。

ってことは、俺の机に落書きをしたのは石村ではない。

むしろ、あいつも被害者なのだ。

陽平いわく、落書きを目にしたとき、石村は小さく笑ったらしい。

どんな気持ちで笑ったのだろう……。

階段を降りていくときの、石村の少し丸まった背中。

あんな奴、友達でもねえしな――、と言ったときの陽平の薄ら笑い。

あれこれ考えていたら、なんだか俺の心はやたらとくたびれてしまったようだった。

「ふう……」

夕花の背中を眺めたまま、うっかり声に出してため息をこぼした。すると夕花は、周囲の様子をそっと確かめてから、恐るおそるといった感じでこちらを振り向いた。

「ため息」

「いまのは深呼吸だよ」

俺が真顔で言ったら、夕花がくすっと笑った。

「今日の放課後」

「ん？」

「ひま部、やる？」

夕花のひそひそ声に、俺は小さく首を横に振った。

「悪りい。今日は、ちょっと、用事があるから」

あらためて、父に、言っておきたいことがあるのだ。

「用事？」

「まあ、うん。それに、台風が来るから、さっさと帰らないと」

「そっか。そうだよね」

そう言って、夕花はかすかに微笑んだ。

微笑んだのに、なんだか、しおれていく花のようにも見えて、俺は無意識に同じ言葉を繰り返してしまった。

「悪りぃ」

「ううん。じゃあ、また、時間があって、台風がこないときに」

「オッケー」

夕花の顔から笑みが消えて、そのまま前を向いてしまった。そして、読みかけだった本を開いた。その様子を斜め後ろから見ていたら、ふいに俺の脳裏にひらめきが降りてきた。

「あ、夕花、やっぱりさ――」

「ん？」

開いた本を手にしたまま振り向いた夕花に、俺は言った。

「放課後、少しだけ、ひま部やろう」

「え？　でも、用事は？」

「俺、勘違いしてた。今日じゃなかった」

「…………」

夕花は、控えめだけどまっすぐな視線を俺に向けた。俺が嘘をついているのではないかと疑っているのだ。

「台風も来るから、あんまり遅くならないうちに終わらせるってことで」

「用事……、本当に大丈夫なの？」

やっぱり疑っている。

「だから、俺の勘違いだって」

すると、夕花の顔に、うっすらと笑顔が咲いた――。

「分かった。じゃあ、放課後ね」

「おう」

夕花は微笑みを頰に残したまま前を向いた。そして、本のなかの世界へと戻っていった。

閉め切った教室の窓ガラスに、ザアッと大粒の雨滴が吹き付けた。雨は、いきなり激しくなったり、ふいに小雨になったりを繰り返していた。

薄暗い昼間の教室。

嵐が迫った黒い空。

蟬の声のしない夏は、あまり好きになれないな、と俺は思う。

机のなかに手を突っ込んだ。

借りたままのシンナーの瓶をそっと取り出した。

もしかして、俺って、本当にひま人なのかも——。

ひんやりしたガラス瓶を両手で包みながら、俺はひとり胸のなかでつぶやいていた。


放課後になると、学校中の生徒が一斉に帰宅した。すべての部活動が中止だから、この教室はもちろん、校舎のなか全体が不思議なくらいに静まり返っていた。

時折、窓ガラスに打ち付ける大粒の雨。その音が、教室のなかでやけに大きく響く。

俺と夕花は、学級新聞のラフデザイン制作をコツコツと進めていたのだが、作業をはじめて一時間ほど経ったとき、俺は手にしていたシャープペンを置いた。

「夕花」

「ん？」

机の上のデザインから顔を上げた夕花を、俺は正面から見据えた。そして、前触れもなく両手を合わせて拝むような仕草をしてみせた。

「えっと、ごめん」

「え……、えっ、な、なに？」

「じつはさ、今日、ひま部をやりたいって言ったの、あれ、嘘なんだ」

夕花は、ぽかんとした顔で、小首を傾げた。

「俺さ、教室に誰もいなくなる時間帯まで、誰にも何も疑われずに残っていなくちゃならなくて」

「………………」

「でさ、いまがチャンスだから、俺、ちょっと隣のクラスに行ってくる」

「え？」

「夕花は、ここで待ってて」

「えっ、なに？　どういうこと？」

俺は机のなかからシンナーの瓶とポケットティッシュの余りを手にして立ち上がった。

「すぐ戻るから」

「行く」

「え？」

「わたしも、行く」

言いながら夕花も立ち上がった。

「ちょっと待っててくれよ。すぐに終わるから」

「だって、心也くん……、何をする気なの？」

不安そうに眉尻《まゆじり》を下げた夕花を見たら、嘘をついて利用してしまったせいもあってか、なんだか申し訳ないような気分になってしまった。

「大丈夫だって。別に悪いことをするワケじゃねえし」

「だったら、なおさら、わたしも行く」

俺は、ため息をついた。まさか夕花が、ここまで自己主張をするとは思わなかった。正直、夕花は連れていきたくない——、というか、できれば夕花にあれを見せたくない。どうしたものかと、俺は迷いかけたけれど、でも、とにかく俺には時間がなかった。しかも、どうせ俺が駄目だと言っても、夕花は付いてくるような気がした。

「じゃあ、分かったよ。でも、絶対に内緒だからな」

「え?」

「悪いことをするワケじゃないけど、秘密にして欲しいんだ。それを約束してくれるなら、一緒に来いよ」

夕花は、一瞬だけ考えるような素振りを見せたけれど、結局は「うん、内緒にする」と頷いた。

俺たちは、教室を出た。

そして、こっそりと隣の教室に入り込んだ。

泥棒にでもなったかのような、妙な緊張感を覚えた俺が、ふと後ろを振り返ると、そこには満面の笑みを浮かべた夕花の顔があった。

「なんか、わくわくするね、こういうの」

もしかすると、いざというときに度胸があるのって、女子の方なのかも知れない。そんなことを考えながら、俺は石村の机の前に立った。

「えっ、これ……」

予想通り、夕花は息を飲んで俺を見た。

ビンボー野郎

できれば夕花に見せたくなかった言葉。

俺にとっての「偽善者」と似たような「毒」を、夕花に感じさせてしまうかも知れない言葉だった。

でも、俺の心配は、どうやら当てが外れたらしい。

夕花の表情を見る限り、自らの胸を痛める「毒」よりも、むしろ、落書きされた者にたいする同情で胸を痛めているように見えたのだ。

「ここ、石村の席なんだ」

俺は、小声で言った。

「どうして――」

「俺には分からないけど……。とにかく、先生の見回りが来る前に終わらせないと」

俺は、今朝、自分の机の落書きを消したときのように、まずはティッシュにシンナーを染み込ませた。そして、石村の机の落書きをごしごしとこすった。

「どうして、心也くんが消すの？」

その質問が、いちばん答えにくい。

「俺も、分かんねえ」

「もしかして、この落書き――」

「書いたの、俺じゃねえからな」

夕花には最後まで言わせず、言葉をかぶせた。しゃべりながらも、俺の手はせわしなく動いていた。

「俺さ、休み時間にここに来たんだよ。そしたら、こいつの机にも落書きがあることに気づいちゃって。だから、まあ、ついでみたいな感じかな」

俺の返事に、夕花は少しも納得していないようだった。

「じゃあ、どうして、放課後にこっそり消すの？」

「だって、みんながいるときに隣のクラスの俺が消しに来たら、まるっきり俺が書いたみたいじゃんか」

「あ、そっか」

「だろ？　よし。消えた」

　落書きは、完璧に消えていた。

「うん」

「台風で窓を開けられねえから、シンナーの匂いは残っちゃうかもしんねえけど」

「じゃあ、教室の出入り口の引き戸を、ふたつとも少し開けておく？」

「それ、いいね」

　俺たちは、足音を忍ばせながら教室から出た。その際、引き戸を半開きにしておいて、ついでにもうひとつの引き戸も半開きにした。そして、急いで自分たちの教室へと戻った。それぞれの席の前に立ち、シンナーとティッシュを机の上に置く。

　なんとか誰にも見られずにやり遂げた俺は、「ふう」と息を吐いてから「任務完了」と言って夕花を見た。

「なんか、冒険した気分だね」

　わずかに頬を紅潮させた夕花が、両手をこちらに向けて挙げた。俺はその手に、自分の両手をパチンと合わせた。

　ハイタッチだ。

「やったね」

「やったな」

小さく笑い合って、俺たちはそれぞれ自分の椅子に座った。

「ねえ、心也くん」

「ん？」

「先輩命令を発動させて、いい？」

「は？」

夕花が無邪気な感じで目を細めた。

「ねえ、いい？」

「それは、内容によりけりだろ」

「わたし、やっぱり知りたいんだけど」

「何を？」

「昨日の昼休みに石村くんが来てからのこと」

俺は一瞬、考えた。話していいものか、あるいは、黙っておくべきか。

「わたし、同じ部活の先輩として、ちゃんと知っておきたいから」

「なんだよ、それ」

俺は、軽く吹き出してしまった。夕花もクスッと笑った。二人で笑ったら、張り詰めていた肩の力がするりと抜け落ちたような気がした。まあ、どっちにしろ夕花には、さっきの行動を知られているのだ。ある程度まではしゃべってもいいだろうと思った。

「じゃあ、教えるけど、俺からも部長命令な」

「え、なに？」

「さっき落書きを消したことも含めて、これからしゃべることは、すべて秘密にすること」

「うん、分かった」

頷いた夕花の頬には微笑みの欠片《かけら》が残っていた。でも、その目は、優等生らしい誠実な光を放っていた。

それから俺は、昨日の昼休みからの一連の出来事をざっくりと話した。ただし、ひとつだけ、夕花にも伝えなかったことがある。それは、石村がうちの店でよく「こども飯」を食べているということだった。つまり、体育館の裏での俺と石村との会話についてだけ嘘をついたのだ。石村は、なぜか落書きの犯人を俺だと勝手に決めつけていたので、俺はきっぱり違うと主張した。そうしたら、今朝、俺の机にも落書きがあった、と。

「そっか。そんなことがあったんだね」

夕花は、一応は納得した顔をしていた。

でも、石村の机には「ビンボー野郎」、俺の机には「偽善者のムスコ」と落書きされていたのだ。かしこい夕花は、そのふたつの言葉から、俺と石村の関係性をある程度は連想しているに違いない。

「俺からしたら、とんだ濡《ぬ》れ衣《ぎぬ》だよ」

「濡れ衣を着せられたのに、こっそり落書きを消してあげたんだね」

「………」

俺は、夕花の言葉にどう返したものか考えた。正直、自分でも、どうして石村の机の落書きを消そうなどと思ったのか、よく分からないのだ。分かることといえば、俺の脳裏にはずっと石村の丸まった背中がちらついて離れないこと——、ただそれだけだ。

「心也くん、やっぱり優しいよね」

「え——」

やっぱり、ということは、もともとそう思ってくれていたということか？

「さすが、うちの部長さん」

「まあ、俺たちはひま部だからな、ひまつぶしにちょうどよかっただろ？」

「俺たち、じゃなくて、心也くん、一人でやろうとしてたじゃん」

「まあ、そうだけど……」

夕花は、照れている俺を軽くからかっているようにも見えた。

「ねえ、心也くん」

「ん？」

「また、冒険みたいなことをするときは誘ってね」

「は？　するかよ、そんなに」

「えー、そうなの？」

「当たり前だろ」

「なんか残念」

　言葉とは裏腹に夕花が小さく笑ったとき、窓ガラスに風雨が叩きつけられた。ザーッという雨滴の音と、窓が揺れるガタガタという音が、静かな教室にまとめて響き渡った。

「あ、台風……」と、俺。

「帰らないとね」と、夕花。

　俺たちは頷き合って、急いで席を立った。

　校舎を出てからは、横殴りの雨に翻弄《ほんろう》され、俺たちは制服のズボンとスカートをそれぞれたっぷり濡らしながら、通学路の坂道を降りていった。

　突風が吹くと、俺たちは声を出して笑った。

　二人とも髪がぐしゃぐしゃになり、傘がひっくり返った。役に立たなくなった傘は、あきらめて閉じて手に持った。

「きゃあ、シャワーみたい」

「さっそく冒険だな」

　大きめの声で俺が言うと、夕花は「あはは、ほんとだね」と笑う。唇をいっぱいに左右に引いた、奥歯まで見えるほどの明るい笑み。幼い頃によく見ていた、夕花の本当の笑みだった。

「なんかさ」

「ん？」

「嵐も、悪くねえな」

「うん、嵐、楽しいっ」

不穏な黒い空を見上げながら、思い切り笑っている夕花。そのびしょ濡れの横顔を見ていたら、なぜだか、ふと、泣いているようにも見えて、俺は思わず名前を呼んでいた。

「夕花？」

「ん、なに？」

こっちを向いた夕花は笑っていた。ちゃんと。これまで見たことがないくらい、吹っ切れたような笑みを浮かべていたのだ。

「えっと——、なんか、気持ちいいな」

「うん。最高」

「だよな」

「もうね、なんか、全部がどうでもよくなっちゃいそうなくらい」

夕花の前髪と顎の先から、つるつるとしずくがしたたり落ちる。

全部がどうでもよくなっちゃいそうなくらい——。

俺は、夕花の言葉を胸のなかで繰り返した。そして、頷いた。

「ほんと、ぜーんぶ、どうでもいいよな」

「あははは」

夕花が笑った。泣いているみたいに目を細めて。

正面から強い風が吹きつけてくる。大粒の雨滴が俺たちの顔をバチバチと叩いた。

「うわ、痛《い》てて」

「ひゃぁ」

そして、俺たちは、また笑う。

バケツをひっくり返したようなこの雨が、ビンボーも、偽善者も、きれいさっぱり洗い流してくれればいいのに——。

そう思ったとき、ようやく俺は気づいた。

なんだ、泣きたい気分なのって、俺じゃん。


夕花と別れた俺は、びしょ濡れのまま店に入った。

「ただいま」

言いながら店内を見回す。お客は一人もいなかった。さすがにこの天候では仕方がないだろう。よく見れば、すでに奥の客席のテーブルの上に暖簾《のれん》が置かれている。

「おう、おかえり。いよいよ嵐になって——、つーか、なんだ、お前、どうした？」

厨房から顔を覗かせた父が、頭からずぶ濡れの俺を見て吹き出した。

「傘、役に立たなかったから、使わなかった」

「あはは。なるほどな。しかし、ここまでの土砂降りだと、逆にずぶ濡れになるのが気持ちよかっただろ？」

「うん」と素直に頷いた俺は、あらためて店内を見てから訊いた。「景子さんは？」

「嵐になる前に帰ってもらったよ。どうせこの台風じゃ、お客も来ねえだろ」

「そっか」父と二人きりになれるのは都合がいい。「じゃあ、俺、ちょっと着替えてくるわ」

「おう、そうしろ」

「あ、俺さ、ちょっと腹減ってるんだけど」

本当は、さほど空腹ではなかったけれど、そう言った。

「そうか。じゃ、何か作っとくから、着替えたら降りてこいよ」

「うん」

「あ、ちなみに、何が食べたい？」

「うーん、麺《めん》類がいいかな」

「オッケー」

父が親指を立てたとき、店の窓に強風が吹きつけてガタガタと鳴った。

「心也も帰ってきたし、早々にシャッター降ろしとくか」

そう言って、父は、店の出入り口に向かった。

俺は、厨房の脇にある三和土《たたき》で、濡れた靴と靴下を脱いで家に上がった。そして、二階の自室に入り、濡れた身体とカバンをタオルでよく拭《ふ》き、Tシャツとショートパンツに着替えた。

雨で冷やされた身体は、着替えたあとも少しひんやりとしていて、憂鬱な心とは裏腹にこざっぱりとしていた。

さてと――、

「ふう」

俺はひとつ息を吐いてから部屋を出た。

階段を降り、三和土でサンダルを履いて厨房へ。そのまま客席へと廻《まわ》り、調理をしている父と対面するカウンター席に腰掛けた。

ジュウジュウといい音を立てながら、父はフライパンを振っていた。

「すぐにできるからな」

「うん」

視線を手元に落として調理しているときの父の顔は、目尻と口元が穏やかで、どこか微笑んでいるようにも見える。

そういえば、俺がまだ夕花と二人で遊んでいた頃——つまり、母が生きていた頃——調理中の父の顔を見て、ストレートに訊いたことがある。「お父さんって、ご飯つくるの、好きなの？」と。すると父は、いっそう目を細めて俺の頭をごしごし撫《な》でながら、こう答えたのだった。「もちろん好きだよ。食べてくれた人が『美味《お》しい』って言ってくれたら、もっともっと好きになっちゃうだろうな」

あの頃よりも、父の目尻のしわは深くなり、髪の毛には白いものが混じるようになった。筋骨隆々としていた身体も、ひとまわり小さくなった気がする。

「あらよっと」

わざと陽気な声を出しながら、父がフライパンの鍋肌《なべはだ》に醬油《しょうゆ》を回しかけた。

食欲をかき立てる、焦《こ》げた醬油のいい匂いが立ちのぼる。

思えば、毎日、毎日——、俺は、この人の作ったご飯を食べて育ったんだよな……。

父の目尻のしわを見ていたら、ふと、そんなことを思った。

「よおし、完成だ」

フライパンから皿に盛られたのは焼うどんだった。「こども飯」でリクエストの多い人気の裏メニューだ。

「ほれ」

「ありがと」

厨房から差し出された皿を受け取った。にんにくとバターと醤油の香りのする湯気が立ちのぼり、たっぷりのせた鰹節《かつおぶし》が生き物のように揺れ動いている。

「いただきます」

「おう」

俺が焼うどんを食べはじめると、父は「さてと」と言って、厨房の冷蔵庫から瓶ビールを出し、栓を抜いた。そして、グラスも手にして客席に出てきた。

父が座ったのは、俺のいるカウンター席の隣ではなく、背後にある四人席だった。

「くはぁ、明るい時間に飲むビールは最高だなぁ。台風さまさまだ」

陽気な父の声を背中で聞きながら、俺はしゃべり出すタイミングを計っていた。すると、思いがけず父の方からそのタイミングをくれたのだった。

「で、心也、お前、俺に何か言いたいことがあるんじゃねえのか？」

「え？」

不意をつかれた俺は、手にしていた箸《はし》を止めた。

「学校で何かあったのか？」

「…………」

直球で訊かれた俺が言葉を詰まらせていると、父はごくごくと喉を鳴らして、明るいままの声で続けた。

「いきなりびしょ濡れで帰ってきて、あんなに深刻な顔してんだもんなぁ。しかも、帰ってすぐに腹が減ったなんて言い出すのも珍しいだろ？　さすがの俺でも、何かあったんだろうなって思うぞ」

「別に、深刻な顔なんて――」

言いながら背後を振り向いたら、

「してた、してた」

と父はからかうように笑う。

俺、そんなに深刻な顔をしてたのか――。

正直、自分としては心外だったけれど、そういえば、景子さんに言われたことがあった。学校から帰ってきたときの俺の顔を、毎日、父は観察しているのだと。

「まあ、別に、深刻ってほどのことじゃないんだけど」

俺は、後ろを振り返ったまま言った。

「そうか。それなら、それでいいけどな」

父はグラスをテーブルに置き、コツン、という乾いた音を店内に響かせた。
チ、チ、チ、チ……。
客席の壁かけ時計が秒針の音を漂わせ、窓の隙間からは雨音が忍び込んでくる。

母がいなくなってから、この家に一気に増えた静けさ。父が陽気な人だからこそ、ふと黙った瞬間の静けさがいっそう深く感じられるのだと思う。

外で突風が吹いて、店のシャッターがガタガタと大きな音を立てた。

「心也」

父が俺の名を呼んだ。いつもと変わらぬ、野太くて明るい声色で。

「え？」

「とりあえず、うどん、あったかいうちに食べちゃえよ」

「あ、うん」

俺はカウンターに向き直り、止めていた箸を動かした。そして、食べながらふと気づいた。

父は、わざと俺の後ろの席に座ってくれたのだ。

少しでも俺がしゃべりやすくなるように。

「うめえか？」

「うん」

それからしばらく父は黙ってビールを飲んでいた。

俺も黙々と箸を動かした。

そして、半分くらい食べたとき、なんとなく自然な感じで俺の口が動いてくれたのだった。

「あのさ」

と、焼うどんを見ながら言った。

「おう」

「うちの『こども飯』のことなんだけど」

「………」

背後の父は返事をしなかった。でも、ちゃんと耳を傾けてくれている気配は感じられた。

「そろそろ、やめない?」

ああ、言っちゃったな――、そう思いながら焼うどんを頬張ったら、なんだか少しだけ味がぼやけた気がした。

父は、少しのあいだ何も答えなかった。しかし、ふたたび店のシャッターがガタガタと音を立てたとき、いつもと変わらず野太くて、でも、いつもより少し穏やかな声で言った。

「学校で、何か言われたのか?」

俺の脳裏に、あの汚い落書きの文字がちらついた。

「別に、言われたわけじゃないけど」

　嘘はついていない。言われたのではなくて、書かれたのだ。俺は心のなかで自分自身に屁理屈《へりくつ》を言っていた。すると、

「くくく」

　と、父が笑い出した。

「なに？」

　俺は箸を手にしたまま、思わず後ろを振り向いた。

「ほんとお前って、昔から嘘が下手なのな」

「は？　嘘なんて――」

「まあ、いいけどよ」父は美味《うま》そうにビールをごくごく飲んで、「ちょっと想像してみろよ」と言った。

「想像？」

「ああ。『こども飯』をやめた俺と、その後の食堂をイメージしてみろって」

「………」

「しかも、自分から進んでやめたんじゃなくて、どこぞの部外者の言葉に屈して『こども飯』サービスをあきらめた俺と、子どもたちが来なくなったこの食堂と、そうなった店に学校から帰ってくる自分のこともな」

想像をしかけて、すぐにやめた。まじめに想像をするまでもない。というか、すでに胃のあたりが重くなっていたのだ。

俺が、何も答えられずにいると、ふいに父はやわらかい目をした。

「なあ心也、死んだ母ちゃんは賢かっただろ？」

「え？」

「その母ちゃんが、言ってたんだ」

「……………」

「人の幸せってのは、学歴や収入で決まるんじゃなくて、むしろ『自分の意思で判断しながら生きているかどうか』に左右されるんだって」

「……………」

「あ、お前、その目は疑ってるな？」

「いや、べつに」

「いまのは俺の言葉じゃなくて、本当に母ちゃんの言葉だからな。しかも、国連だか何だかがちゃんと調べたデータらしいぞ」

「分かったよ、それは」

「よし。てなわけで、死んだ母ちゃんの教えどおり、俺は自分の意思を尊重しながら生きる。やりたいようにやる」

父はニヤリと笑って、ビールをあおった。

「………」

なるほど、やっぱり俺の意見は流されるってことか。

そう思ったら、言葉にならないもやもやが胸のなかで膨《ふく》らみはじめた。俺はふたたび父に背中を向けた。そして、黙って焼うどんを口に運んだ。少し冷めてしまった麺は、さっきよりも粘ついていて、風味も落ちた気がした。それでも、かまわず食べ続けた。

すると、背後で、また、コツン、という乾いた音がした。

父がビールのグラスを置いたのだ。

「ちなみに、だけどな」

穏やかな父の声を、俺は背中で撥《は》ね返そうとして無視をした。でも、父はかまわず言葉を続けた。

「心也が不幸になると、自動的に俺も不幸になっちまう」

「………」

「だから、心也が不幸になるんだったら、俺は『こども飯』をやめるよ」

「………」

「それが、やりたいようにやると決めている俺が、自分で決めた意思だ」

咀嚼《そしやく》した焼うどんを飲み込んだ。

店内がふたたび静かになって、時計の秒針と雨の音がやけに大きく聞こえはじめた。

なんだよ。マジかよ。やめるのかよ。

俺に、胃が重くなるような未来を想像させておいて、やめるのかよ——。

そもそも自分からやめて欲しいと言ったのに、いざ父が賛成してくれたら、それにも不平を言いたくなって、胸の奥のもやもやがむしろ一気に膨張してきた。正直、少し息苦しいほどだった。それでも、俺は、焼うどんを頬張った。そして、いつもよりしっかりと嚙《か》んだ。背中に父の存在を感じると鼻の奥がツンとしてきそうだったから、必死に嚙むことに集中したのだ。

やがて、静かすぎる店のなかで、俺は焼うどんを完食した。

皿の上にそっと箸を置き、背中越しに言った。

「ごちそうさまでした」

少し、声がかすれてしまった。

「おう、美味かったか？」

母がいなくなってから、何度も、何度も、父と俺のあいだで交わされてきた短い言葉のやりとり。

ちょっと腹が立つから、今日くらいはイレギュラーな返事にしてやれ、と俺は思った。

「まずかった」

ぽつりと言ったら、背後で父が吹き出した。

「あはははは。心也、お前なぁ――」

「………」

「ほんと、死んだ母ちゃんによく似てるわ」

俺はあえて振り返らずに、空になった皿を見下ろしていた。

すると父が、ますます愉快そうに続けた。

「母ちゃんも、お前も、嘘をつくのが下手すぎなんだよなぁ」

その言葉に肩の力が抜けて、フッと笑いそうになった瞬間、なぜか同時に鼻の奥が熱くなってしまって……、それから俺は、しばらくのあいだ後ろを振り向けなかった。

ゆり子

壁が崩れたカフェの厨房から、マスターが階段を上がってくる音が聞こえた。

さすがに疲れたのだろう、いつもよりも足取りがスローだ。

やがてリビングのドアが、カチャ……、と静かに開いてマスターが顔を出した。

「アイスコーヒー、淹《い》れてきたよ」

「うん、ありがとう」

わたしは居住空間にしている二階のリビングで、事故後の対応に追われていた。というのも、昼間うちの店にダンプカーが突っ込んだあの事故が、ついさっき、夜のテレビのニュースとして流れてしまったのだ。それからは、もう、ひっきりなしに電話やメール、メッセージが飛び込んできて、わたしはスマートフォンが手放せない状況に陥っていた。テレビの影響力は、想像を絶するものがあった。

マスターがテーブルの向かいに座り、首に巻いていた青いタオルで額に浮いた汗をぬぐった。

「疲れたから、コーヒーフロートにしたけど」

「うん、甘いもの、嬉《うれ》しい」

二人はそれぞれ黙ってアイスコーヒーに口をつけ、少しずつバニラアイスを食べた。昼間、みゆちゃんが喜んで食べてくれた美味しいアイスだ。

そして、グラスを置き――、

「はあ」

「はあ」

と、二人してため息をついた。

それが、あまりにも同じタイミングだったので、わたしたちは思わず顔を見合わせて苦笑してしまった。

「電話、少しは収まった？」

「うん。だいぶ減ってきた。下の具合は？」

「まだまだ、だね」

マスターは店内に散らばった瓦礫《がれき》やガラス片を、一人でせっせと片付けてくれていたのだ。

「部分的に天井も落ちてるし、レジを置いてた台も歪んじゃって使えそうにないよ」

「そっかぁ……。客席の照明は、点《つ》かないままなの？」

「うん、点かない。照明器具そのものは壊れてないんだけど」

「どこかの配線が切れちゃってるのかな？」

「だろうね。でも、とりあえず、厨房まわりは通電してるから、それだけでも助かるよ」

そんな会話をしている間にも、ピロロン、とスマートフォンが電子音を立てる。反射的にわたしが端末に手を伸ばしかけたら、マスターが「いいよ」と言った。

「え？」

「もう、今夜は、メールとかメッセージの対応はおしまい。明日以降、落ち着いてから返信しよう。とにかく、ゆり子も少し休んだ方がいいよ」

「そっか。うん。そうだよね」

頷いたわたしに、マスターがやさしく微笑みかけてくれた。

わたしは、グラスを手にしてアイスコーヒーを飲んだ。

ああ、美味しいな——、と心の深いところで思ったのに、喉から出てきたのは、言葉ではなく「ふう」という深いため息だった。マスターの言うとおり、すでにわたしは心身ともにくたびれているのかも知れない。

ピロロン。ピロロン。

今度は二回連続で鳴った。

友人、知人、親類、そしてお客さんたち——、みな、それぞれ心配して連絡をくれるのだけれど、さすがに五〇件も超えると、またか……、という気分になってしまう。なかには、あからさまに野次馬的な人もいて、そういう人の対応がいちばんくたびれたし、わたしの心も削られた。

不幸中の幸いだったのは、あれだけの事故にもかかわらず死者が出なかったことだ。ダンプカーの運転手は怪我をして意識を失ってはいたものの、命に別状はなかったそうだし、なによりも内藤さんとみゆちゃんが無事で本当によかった。

あのとき、もしも、窓際の席にお客さんがいたら——、と思うとゾッとする。

事故の直後からは、ふしぎと世界が飛び飛びで動いたような気がしていた。いつの間にか警察や救急隊が駆けつけてきて、気づけばテレビや新聞の報道関係者たちの姿が見られるようになっていた。道行く人たちはスマートフォンを片手に動画や写真を撮り、なかには嬉々《きき》として笑いながら撮っている人もいた。

大破したダンプカーがレッカー車に牽引《けんいん》されていくとき、わたしとマスターにテレビカメラが向けられた。小柄な女性のインタビュアーに状況を訊かれたので、マスターがぽつぽつとそれに答えた。そして、その様子がニュースとしてオンエアされてしまったらしいのだ。正直、わたしもマスターも今日はテレビをつけていないから、そのニュース自体は観ていなかった。じゃあ、どうして、自分たちがテレビに出たことを知っているのかというと、かかってきた電話の相手のほとんどが「ニュース観たよ」を枕詞《まくらことば》にして、勝手にあれこれ教えてくれたからだった。

わたしとマスターは、静かに会話を交わしながらコーヒーフロートを空にした。

「はあ、美味しかった。ご馳走《ちそう》さま。やっぱりコーヒーを飲むと気持ちが落ち着くね」

少しでも二人のメンタルが落ち込まないようにと、わたしはなるべく明るめの声を出した。

「そっか。じゃあ、うん、淹れてよかった」

マスターも必死に微笑んでくれているように見える。

「あ、俺、グラスを片付けるついでに」言いながらマスターは二人分のグラスを手にして立ち上がった。「ちょっとブルーシートの様子を見てくるよ。なんか、バタバタいってるから」

ダンプカーに壊された壁には応急処置としてブルーシートが張られていて、それが風にあおられるとバタバタと大げさな音を立ててなびくのだ。そして、その音は、いま、まさに二階のリビングにまで届いていた。

「うん。じゃあ、わたしは、お風呂《ふろ》を沸かしておくね」

「よろしく」

マスターがリビングから出て、お店の厨房へとつながる階段を降りていった。

「さてと……」

お風呂掃除をしようと、わたしが立ち上がりかけたとき、ふたたびリビングに電子音が響いた。

今度は、電話だった。

固定電話の子機を手にすると、見知らぬ電話番号が表示されていた。出るかどうか、一瞬、迷ったけれど、マスターの美味しいコーヒーと、バニラアイスの糖分のおかげか、これが今日、最後の一本――、というつもりで出てみようという気分になっていた。

「はい、もしもし」

「あの、突然のお電話で申し訳ありません。そちらはカフェレストラン・ミナミさんでよろしいでしょうか？」

物腰のやわらかな、若い女性の声が聞こえてきた。

「はい、そうですが」

「はじめまして。わたくし、タカナシ工務店の高梨《たかなし》と申します」

「はい」

「じつは、先ほど、テレビのニュースでそちら様の事故を知りまして――、ええと、このたびは、たいへんご愁傷様です」

「はあ……、あの、どういったご用件でしょう？」

訊きながら、わたしは電話に出たことを後悔しはじめていた。どうせ壁の修理やリフォームの営業に違いない。

「あ、はい。ええとですね、もしかすると少々、差し出がましいかな、とも思ったんですけれども――、明後日、台風が来ると天気予報でやっていたものですから」

「はあ……」

「いま現在、壊れてしまった壁の部分ですが、どうなさっておりますでしょうか？」

「え……、どうって？」

「何かしらの応急処置をされているのかどうか、と思いまして」

「一応、ブルーシートを張ってありますけど」

「ああ、やっぱり、そうですよね」

「はい……」

「あの、ご提案なんですけど」

「………」

「現状のブルーシートだけですと、明後日の台風には耐えられないと思われますので、とりあえずベニヤ板か何かでいったんきちんと穴をふさいで、台風をやり過ごして、それからあらためてお店の修繕をされてはいかがかな、と思いまして。それでお電話をさせて頂きました」

「はあ、たしかに、まあ、そうですよね」

わたしは頷くほかなかった。この高梨という女性の言うとおり、いま現在ですらバタバタと音を立てているブルーシートでは、さすがに台風は乗り切れないだろう。しかも、天気予報によれば、台風はかなり強い勢力を保ったまま、このあたりを直撃するらしいのだ。

「もしも、わたくしどもでよろしければ、取り急ぎ、明日にでも壁の穴をふさがせて頂きますが、いかがでしょうか?」

「あ、ええと、それは、とてもありがたいんですけど……」

ありがたいのは、確かだ。でも、聞いたこともない会社からかかってきた飛び込みの電話営業に、いきなり「じゃあ、よろしくお願いします」とは言いにくい。だから、わたしは少しのあいだ、どうしたものか、と迷っていた。すると、ふたたび高梨さんがしゃべり出した。

「こちらからの勝手な申し出ですので、今回の応急処置に関しましては無償で行わせて頂きますので」

「えっ、無償って……」

「はい。タダで、ということです」

タダって――。

そんな都合のいい話があるだろうか？

でも、もしも、それが本当なら、こんなにありがたい話はない。

わたしは電話口で「うーん……」と言いながら、また少しのあいだ思案した。高梨さんへの疑いを深めたというよりも、むしろ、我が家の現実的な懐事情を考えていたのだった。

そもそも――、うちの店はたいして儲《もう》かってもいないのに、「子ども食堂」サービスを続けてきた。金銭的にほとんど余裕がないから、万一に備えての保険などには加入していない。もっと言うと、事故を起こしたダンプカーの運転手は、あろうことか無免許運転だったことが分かっている。ということは、その運転手の自動車保険から、うちに保険金が支払われることもない。もしも、こちらが訴訟を起こして勝訴したとしても、相手に支払う意思や財産がない場合、支払われないということも多々あるらしい。つまり、壊されたお店の修繕費用は、うちが持つハメになることが予想されるのだった。

壊されたのは、壁だけではなく、天井、床、基礎のコンクリートの一部、そして、内装や家具類の数々……。それらすべての修繕費を思うと、未来は真っ暗だった。いまあるすべてのお金をかき集めたとしても足りるはずもなければ、万一、銀行からお金を融資してもらえたとしても、これまでのような小さな店の小さな儲け程度では、きちんと返済できるとも思えない。残念ながら、親類縁者にお金持ちもいない。

最悪の場合、もう、このお店はあきらめて、夫婦それぞれ別の仕事をするしかないかもね――。

夕方、マスターとは、そんな話までしていたのだった。

でも……、というか、だからこそ、わたしは高梨さんから話だけでも聞いてみようと思った。

「あの、どうして、無償で?」

「うーん……、理由はひとつではないんですけど。まずは、とにかく、テレビを観て、台風が来るし、きっと困ってらっしゃるだろうなぁ、と勝手にわたしが思ってしまったのと――、あと、応急処置の際に、壊れたお店の状況を拝見させて頂いて、もし、よかったら、修繕やリフォームの方もお手伝いさせて頂けたらありがたいな、という思いも、正直なところ少しはあります」

「なるほど」

そういうことか――。

「なんだか、すみません。善意っぽい話から、急に営業っぽくなってしまいまして」

「いいえ。大丈夫ですよ」

わたしとしては、むしろ最後に営業っぽい言葉を口にしてくれたことで得心《とくしん》できたのだ。ひたすら調子のいい台詞ばかり並べ立てられるよりも、かえって正直で清々《すがすが》しい。

「あの――、こんなことをこちらから申し上げるのも変ですけど……、わたくしどもは決して怪しい会社ではありませんので。お手間ですが、もしよろしければ弊社のホームページをチェックして頂けますと」

「ああ、そうですね」

「あらためまして、社名は、カタカナで『タカナシ』に、一般的な『工務店』と書きますので」

「分かりました。じゃあ、あとで調べてみますね」

「はい。どうもありがとうございます」

電話の向こうで頭を下げている絵が浮かぶような話し方に、わたしはいつしか好感を抱いていたらしい。

「ええと、ひとつ確認、というか、お訊きしておきたいことがあるんですけど」

「はい、何でしょう?」

「もしも、おたくの会社に応急処置をお願いして、ついでにお店の修繕の見積もりを取って頂いたとして」

「はい」

「その結果、うちの予算と見合わなかった場合のことなんですけど……」

「あ、はい。それはもちろんですが、ご予算と合わない場合はお断り頂いて結構です。こちらも無理にとは申しませんし、応急処置の代金もいっさい頂きませんので」

高梨さんが、ありがたい台詞を口にしてくれたとき、静かにリビングのドアが開いてマスターが戻ってきた。

マスターは、敬語で電話をしているわたしを見て、わざとらしく少し困ったような顔をしてみせた。もう、電話の応対はしなくていいと言ったのに――、という顔だ。

わたしは、大丈夫だよ、という意味を込めて深く頷いてみせてから、高梨さんに言った。

「でしたら、ぜひ、応急処置の方、お願いしたいです」

「そうですか。よかったです。どうもありがとうございます」

「いいえ。お礼を言いたいのはこちらです。本当に助かります」

それから、わたしと高梨さんは、明日の午前中に応急処置の作業に入ってもらうという約束をして、通話を切った。

「応急処置って、いまの電話、誰？」

訝《いぶか》しげな顔をしたマスターが小首を傾げた。

「えっと、タカナシ工務店さんっていうところからの電話だったんだけどね――」

わたしは、高梨さんとの会話を、そのままマスターに伝えた。

「なるほど……。でも、タダって、なんか怪しくない？」

言いながら、マスターは腕を組んだ。

「そんなことないと思うけど。すごく感じのいい女性だったし」

「最後にぼったくられたり――」

「あ、そうだ」わたしはマスターの言葉にかぶせて軽く手を叩いた。「その会社のホームページを検索して、よく調べてみようよ」

「ああ、なるほどね」

と、マスターは、軽く二度、頷いた。

わたしはスマートフォンで「タカナシ工務店」を検索してみた。マスターが横にきて、小さな画面を一緒に覗き込む。

「けっこう、ちゃんとしてそうな会社だな」

「よかったぁ。まともそうで」

わたしは画面をスクロールして、トップページをざっと見てから、さらにサイト内をいろいろとチェックしてみた。

「なかなかセンスのいい家を建ててるなぁ」

いつの間にか、マスターの方が前のめりになっている。

「だよね」

と、わたしも素直に頷く。

タカナシ工務店のホームページには、これまでに建てたオーダーメイドの一軒家や、リフォームを手がけた住宅や店舗の写真がたくさん掲載されていた。驚いたのは「交通アクセス」のページを見たときだった。わたしは近所の工務店なのだと勝手に思っていたのだけれど、隣県にある会社だったのだ。うちからだと、車で一時間はかかるだろう。

「っていうか、なんで他県の工務店がうちの電話番号を知ってたんだろう？」

思い出したようにマスターが腕を組んだ。

「ニュースで観たって言ってたから、たぶんネットで調べたんじゃないかな」

「あ、そうか。そりゃ、そうだよな」

「とにかく」と言って、わたしはスマートフォンをそっとテーブルに置いた。「台風には備えなくちゃいけないし、他の工務店でお願いしたら、応急処置だけでもお金がかかっちゃうでしょ？」

「たしかに……」

「明日、高梨さんっていう人と実際に会ってみて、それから、今後のことをいろいろと考えてもいいんじゃない？」

わたしが言うと、マスターも得心したように「うん。怪しかったら、その場で断ればいいんだもんな」と頷いてくれた。

「捨てる神あれば拾う神あり、かもね」

わたしが言うと、

「本当に拾う神様だったら助かるなぁ」

と、マスターが苦笑した。

「大丈夫だよ、きっと」

「オーケー。信じる者は救われるってことで」

微笑みながら頷き合ったら、なんだか、逆に二人のあいだに疲労感が漂ってしまった。

今夜も風が強いのだろうか、また階下からバタバタとブルーシートのなびく音がした。

壁の代わりに、ぺらぺらのシートが一枚という現状——。

そう思うと、急に心もとないような気がしてくる。

そんなわたしの表情を読み取ったのか、マスターは言った。

「一応、防犯のために、厨房の照明はつけっぱなしにしておいたからさ」

「うん、それがいいと思う」

わたしは答えて立ち上がった。

「どこ行くの？」

「ごめん、これからお風呂掃除。ずっと電話をしてて、まだ洗えてなかったから」

そう言ってリビングを出た。

浴室と脱衣所は、廊下の右手にある。

わたしは脱衣所の照明のスイッチを押した。そして、

「え、うそ――」

思わずつぶやいてしまった。

さらに奥にある浴室の照明のスイッチも押してみた。

やっぱり、こっちも明かりは点かなかった。

「せめて、お願い……」

小声で言いながら、ガスの湯沸かし器のスイッチも押してみた。しかし、予想通り、デジタル表示の画面は真っ暗なままだった。

「はあ……」

今夜は、冷たい水のシャワーを浴びるハメになるらしい。

まあ、真夏でよかった、ということか――。

せめて少しはポジティブに考えようと心を砕きながらも、わたしは少なからず肩を落としてリビングへと向かった。

明日、高梨さんに電気の相談もしてみようかな。
さすがに、それは有料だと思うけど。

第三章　孤独のライオン

心也

一学期の終業式の日――。

朝のホームルームがはじまる直前に、担任のヤジさんに声をかけられた。

「風間、ちょっといいか？」

「え？　はい……」

すでに着席しているクラスメイトたちを教室に残したまま、ヤジさんは俺《おれ》を廊下に連れ出した。そして、周囲に人がいないことを確認すると、低く抑えた声を出した。

「この間の、お前の机の落書きの件だけどな」

「………」

「犯人、見つかったぞ」

「え……」

「ただ、誰《だれ》がやったのかは、お前には教えないってことになってる」

「え、どうして……」

「職員室での話し合いで、そういうことになったんだ。とにかく、そいつらは飯山《いいやま》先生にみっちりしぼられたから。もう、お前にちょっかいを出したりはしないはずだから」

　よかったな――、とでも言いたそうな顔をしたヤジさんに、俺はとりあえず「はい」と頷《うなず》いておいた。正直、誰がやったかは、だいたい想像がついているのだ。

「あの……」

「ん？」

「どうして犯人が誰か分かったんですか？」

　俺が知りたいのは、むしろこれだった。でも、ヤジさんは「うーん、それも言えないな」とだけ言って、俺の肩の後ろをポンと叩《たた》いた。

「ほれ、もういいだろ。一学期最後のホームルーム、はじめるぞ」

　そのままヤジさんに背中を押されるようにして教室に入ると、クラスメイトたちのざわめきがぴたりとおさまった。

　好奇心まる出しの視線が、俺に集まっていた。

　誰とも視線を合わせないように気をつけながら、俺は自分の席に着いた。ヤジさんはというと、いつもとまったく変わらない感じで教壇に立ち、ざっと教室を見渡した。

「おっ、今日は——、全員出席みたいだな。よし、じゃあ、一学期最後のホームルームをはじめるぞ」

ヤジさんのバリトンが響き渡ると、ようやく俺に向けられていた視線が少しずつ離れていった。


その日の終業式は、体育館で行われた。

式のあいだ、俺はずっと上《うわ》の空だった。

落書きの犯人が石村の取り巻き連中だということは、ほぼ確定だと思うけれど、でも、どうしてそれが先生にバレたのか——、そっちがどうにも気になって、長すぎる校長の話も、形式張った生徒会長の話も、右から左だったのだ。


帰りのホームルームが終わると、クラスメイトたちの半分ほどが教室に残って、おしゃべりに花を咲かせていた。

明日からは長い夏休みに入るのだ。俺たちは、なんとなく、しばしの別れを前にして名残惜しいような気分になっていた。とりわけ女子たちは、いつもよりも口をよく動かした。

そんななか、友達のいない夕花は、なるべく周囲に気づかれないよう、ひっそりと教室から去ろうとした。帰りがけ、俺とすれ違いざまに夕花は小さな声を出した。

「心也くん、夏休み中の新聞のこと、あとで連絡するね」

「おう。分かった」

答えた俺の声も、うっかり小声になってしまい、それが小さな罪悪感の種となって胸の浅いところに転がった気がした。

それでも、夕花が帰ってしばらく経《た》つと、俺はサッカー部の青井やバスケ部の高山たちと冗談を飛ばし合いながら、げらげらと馬鹿笑いをしていた。

「ねえ、なにがそんなにおかしいの？」

俺たちの話の輪に、四人の女子たちが加わってきた。

すると青井が嬉々《きき》としてしゃべり出した。

「うちのサッカー部の副顧問になったばかりの戸塚《とつか》って先生いるじゃん。あいつのはいてたトレパンがさ、準備運動でしゃがんだとき、ケツのところがパッカーンって割れて、パンツ丸出しになったんだよ。しかも、そんときはいてた下着の色が肌色でさ――」

自分の言葉で思い出し笑いをしはじめた青井のあとを、高山が引き継いだ。

「そのパンツが肌色だから、ノーパンに見えちゃって、そこをたまたま通りかかった女子テニス部の一年が、あまりの衝撃に凍りついて――」

しゃべりながら青井と高山がまたげらげらと笑い出した。

俺も釣られて笑った。

女子たちも「やだー」なんて言いながら、愉快そうに笑っていた。

「で、その後、戸塚、どうしたと思う？」

青井が言って、

「えー、分かんなーい」

と女子たちが口をそろえる。

「あいつ、慌てて部室に逃げ込んだと思ったら、わざわざ破れたところにガムテープを貼《は》って出て来たんだよ。で、そのガムテープがまた肌色だったから、結局、モロにケツが出てるみたいに見えてさ」

俺たちは手を叩いて笑い、女子たちも吹き出した。

と、次の瞬間――、
それまで爆笑していた高山と青井の顔からすっと笑みが消えた。

嫌な予感がした俺は、まさか、と思いつつ後ろを振り返った。こういう予感というのは、ふしぎなくらいその通りになるものだ。

クラスメイトたちにも不穏な空気があっという間に伝染したらしく、気づけば教室はしんと静まり返っていた。

またしても注目を浴びるハメになった俺は、ため息をこらえながら立ち上がった。そして、男同士にしては近すぎる距離にある獰猛《どうもう》そうな顔を見て――、
一瞬、声を失った。

「ちょっと、ツラ貸せ」

低い声を出した石村の顔は、まるで試合後のボクサーのように痣《あざ》だらけだったのだ。左まぶたの上や頬骨《ほおぼね》のあたりには絆創膏《ばんそうこう》が貼られていて、腫《は》れた下唇には大きなかさぶたが張り付いている。

「え、その顔――」

どうした？　と俺に言わせる間もなく、石村は「行くぞ」と言って後ろを向いた。そして、ズボンのポケットに両手を突っ込み、周囲を睨《にら》みつけながらガニ股《また》で歩き出した。

俺は通学カバンを手にして、青井と高山に「しゃあねえ、ちょっくら付き合って、そのまま帰るわ」と告げた。女子たちにも「んじゃ、また二学期な」と軽く手を挙げて石村の後に従った。

「あ、おい、風間」

背後で高山の声がした。

無言で振り返った俺に、高山は「後で、電話するよ」と言った。気の優しい高山は心配をしてくれているのだ。俺は、オッケーとサンキューの両方の意味を込めて小さく頷き返した。

石村と俺が教室を出ると、前回と同様、静かだった教室のなかが一気にざわめいた。そのざわめきを背中で聞きながら、俺は石村の背中を追った。でも、その背中は、なんとなく前回よりもいっそう丸まっていて、ひとまわり小さく見えた。俺は、仲間のいないライオンの姿を思い出していた。

一階に降りた俺たちは、言葉を交わさぬまま廊下の突き当たりまで歩いていき、そこから武道場へと続く渡り廊下の途中で外に出た。上履きのままアスファルトの上を歩いていく。

前回の「連行」のときと比べると、石村は心なしかゆっくり歩いてくれている気がした。左脚を引きずりながら付いていく俺に気を遣っているのか、あるいは、たまたまゆっくり歩いているだけなのかは分からないけれど……。

今回、石村が向かった先は、体育館の裏ではなく、「離れ」に建てられた技術室の裏手だった。そこは技術室の壁と校舎の壁に挟まれた細長い隙間《すきま》のようなところで、もしも前と後ろを敵にふさがれたら、もはや逃げ道はない、という――、ある意味とてもヤバい場所だった。

その細長い空間の、ちょうど真ん中あたりまで歩いたところで、石村は足を止めた。そして、ゆっくりとこちらを振り返った。

俺は、二メートルほどの距離を取って立ち止まった。

どこか遠くから、蟬《せみ》の声が聞こえてきた。

俺は、ちらりと頭上を見上げた。両側を壁に挟まれているせいで、真夏の青空はまるで鉛筆みたいに細長かった。この場所は直射日光は当たらないものの、風がまったく抜けないから、息苦しさを感じるほどに蒸し暑い。

「あちいな……」

ひとりごとみたいに言いながら、俺はワイシャツの胸のあたりをつまんで、はたはたと動かし、外の空気を取り込んだ。そして、傷だらけの石村の顔をあらためて観察した。

石村は、黙ったまま眉間《みけん》にしわを寄せていたけれど、前回と比べると、その視線からはあまり怖い棘《とげ》を感じなかった。

「で、用件は?」

俺も、なるべく棘のない声色《こわいろ》で訊《き》いた。

すると石村は、ポケットに両手を突っ込んだまま「ふう」と息をついた。そして、わずかに視線を落とした。

「まあ、なんつーか、一応、謝っておこうかと思ってよ」

「え？」

謝る？　石村が？　俺に？

予想外の展開に、俺は返す言葉を失《な》くしていた。

「おめえじゃなかったからな」

「何が？」

「俺が、おめえんちで飯を喰《く》ってること」

「ああ」

そのことか――。

石村は、落としていた視線を上げて、少し不貞腐《ふてくさ》れたような顔でこちらを見た。そのまま謝罪を口にするのかな、と思っていたけれど、数秒間も黙ったままだったから、仕方なく俺が先に口を開いてやった。

「俺、決めてるから」

「決めてる？」

「誰がうちに飯を喰いに来てるか、絶対に言わないって」

「………」

「いままで誰にも言ったことねえし、訊かれても答えたことねえよ」

遠くで鳴いていた蝉が鳴きやんだ。

そのとき、石村の表情がふっと緩んだように見えた。

笑ったのだ。ほんの少しだけ。ちょっと困ったような感じで。

なんだ、こいつ、こんなに魅力的な顔ができるのかよ――。

俺は、胸の内側がぞわぞわするような感覚を押し殺しながら続けた。

「じゃ、俺、帰っていいか？」

すると石村が「あ……」と小さな声を出した。まだ話があるらしい。

「なに？」

俺は、突っ立ったまま、続く言葉を待った。

石村は、頬を少し緩めつつも、わずかに睨むような目をして、適当な言葉を探しているようだった。俺は、またワイシャツの胸をつまんでパタパタやった。

「行きたく……ねえんだよ」

ようやく石村が口を開いた。

「は？」

「ほんとはよ。おめえんとこの店になんてよ」

今度は俺の頬が緩んでしまった。

「なんだよ、それ」

石村は答えず、さらに少しだけ表情を緩めた。

それはもう、ふつうに「微笑《ほほえ》み」というやつだった。

無駄に「いい奴《やつ》」っぽい顔をしている石村を見ていたら、ふと俺は、父の「まずい焼うどん」の味を思い出した。思い出したら、喉《のど》の奥あたりに嫌な熱のかたまりが生じた気がした。

俺は、そのかたまりを唾《つば》と一緒に飲み込んで言った。

「うちの店に来たくないなら、ちょうどいいよ」

「………」

石村は何も言わず、眉《まゆ》をハの字にしてこちらを見た。

俺は、続きをしゃべろうとして、ほんの一瞬、口ごもった。でも、真夏の蒸し暑い空気を肺に大きく吸い込んで、それと一緒に吐き出した。

「八月いっぱいで、『こども飯』はやめるから」

石村は「いい奴」の顔をしたまま、ふたたび視線をゆっくり落とした。

「へえ。そうか」

「………」

石村が、足元にあった小石を軽く蹴《け》った。

その小石が、俺の手前まで転がってきて、止まった。

ふたたび、どこかで蝉が鳴きはじめて、鉛筆みたいな空を白い雲がゆっくりと通過した。さっき飲み下したはずの嫌な熱のかたまりが、また俺の喉の奥に生じていた。

「つーか、石村さ」

「………………」

石村は黙ったまま視線を上げて、まっすぐに俺を見た。

「その顔の怪我《けが》、どうしたんだよ？」

ほんの少しの沈黙のあと、石村は吐き捨てるように言った。

「別に、おめえなんかに言う必要はねえよ」

「もしかして、仲間割れか？」

確信を持って、俺は言った。

やっぱり図星だったのだろう、石村の目にいつもの棘が戻ってしまった。

「はぁ？　なに言ってんだてめえ。ちげえよ馬鹿。ぶっ殺すぞ」

こいつ、絶対に俺より嘘《うそ》が下手《へた》くそだな――、と思って黙っていたら、その嘘について石村が勝手にバラしてくれた。

「仲間なんて、そもそもいねえっつーの」

「………………」

「ただムカついたから、シメてやったんだよ」

「え？」

「いい歳《とし》こいて落書きなんかで喜んでる害虫は、いるだけで目障りだからよ」

やっぱり、仲間割れじゃねえか。しかも、あいつらと仲間割れしたら、もう、この学校に石村の居場所はどこにもねえじゃん――。俺は胸のなかでそう思ったけれど、もちろん、口には出せなかった。

それから少しのあいだ、俺たちは、ただ黙って遠い蟬の声を聞きながら杭《くい》のように突っ立っていた。

すると、ふいに石村がズボンのポケットから右手を抜いた。その手には、生徒手帳くらいのサイズに折りたたまれた紙切れがあった。二メートルほど離れていた石村が、まっすぐこちらに向かって歩いてきた。そして、さも面倒くさげな態度で、その紙切れを差し出した。

え……？

俺は戸惑いつつも、それを受け取った。

ノートの一ページ分を切り取って、ワイシャツの形になるよう折りたたまれたその紙切れは、やはり手紙のようだった。内側に書かれた文字が、うっすらと透けて見えるのだ。

「何だよ、これ」

言いながら紙を広げようとしたら、石村が「待てよ」と言った。「家に持って帰って、一人のときに読め」

「え……」

「なに動揺してんだ、バーカ。俺がてめえにラブレターを書くとでも思ってんのか？」

かさぶたを張り付かせた石村の唇から、冗談らしき台詞《せりふ》がこぼれていた。

「いや、まさか……」

石村は、ふたたび「いい奴」っぽい笑みをわずかに浮かべると、すれ違いざまに俺の肩を、ぽん、と叩いて、そのまますたすたと歩き去ってしまった。

鉛筆みたいな空のもと、ひとり取り残された俺は、几帳面《きちょうめん》に折りたたまれた手紙を見詰めた。そして、もう一度、石村が消えた方を見た。

「悪いけど……」

帰宅するまでなんて、我慢できるわけもない。

俺は、ワイシャツの形に折られた手紙をそっと広げてみた。

そこに書かれていた文章は、たったの三行だった。

だから俺は三秒で読み終えた。

なんだよ、これ――。

胸のなかでつぶやいたら、小さなため息がこぼれた。

そのため息と一緒に、今度は声に出してつぶやいていた。

「嘘つきかよ……」

それから俺は手紙を元どおりに折りたたんで、通学カバンにしまった。そして、少し複雑な思いを抱えながら、石村が消えた方へと歩き出したのだった。

仲間なんて、そもそもいねえっつーの——。

さっき石村が吐き捨てた台詞が、耳の奥の方で甦《よみがえ》った。

ひとりぼっちのライオンの映像が脳裏《のうり》にちらつく。

すると、なぜだろう、俺の脳裏には、あの表情の乏しい幸太の顔が思い浮かぶのだった。

夏休みに入って三日が経った。

学校も部活もない日々は、想像していた以上に一日が長く感じられた。どうせ何もすることがないのだからと、朝はいつもよりゆっくり起きて、店でだらだらと朝食を食べ、その後は、自室でごろごろしたり、漫画を読んだり、ほんの少しだけ宿題と受験勉強をしたりしていた。

とはいえ、お昼近くになると店が一気に混雑するので、父に「ひまなら働け」と言われたとおり、素直に手伝いをした。仕事は主に皿洗いだった。その単純作業をてきぱきとこなしていたら、父は「いい仕事っぷりだ」と言ってバイト代をくれるのだった。金額は、まあ、雀《すずめ》の涙ほどではあったけれど、でも、部屋でごろごろしながらひまと戦っているよりはずっとマシな時間の使い方だ。

午後二時くらいになると、いったんお客がはけて店は落ち着きを取り戻す。そこでようやく俺と景子さんは、カウンターでまかない飯を食べられるのだった。父は厨房《ちゅうぼう》で立ったまま、一瞬の早食いで済ませてしまう。ほとんど嚙《か》んでいるようには見えないから、もはや胃に歯があるとしか思えない。

「心也がひまだと店は助かるよなぁ。お前、もう、ずっと夏休みでいいんじゃねえか？」

父が冗談を言って、自分で「がはは」と笑った。

景子さんも、俺の隣でまかない飯を食べながらくすっと笑って言った。

「心也くん、夏のあいだは、本当に何もやることないの？」

「うーん、宿題くらいです」

「よっ、学校イチのひま人！」

厨房から下らないダミ声が飛んできたけれど、俺は無視して箸《はし》を動かした。

俺が店を手伝うと、父はやたらと上機嫌になる。でも、機嫌のいい父を見ていると、俺の気持ちは逆に重たくなったから「こども飯」をやめるという、あの件を思い出してしまう。

父は、本心でやめていいと思っているのか？

じつは、わざと機嫌のいいフリをしてくれているのではないか？

俺に気を遣わせないために――。

つい、そんなことを考えてしまう。

もっと言えば、父が「こども飯」をやめてしまったら、俺自身が後悔するのではないか……。自分から言い出しておきながら、正直、俺はそんな不安も抱きはじめていた。

それと、俺にはもうひとつ気になっていることがあった。

夕花からの連絡がないのだ。

終業式の日、夕花は、俺に「夏休み中の新聞のこと、あとで連絡するね」と言ったのに、あれからもう三日も経っている。「あとで」にしては、三日間はあまりにも長すぎやしないだろうか。かといって、夕花の方から連絡をすると言っているのに、わざわざこちらから電話をしたら、なんだか「待ちきれない男」みたいで、ちょっと格好悪いような気もする。

だから俺は、父がトイレに行った隙を狙《ねら》って、なにげない感じで景子さんに訊いてみたのだ。

「夕花と幸太って、この先、予約入ってます？」

すると景子さんは、箸を止めて小首を傾《かし》げた。

「ええと、どうだったかな……、多分、まだ入ってないと思うけど」

「そっか。分かりました」

「どうしてそんなことを訊くの？」

「いや、ちょっと。夕花に宿題のことを訊こうと思って」

「じゃあ、電話をしてみたら？」

「まあ、そう、なんですけど……」

「あら、なぁに心也くん、幼馴染《おさななじみ》なのに、いまさら照れてるの？」

景子さんが珍しく俺をからかうように笑った。

「え？　ち、違いますよ」

つい、どぎまぎした感じで返事をしてしまった俺は、まかない飯を口に突っ込んだ。

「うふふ。心也くんてさ、耕平さんに似て、ほんと、嘘が下手よね」

景子さんがそう言ったとき、トイレから父が出てきた。

「今日のまかない、うめえだろ？」

父親似なのか母親似なのかは分からないけれど、とにかく嘘が下手だと言われないよう、俺は素直に頷いておいた。

「うん、美味《うま》い」と言いながら。


夏休み四日目――。

朝の十時を過ぎた頃《ころ》、父にお遣いを頼まれた。

駅前の「銀杏商店街《ぎんなん》」にある老舗《しにせ》の和菓子屋に行って、暑中見舞い用のギフトセットをふたつ送ってきて欲しいと言われたのだ。

「和菓子屋の親父《おやじ》の小出《こいで》さん、心也も知ってるだろ?」

「顔は、分かると思う」

「よし。あの親父に、さっき俺から電話をして、何を贈るかを伝えておいたから。心也はただ代金を払って、この紙に書いた送り先に発送してもらってくれ」

「お店で発送もやってくれるの?」

「ああ、やってくれる。住所が、これな。で、金はこれで払っておいてくれ」

父は送り先の住所と名前が書かれたメモ用紙と、一万円札をこちらに差し出した。俺は「ほーい」と適当な返事をして、それらを財布にしまった。そして、その財布をショートパンツのポケットに突っ込んでスニーカーを履くと、お気に入りのアディダスの白いキャップをかぶって店の出入り口に向かって歩き出した。

「あっ、そうだ。それとな」

「ん？」

と振り返った俺に、父がニッと笑ってみせた。

「お釣りが出ると思うから、それで映画観《み》てきていいぞ」

「えっ、マジで？」

「お前、どうしても観たい映画があるって言ってただろ？」

「うん、ある。やった。じゃあ、帰りがけに観てくるわ」

「おう、楽しんでこい。ひまひまボーイ」

父は笑いながら親指を立てた。

「心也くん、気をつけてね」

景子さんも、目を細めて俺を見ていた。

「いってきます」

店の出入り口の引き戸を開け、俺は暖簾《のれん》をくぐった。

外は、夏が沸騰していた。目がチカチカするほど白い陽光が、Tシャツから出た俺の腕を焦《こ》がしはじめる。昨夜から今朝まで降り続いた雨のせいで、濡《ぬ》れたアスファルトは黒々と光り、地面からはもわもわと水蒸気が立ちのぼっていた。

「あっちぃなぁ……」

素肌にまとわりついてくる蒸し暑い空気を感じながら、俺はキャップを目深にかぶり直した。

この暑さのなか、やたらと元気なのは蟬たちだった。彼らのなりふり構わぬ絶叫は、気温を三度くらい押し上げているのではないかとすら思う。

いつものように少し左脚を引きずりながら交差点を渡り、鮮魚店の前を通り過ぎたとき、テンションの上がっていた俺はふと考えた。

少し遠回りになるけれど、夕花の家の前を通ってみようか——。

ひま部の「先輩」からは、いまだに連絡がないのだ。

そもそもまじめで約束は必ず守るタイプの夕花が、今回に限って連絡をし忘れるとは、ちょっと考えにくい。もしかすると、連絡ができない何らかの事情があったのではないか、という気もする。

じゃあ、その理由とはなにか？　と考えてみても、正直、もっともらしい答えは浮かばない。でも、俺の胸の奥の方にチクリと刺さったままの「小さな棘《とげ》」のようなものはあった。それは、以前、トンボを見上げながら一緒に下校したときに目にした、夕花の腕の青《あお》痣《あざ》だった。もちろん、夕花の家庭が荒れているというクラスメイトたちの噂話《うわさばなし》も、その棘を抜けなくしている理由のひとつに違いない。

俺は、理容室の角を折れて、ふだんはあまり通らない住宅地へと入り込んでいった。

家々が密集した路地をしばらく進むと、左手が樹々《きぎ》の生えた薄暗い斜面になった。頭上に張り出した枝葉から降りしきる無数の蝉たちの声は、まさに「土砂降り」という言葉がふさわしかった。その「土砂降り」のなかを少し歩くと、夕花の部屋がある日当たりの悪い二階建てのアパートが見えてきた。

俺は、かぶっていたキャップを少し上げて、額に滲《にじ》んだ汗を手の甲でぬぐった。

そして、そのアパートまで、あと十数メートル——、というところで、左手に延びる未舗装の小径《こみち》から男の影が現れた。

おっと……。

男とぶつかりそうになった俺は、不安定な左膝《ひだりひざ》をかばいながら避《よ》けて、男に道を譲ろうとした。男もまた、俺とぶつかるのを避けようとして、少しよろけた。そして、なんとなくお互いの顔をちらりと確認し合った。

え——。

俺は、無意識に足を止めていた。

男もまた、ハッとした顔で足を止めた。

ふと生じた短い沈黙のあいだは、蝉の声も消えた気がした。

先に口を開いたのは俺だった。

「顔、少しマシになったじゃん」

「うっせえ。ほっとけ」

吐き捨てるように言って金髪をかきあげた石村は、言葉の割りに、いつものような威圧感を出してはこなかった。痣だらけだった顔は、だいぶ腫れが引き、唇のかさぶたも小さくなっている。

「石村の家って、この奥?」

未舗装の小径を指差して、俺は訊《たず》ねた。

「だから、ほっとけっつーの」

石村は、うっかり、といった感じで苦笑した。なんとなく、俺も釣られて笑いそうになる。

人通りのない薄暗い路地。蟬の声の土砂降り。淀《よど》んで、蒸し暑い空気。とくに会話のない俺たちは、そのまますれ違いそうな雰囲気になった。

と、そのとき、ぎゅるるぅ、と二人の間で妙な音がした。

石村の腹が鳴ったのだ。

あまりの緊張感のない音に、俺はくすっと笑ってしまった。そして、思わず石村の腹を指差して「鳴ったぞ」と言った。

すると石村は、眉間にしわを寄せて「だから行くんだろうが」と意味不明な台詞を口にした。

「行くって、どこに？」

「てめえんちに決まってんだろ」

「えっ、これから俺んちにくんの？」

まったく知らなかった。

俺が知らないということを、石村も知らなかったのだろう。

でも、この瞬間、分かったことがあった。

父が俺に「お遣い」を頼んだうえに、気前よく映画まで観てこいなんて言った理由だ。

父は、お昼前のお客のいない時間に石村の予約を受け、その時間に合わせて俺を外に出した――、つまり、俺たち二人が店で顔を合わせないで済むよう、気を遣ったのだ。

「マジで、ぜんぜん知らなかった」

俺が言うと、石村は「ふう」と理由の分からないため息をついた。そして、「おめえはどこ行くんだよ」と訊いてきた。

「えっと、俺は――」

駅前の和菓子屋に行くのに、わざわざ遠回りして夕花の家の前を通って、なんて言えるはずもない。こうなったら、さっきの石村の真似《まね》をして「ほっとけ」って言ったら、笑ってくれるだろうか……、あるいは、機嫌を損ねてしまうだろうか。

俺が、そんなことを考えていたとき――、
ふいに、どこかで怒声が上がった。

それは、大人の男の本気の怒鳴《どな》り声だった。

ハッとした俺たちは、そろって声の方を振り向いた。

しかし、薄暗い路地の先に人の姿はなかった。

いったい誰の声だったのか……。

思わず、俺と石村は顔を見合わせた。

すると、ふたたび怒声が響き、今度は女の悲鳴も上がった。

まさか――、俺が思った刹那《せつな》、日当たりの悪いアパートの一階のいちばん奥のドアが、
バン！ と大きな音を立てて開いた。

「誰に口利いてんだ、このクソガキがぁ！」

下品ながなり声が、はっきりと聞こえた。

そして、それとほぼ同時に、ドアの内側から小柄な女性が後ろ向きに飛び出して、尻餅《しりもち》をついた。

夕花――。

あまりの出来事に、俺の頭のなかは真っ白になり、身体《からだ》も硬直してしまった。

ドアの開いた部屋のなかから、ずかずかと大男が出てきた。大男は靴も靴下も履いてお

らず、裸足《はだし》だった。その足が、上半身を起こそうとした夕花の肩のあたりを正面から蹴った。

短い悲鳴を上げて、ふたたび仰向《あおむ》けに倒れる夕花。

「お姉ちゃん！」

部屋のなかから裸足のままの幸太が飛び出してきて、大男の腰にすがりついた。大男は「どけ、チビがっ！」と怒鳴りながら、枯れ枝のような幸太を撥《は》ねとばした。

「ごめんなさい、お義父《とう》さん、ごめんなさい」

泣き叫ぶ夕花の髪の毛を大男が握り、無理やりに立ち上がらせた。立ち上がった夕花の頬に、大きな手が容赦なく叩きつけられた。まるで操り人形のように首が勢いよくガクンと曲がった夕花は、真横にはじき飛ばされ、地面を転がった。

あれが——、
夕花の、義父さん……。

地面にぺたんとお尻をつけた正座のまま、号泣する幸太。

うつ伏せに倒れて動かない夕花。

その夕花の傍らに義父が仁王立ちしたとき——、
チッ……。

と、すぐそばで舌打ちが聞こえた。

俺は、その音でようやく我に返って、石村の横顔を見た。

石村は、夕花たちの方をまっすぐに睨んでいた。

これまで、俺が見たことのないような獰猛な目で。

「害虫は、潰《つぶ》さねえとな」

「え……」

「狩るぞ」

え？　狩る？

ふいに石村が走り出した。夕花たちの方へ。

金髪をなびかせて、ぐいぐいと速度を上げていく。

ライオン――。

気づけば、震えていた俺の足も少しずつ動き出していた。不安定な左脚を不器用に引きずりながら、石村の雄々《おお》しい背中を追ったのだ。

夕花の義父が、「死ね、クソガキ！」と怒鳴りながら、うつ伏せの夕花の腰のあたりを蹴った。

「ぎゃああああああぁ」

気のふれたような幸太の絶叫が蒸し暑い空気を切り裂いた。

しかし、その幸太の絶叫を上から押しつぶすような強い声が俺の耳に届いたのだ。

「死ぬのはてめえだ、害虫がっ！」

声とともに、石村の身体がひらりと宙を舞っていた。

そこから先は、すべてがスローモーションだった。

石村の声に振り返った義父。

空中で足を高く上げ、美しく舞うように横回転をする石村。

そして、次の刹那――、
義父の頬骨あたりに石村の足がブチ当たっていた。

大木が倒れるように、ゆっくりと義父が背中から地面に落ちていく。

そして、そのすぐ傍らに、着地に失敗して転がった石村。

一瞬の静寂――。

世界は、めまいがするような蟬の声に埋め尽くされていた。

仰向けに倒れた義父、うつ伏せの夕花、地面に尻をつけて泣いていた幸太、それぞれが
「なにごとか」と目を見開いて、地面に転がった石村を見ていた。

「な、な……」倒れていた義父が、蹴られた顔を手で押さえながらゆらりと起き上がった。

「なんだ、このガキはっ！」

そこに、ようやく俺が到着した。

夕花が俺の存在に気づいた。視線が合った。夕花は口と鼻と頬から血を流し、両目から

涙を流していた。

その悲惨すぎる顔を見たとき、ただでさえパニックになっていた俺の頭のなかで、バッンと何かが音を立ててはじけた気がした。

「て、てめえ……、夕花に――」

左脚を引きずりながら義父の方へと向かいかけたとき、俺よりも一瞬早くライオンが飛びかかっていた。

石村が義父の下半身に全力のタックルをかましたのだ。

二人はもつれ合うように地面に転がった。

「早くそいつを連れて逃げろ、馬鹿！」

石村が俺を見て怒鳴った。その真剣な顔を見て、俺はハッと我に返った。

「夕花！」

俺は夕花の名を叫んだ。

身体の痛みに耐えるようにゆっくりと立ち上がった夕花は、いったんこちらに近づきかけて――、しかし、くるりと踵《きびす》を返した。そして、アパートの玄関のなかに消えたと思ったら、すぐに出てきた。夕花は靴を履いたのだ。

「放せ、このクソガキがぁ！」

義父が、腰にしがみついた石村の顔や頭を殴りはじめた。ごつ、ごつ、と頭蓋骨《ずがいこつ》と拳《こぶし》がぶつかる嫌な音がした。

「誰が放すかよ、害虫はさっさと死ね！」

叫んだ石村の膝が、義父の股間《こかん》を蹴り上げた。

低いうめき声を上げて転がった義父。

すかさず石村が馬乗りになった。

「てめえの暴力の瞬間、俺らがきっちり見たからな」

石村が上から顔面を殴ろうとすると、身体の大きな義父が左腕ひとつで石村を撥ね退《の》けた。

体勢を崩した石村と、ほんの一瞬、目が合った。

その目が、早く行けっ！　と言っていた。

「夕花、行こう」

「うん」

夕花がよろよろと駆け出した。

俺もその後を追おうとして――、転んだ。

慌てるあまり、俺は自分の左膝の靭帯《じんたい》が一本切れていることを忘れていたのだ。

「痛《い》ってぇ……」

ショートパンツからむき出しになっていた右膝をアスファルトに打ち付けて、流血してしまった。

「あっ、心――、部長、大丈夫?」

振り向いた夕花は、いったん俺の名を呼びかけて、「部長」と呼び直した。義父に俺が誰かを知らせないためだと、すぐに分かった。

「平気……」

俺はとにかく起き上がり、ぐらつく左脚を引きずりながらも必死に夕花のいる方へと逃げた。

逃げながら、ちらりと後ろを振り返った。

肉食獣のような石村と義父が、激しくもつれ合いながら、ごろごろと地面を転がっていた。

その傍らで、幸太が赤子のように声を上げて泣いている。

逃げなくちゃ。

いや、逃がさなくちゃ、夕花を――。

蟬の声で埋め尽くされた薄暗い路地を、俺たちはぱたぱたとひ弱な足音を立てて逃げた。

俺は、何度も、何度も、後ろを振り返った。

幸太の細くて小さな目が、遠ざかっていく俺たちを、ずっと、ずっと、見詰めて離さなかった。

必死に走りながら、俺は、頭の片隅で考えていた。

もしかして俺たちは、幸太の視線から逃げているのではないか——。

樹々の生えた斜面を過ぎたあたりで、俺はもう一度、転んだ。しかも、さっきと同じ右膝を思い切りアスファルトにぶつけてしまった。斜め前を走っていた夕花が気づいて、こちらを振り向いた。

「心也くん……」

今度は、ちゃんと俺の名前を口にした。

「痛ってぇ、けど大丈夫」転んだまま俺は言った。「夕花、とりあえず、俺んちに避難しよう」

するとタ花は、少しのあいだ何も言わなかった。

「——夕花？」

俺が膝の痛みをこらえつつのろのろと起き上がったとき、夕花は小さく首を横に振った。

そして、蚊の鳴くようなかすれ声を出したのだ。

「遠くに、逃げたい……」

ゆり子

壊れた壁の応急処置を無償でします――。

そんな嘘のような電話をくれた「タカナシ工務店」の高梨萌香《もえか》さんは、ベテランのようなはきはきとした電話での話しぶりからは想像できないルックスの営業ウーマンだった。

小柄で、童顔で、ほとんど化粧っ気もないうえに、髪はポニーテール。いまは黒いパンツスーツ姿だから、なんとか大人に見えるけれど、もしもセーラー服を着たら、そのまま女子高生として通りそうな雰囲気の女性だったのだ。

あまりにも若々しい――というか、幼い感じなので、マスターが名刺を受け取ったとき、隣にいたわたしは、思わず、「高梨さんは、おいくつ？」と訊いてしまった。

「今年、二六になりました」

明るく答えて微笑んだ高梨さんの頬には、くっきりとしたえくぼが浮かんでいて、それがまた外見をあどけなく見せた。二六歳といえば、ちょうどわたしとマスターの半分の年齢だ。

なんだか、とても頼りない感じがして、ちょっと不安になったのもつかの間、いざ、仕事に取り掛かると、高梨さんの有能っぷりは、見ていて清々《すがすが》しさを覚えるほどだった。一から十まで、とにかく効率的で、てきぱきとしているのだ。

今朝――、高梨さんは、約束の朝九時ちょうどに現れた。阿久津《あくつ》さんという中年の大工と一緒だった。わたしとマスターに軽く挨拶《あいさつ》をすると、すぐに壊れた店の壁や内装やらを丁寧かつ素早くチェックしてまわった。そして、応急処置に必要な部材をタブレットに入力して一覧を作ると、そのリストを会社にメールした。

「第二陣が、必要な部材をトラックに積んで来ますので、それまでに作業の準備をさせて頂きますね」と言うやいなや、高梨さんはスーツの上着を脱いでブラウス姿になると、阿久津さんと一緒にブルーシートをはがしたり、店内の家具や備品の位置を移動させたりしはじめた。

「あの、なにか手伝えることは――」

わたしが訊ねてみても、高梨さんは両手を前に出して「あ、大丈夫です。お気遣いありがとうございます」と微笑むばかりで、黙々と仕事をこなしていく。

そうこうしているうちに「タカナシ工務店」のロゴが描《か》かれた二トンほどのトラックが到着した。その運転席からは、いますぐにでも人気俳優になれそうな、若くてイケメンでワイルドな雰囲気の反町《そりまち》さんという大工が颯爽《さっそう》と降り立った。

そこから先の力仕事は、阿久津さんと反町さんにお任せだ。二人はトラックの荷台から様々な部材を下ろすと、作業に取り掛かった。

高梨さんは「ふう」と深く息を吐いて、額に浮いた汗をタオルでぬぐった。そして、わたしたちと大工さんたちの間に立って、微に入り細に入り、作業が少しでも効率的に進むようにと振る舞い続けた。

「あの、高梨さん？」

「はい」

わたしは、振り向いた可愛《かわい》らしいえくぼに向かって、少々、恐縮しつつ訊ねた。

「じつは、二階の浴室と脱衣所の電気が使えなくて、お風呂《ふろ》を沸かせなくなっちゃったんですけど」

「ああ、それは不便ですね。ちょっとお待ち下さい」

そう言って、高梨さんは中年の大工に声をかけた。

「阿久津さん、すみません。二階の浴室まわりが通電していないみたいなので、チェックしてもらえますか？」

中年の大工は黙ったままコクリと頷いた。この阿久津という人は、かなり無愛想で無口なタイプらしい。薄くなった髪の毛と、地味な顔立ちと、少し丸まった背中が、なんともいえず幸薄そうに見えてしまう。同じ大工でも、真夏の太陽のような笑顔を振りまくイケメンの反町さんとは、あまりにも対照的だった。

「奥様、二階の電気の方ですけど、いま、チェックさせて頂いてもよろしいですか？」

　無口な阿久津さんの代わりに、高梨さんが言った。

「あ、はい。じゃあ、お願いします」

「うちの阿久津は電気工事士の資格も持っていますので、可能であれば、すぐに直させます」

「わあ、よかったぁ」

　わたしが言うと、マスターもホッとした顔でお礼を口にした。

「ほんと、助かります。ありがとうございます」

「いえいえ。夏場にお風呂に入れないのは、さすがにつらいですもんね」

　眉をハの字にした高梨さんが、感じのいい笑みを浮かべた。

「そうなんです。わたしたち、昨夜は、鳥肌を立てながら水のシャワーを浴びましたから。身体が冷えて、しばらくは冷房いらずでした」

　冗談めかしたわたしは、高梨さんと阿久津さんを二階へと案内した。

　お店の壁の工事の方は、マスターとイケメン反町さんにお任せだ。

　二階に上がり、阿久津さんと高梨さんに配線のチェックをしてもらっている間に、わたしはキッチンに立った。五人分のアイスコーヒーを淹《い》れはじめたのだ。

そして、ちょうど淹れ終えたときに、浴室の方から高梨さんが現れた。

「奥様、お風呂場の方は単純な断線だったので、すぐに直せそうです」

「ああ、よかったぁ。あの、いまアイスコーヒーを淹れたので、下で飲みませんか？」

わたしは五つのグラスをトレーにのせながら言った。

「ありがとうございます。阿久津にも声をかけてきます」

それからわたしたちは階下に降りて、作業中の店内に戻った。

「おっ、アイスコーヒー、いいね」

マスターはそう言って椅子《いす》を動かし、ひとつのテーブルを五人で囲めるようにセッティングをした。

そのテーブルの上に、わたしはトレーをそっと置いた。

「マスターが淹れたコーヒーじゃないので、味は保証できませんけど――」

わたしはそう言いながら、みんなの前にグラスを配る。

崩れ落ちたお店の壁の穴から、夏の蒸し暑い風が吹き込んできた。

汗をかいたグラスを伝い落ちる、冷えたしずく。

「じゃ、すみません。いただきます」

反町さんがにっこり笑ったのを合図に、それぞれアイスコーヒーを飲みはじめた。

「やっぱり喫茶店の奥様の淹れるコーヒーも美味《おい》しいんですね」

高梨さんが言うと、反町さんがすぐに反応した。

「萌香ちゃん、コーヒー大好きだもんね」

「そうなの？」と、わたし。

「はい。わたし、毎日、二杯か三杯は飲んじゃうんです」

「わたしより飲んでる。よっぽど好きなのね」

肩をすくめて、えへへ、と笑っている高梨さんを見ながら、ふたたび反町さんが冗談を投げかける。

「コーヒーを飲みながら、甘いものを食べているときが、いちばん幸せそうだもんなぁ」

「うふふ。それ、反論できません」

答えた高梨さんもにっこり笑う。

するとマスターが口を開いた。

「あ、だったら、ちょっと美味しいバニラアイスがあるんだけど――、よかったらコーヒーフロートにしますか？」

「わあっ、ありがとうございます。わたし、アイスも大好物なんです」

素直に嬉《うれ》しいのだろう、高梨さんの瞳孔《どうこう》がパッと開いたように見えた。

「高梨萌香の辞書に、遠慮という文字はなし！」

嫌味のない反町さんの突っ込みに、みんなで笑った。阿久津さんだけは、うつむき加減でコーヒーを飲みながら、ほんのわずかに微笑んだだけだったけれど。

コーヒーを飲みながら冗談を言い合えたことで、わたしたちは初対面とは思えないくらいに打ち解けはじめていた。

会話のなかで反町さんが、

「萌香ちゃんって、こういう感じの人なんで、どこの現場に行ってもお客さんに可愛がられて、しまいには『萌香ちゃん』って下の名前で呼ばれるようになるんですよ」

と言うので、

「じゃあ、うちもそう呼ばせてもらう？」

と、わたしはマスターを見た。

「ああ、そうだね」

マスターは腕を組んで目を細めた。

すると萌香ちゃんも、わたしたちを見て「ありがとうございます。じゃあ、わたしも、お二人のことを『マスター』と『ゆり子さん』ってお呼びしていいですか？」と、えくぼを浮かべるのだった。

「もちろん、喜んで。普段からお客さんたちにそう呼ばれてるし。ね？」

最後の、ね？ は、マスターに向けたひとことだ。

マスターも平和そうな顔で頷いた。

「じゃあ、ついでに俺も『マスター』と『ゆり子さん』って呼ばせてもらっちゃおうかな」

健康的に日焼けした反町さんが、とても人懐っこい表情を浮かべて白い歯を見せた。

わたしとマスターに異論があるはずもない。

ふと見ると、やっぱり阿久津さんだけは誰とも目を合わせず、背中を丸めたままストローにそっと口をつけていた。でも、その横顔は、どことなくやわらかで、心穏やかな感じにも見えた。ようするに、この人は、「誰の気分も害さないタイプの無口さん」なのだろう。

コーヒーブレイクを終えた後も、作業は手際よく進んだ。

穴の空いた壁が、端からベニヤ板でふさがれていき、そのつなぎ目は、細長い鉄の板を使ってガッチリと補強された。これなら台風が来ても大丈夫そうだ。

二階の浴室と脱衣所も通電して、照明と湯沸かし器が使えるようになった。

一人でさくっと電気工事を終えた阿久津さんは、無言のまま階下に降りてきた。そして、ダンプカーにへし折られて店の前で横倒しになっていた桜の樹をチェーンソーで均等な長さに刻み、それを庭の隅にせっせと積み上げてくれた。まさか、そんなことまでやってくれるとは思わなかったので、正直、少し申し訳ないような気持ちになってくる。

てきぱきとした二人の大工の仕事っぷりを眺めながら、わたしは萌香ちゃんに話しかけた。

「当然だけど、二階の電気の修理代は払わせてね」

すると萌香ちゃんは「いえいえ」と首を振りながら肩をすくめるのだった。

「今日の作業はすべて無料で大丈夫です」

「でも……」

「本当に大丈夫です。今朝、社長にもそう言ってきてますから」

萌香ちゃんが、ウインクでもしそうな顔で微笑む。

「なんか、ほんと――」ごめんね、と言いそうになって、わたしはあらためた。「ありがとうね」

「いいえ、そんな」

逆に萌香ちゃんが恐縮しかけたとき、入り口のドアの方から子どもの声がした。

「ママさん、こんにちは」

見ると、事故の瞬間に店内にいたみゆちゃんが、ドアからひょっこり顔を覗《のぞ》かせていた。

「あら、みゆちゃん、こんにちは。学校は早帰り？」

「うん、そう」

「ママさん、わたしもいるよ」

　みゆちゃんの後ろに隠れていた彩音《あやね》ちゃんも顔を出して、ピースサインをしてみせた。この彩音ちゃんも「子ども食堂」に食べに来る子で、学年はみゆちゃんのひとつ上の小学三年生だ。二人は、お互いの家が近所なので、幼児の頃からずっと仲がいいと聞いている。

「あ、今日は二人しておそろいのおさげ髪だ。可愛いね」

　わたしの言葉に嬉しそうに顔を見合わせた二人は、「うふふ」と、まるで本物の姉妹のように同じタイミングで笑った。

「お店を直してるの？」

　店内を覗き込みながらみゆちゃんが言うと、作業中の反町さんが爽《さわ》やかな笑顔で「そうだよ。明日、台風が来るからね」と答えた。

「入ってもいい？」

　彩音ちゃんが反町さんに訊ねた。

「いいよ。でも、気をつけてね」

　答えたのは萌香ちゃんだった。

「やった」

　みゆちゃんが弾むような足取りで奥にいるわたしと萌香ちゃんのところにやってきた。すぐに彩音ちゃんも続く。

「ねえママさん」と、わたしを見上げたみゆちゃんが、少し眉を寄せて心配そうな顔をした。「お店、いつ直るの？」

「うーん、どうかな。いまは、とりあえず雨と風が入ってこないようにしてもらってるだけだから」

「でも、台風が行っちゃった後は、元どおりに直すんでしょ？」

彩音ちゃんもわたしを見上げて小首を傾げる。

一瞬、答えに詰まったわたしは、うっかり「そうなると、いいんだけどねぇ……」と曖《あい》昧《まい》な言葉を返してしまった。小学二年生と三年生ともなると――、とくに女の子は、大人の言葉の裏側を察することができてしまう。だから二人は顔を見合わせて、不安そうな目でふたたびわたしを見上げるのだった。

それでも、わたしは、子どもたちに嘘をつくことには抵抗があって、この子たちになるべく心配をさせず、でも、嘘にならない言葉はないものかと思案してしまった。マスターは、いま二階にいた。萌香ちゃんと反町さんも、安易に言葉を発することができないから、どこか申し訳なさそうな顔でこちらを見ていた。

すると――、それまで店の隅っこで膝立ちになって、壁の低い位置の作業をしていた阿久津さんが、控えめなかすれ声を出したのだった。

「お二人さん、おいで」

その場にいた誰もが、え？　という顔で阿久津さんを見た。阿久津さんは膝立ちのまま、とても照れ臭そうな様子で子どもたちに手招きをした。

　みゆちゃんと彩音ちゃんは、ふしぎそうにお互いの顔を見合ってから、とことこと阿久津さんの方に近づいていった。

　膝立ちをしている阿久津さんの顔は、ちょうど子どもたちと同じ高さだった。

「おじさん、なんですか？」

　めずらしく、彩音ちゃんは敬語を使った。

　すると阿久津さんは、さっきよりもいっそう控えめな声を出した。

「お嬢ちゃんたちは、このお店によく来るの？」

「いつも、じゃないですけど」と、彩音ちゃん。

「ときどきだよね」と、みゆちゃん。

「そっか。ここのご飯は美味しい？」

　二人は声をそろえて「うん……」と言った。でも、阿久津さんのシャイな雰囲気に飲まれているのか、二人まで小声になっている。

「じゃあ、その美味しいご飯が、これからも食べられるように、おじさんたち頑張るから。二人は、お店が早く直るように祈っててくれるかな？」

　みゆちゃんと彩音ちゃんは、姉妹のように顔を見合わせて、「うん……」と頷いた。

　阿久津さんの話は、それで終わりだった。

なんだか中途半端な感じだな――、わたしはそう思ったけれど、でも、子どもたち二人は、ふしぎと清々しそうな顔でわたしの元へと戻ってきたのだった。阿久津さんが「頑張る」と言ったことで、この店がふたたびオープンすることを確信したのかも知れない。

「あ、そうだ」

彩音ちゃんが、何かをふと思い出したように言うと、ランドセルを床に置き、なかからオレンジ色をした折り紙を取り出した。そして、それをみゆちゃんに手渡した。

「ママさん。はい。わたしたち二人からのプレゼント。一緒に描いたんだよ」

みゆちゃんが、オレンジ色の折り紙をわたしにくれた。

「え、なに、これ?」

見ると、折り紙の裏側の白い面に、色鉛筆で絵が描かれていた。

「わあ、素敵。そっくりだよ。上手だねぇ」

横から絵を覗き込んだ萌香ちゃんが目を丸くして、二人の頭を軽く撫《な》でた。

なんと、折り紙の裏には『カフェレストラン・ミナミ』の建物と、その前で手をつないで立っているわたしたち夫婦の絵が描かれていたのだ。髭《ひげ》のマスターと、エプロン姿のわたし。いかにも子どもらしいシンプルな絵ではあるけれど、ひと目で誰かは分かる。しかも、絵の下の余白に、『いつもありがとう。大好き♪　みゆ・彩音』と書いてある。

わたしは思わず、「二人とも、ありがとうねぇ」と言いながら、阿久津さんのように床に膝を突いた。そして、折り紙を指先でつまんだまま二人を抱き寄せた。

わたしの両腕に、子どもたちの痩《や》せた背中の温度が伝わってきた。

やばい、泣いちゃいそう――。

そう思ったとき、わたしの指から、すっと、折り紙が抜き取られた。

えっ？

顔を上げると、マスターが折り紙に描かれた絵を見ていた。

いつの間にか二階から降りてきていたらしい。

「はぁ……。みゆちゃん、彩音ちゃん……」

わたしより先にマスターが目頭を押さえたので、わたしは逆にくすっと笑ってしまった。

この人は昔から涙腺《るいせん》がゆるいのだ。

「マスター、泣いてるの？」

「うふふ。そんなに嬉しいの？」

みゆちゃんと彩音ちゃんに突っ込まれたマスターは「な、泣いてないよ……」と潤み声で答えて、盛大に洟《はな》をすすった。

子どもたちが帰った後、わたしは萌香ちゃんに言った。

「うちの店、じつは『子ども食堂』をやってるの」

すると萌香ちゃんは、ぽかんとした顔で小首を傾げた。

「えっ？　わたし、知ってますけど……」

今度はわたしがぽかんとする番だった。

「え、どうして、知ってるの？」

「だって、昨夜、テレビで事故のニュースを観たとき、アナウンサーがそう言ってましたから。ここは子ども食堂サービスをやっているカフェで、地域の人たちから、とても親しまれていますって」

「え……、そうなの？」

「もしかして、ゆり子さんもマスターも、事故のニュースを――」

「うん、じつは、観てないんだよ。二人とも」

マスターが後頭部を搔《か》きながらそう言った。

「あはは。まさか、ご本人たちが観てないなんて。なんか、面白いですね」

作業をしながら反町さんも笑う。

「事故の後は、とにかくバタバタしてて、それどころじゃなかったの。ね、マスター？」

言いながら、わたしはマスターを見た。

マスターは、黙って二度、頷いてみせると、なぜか少し小さめの声でわたしの名を呼んだ。

「ゆり子、ちょっと、二階に行こうか」

「え？」

「悪いけど、萌香ちゃんも一緒に。いいかな？」

「あ、はい」

マスターに促されたわたしと萌香ちゃんは、二階に上がり、エアコンの効いたリビングでテーブルを囲んだ。

リビングは、なぜかいつもより静かに感じた。エアコンの風が流れる音と、壁かけ時計の秒針の音に気づくほどだった。そして、その微細な音をかき消すように、時折、階下から電動工具の音が聞こえてくる。

「ええと――」と口を開きかけたマスターは、右手で顎鬚《あごひげ》を撫でて、続く言葉を「ふう」と短いため息に変えた。

この時点で、わたしにはピンときていた。マスターはお金の話をするつもりなのだ。さっきまで一人で二階に上がっていたのは、きっと銀行の通帳やら保険やらの数字を確認していたに違いない。

「萌香ちゃんには、本当のことを言っておきたいんだけど――」

「はい……」

萌香ちゃんはマスターの方を向いて姿勢を正した。

「正直いうとね、うち、あんまりお金がないんだ」

「………」

「で、なんていうか……、今日、こんなに良くしてもらって。それなのに、萌香ちゃんに手ぶらで帰らせるのは、申し訳ないなって思うんだけど」

言葉が淀んで出てこないマスターに、逆に萌香ちゃんが助け舟を出してくれた。

「あの、そこはお気になさらないで下さい。まだ、こちらも見積もりをお出ししていませんし」

「そうなんだけど。でも、ほら、見ての通り、壊れたのは壁だけじゃないでしょ。天井と床の一部も崩れてるところがあるし。それ相応の金額になっちゃうと思うんだよね」

萌香ちゃんは、唇を一文字に引いて、なにか難しいことでも考えているような顔をした。と思ったら、両手をテーブルの上にそっと置いて、閉じていた唇を開いた。

「お安くします。思いっきり」

「え？」

あまりに単純な台詞に、わたしは声を漏らしてしまった。

「他ではあり得ないくらいのお値段にするつもりです」

「あり得ない値段って……」マスターも驚いたような顔をして、続けた。「ええと、それ、ざっくり、どれくらいのイメージかな」

すると萌香ちゃんは、スマートフォンを手にして計算機のアプリを立ち上げた。

「まだ直す範囲も、資材も決めていませんので……、もう、本当に究極のざっくりな計算になりますけど――」

そう言って、萌香ちゃんは思いつく数字をひとつひとつ入力し、足していった。

一分ほど経って、萌香ちゃんはスマートフォンをテーブルの真ん中にそっと差し出した。

「かなり大雑把《おおざっぱ》ですけど、だいたい、こんな感じかと」

身を乗り出すようにして、わたしとマスターは萌香ちゃんがはじき出した数字を見下ろした。

わたしは内心で、だよね、と思って言葉を飲み込んだ。

マスターを見た。

きっと深いため息をつくだろうな――、そう思ったけれど、違った。マスターは、逆に小さくフッと笑ったのだ。

「うん。やっぱり、無理みたいだ」

「え――、あ、でも、これは本当にざっくりな見積もりですので」

「ありがとう。それでも充分に安いと思うんだけど、正直、いま、うちが支払えそうな金額って、せいぜいその半分くらいなんだよ」

マスターの言葉に、わたしもゆっくりと頷いた。

さすがに半額はないと思ったのだろう、萌香ちゃんはテーブルの上のスマートフォンを見詰めたまま、少しのあいだ声を出さずにいた。

「ごめんね、せっかく……」

わたしは、本当に心から申し訳ない気持ちでそう言った。

すると萌香ちゃんは、スマートフォンに手を伸ばしてカバンに仕舞うと、気持ちを入れ替えたようにふたたび姿勢を正した。

「分かりました。とにかく、わたし、いったん持ち帰らせて頂いて、なにかいい方法はないか、社長と話し合ってみます。それで、また、あらためてお電話を差し上げてもいいですか？」

わたしはマスターを見た。マスターもわたしを見ていた。

目で頷き合った。

「それは、もちろんだけど」

わたしが答えた。

「ありがとうございます。じゃあ、もう少しだけ、わたしにあずからせて下さい」

萌香ちゃんは、口角をきゅっと上げて微笑んだ。

可愛らしいえくぼが、決意の表れのようにも見えた。


階下のお店に戻ると、すでに壁の穴は隙間なくきれいにふさがれていた。

事故の衝撃で枠が歪《ゆが》み、開け閉めがしにくくなっていたドアも、阿久津さんが工具で削って応急処置をしてくれていた。この人は、本当に痒《かゆ》いところに手が届くタイプらしい。

そして、それからほどなくして、すべての作業が終了した。

阿久津さんと反町さんは、店内をざっと掃除して、余った資材や工具などをトラックに積み込んだ。萌香ちゃんは、店内のあちこちをチェックし、メモをとり、サイズを測り、そして、スマートフォンで現状の写真を撮っていた。見積もりを作るために必要なのだろう。

やがてタカナシ工務店の三人の帰り支度が整うと、わたしとマスターは店の外に出た。

何から何までお世話になった三人に、きちんとお礼を言い、見送りたかったのだ。

裏庭に停《と》めてもらっていたトラックと軽自動車の前に、タカナシ工務店の三人が立った。

みかん色をした夕暮れのやわらかな光が、三人の顔を横から照らす。

昼間はあれほどうるさかった蟬たちも、いまはほとんど鳴りを潜《ひそ》めていて、どこかずっと遠くにいる一匹だけが、淋《さび》しげに鳴き続けていた。

わたしたち夫婦は、三人と向き合うようにして立った。

「本当に助かりました。ありがとうございます」

マスターが深々と頭を下げて、わたしも続いた。

「明日の台風、早く抜けてくれるといいですね」

萌香ちゃんが、暮れかけた夏の夕空を見上げて、えくぼを浮かべた。

「なんか、楽しかったです。お世話になりました」

反町さんが日焼けした顔に爽やかな笑みを浮かべて、ぺこり、と頭を下げる。

そして、なんとなく阿久津さんを見たとき、

「あのぅ……」

叱《しか》られた子どもみたいなおどおどした声で、阿久津さんがマスターに話しかけた。

「え？　あ、なにか？」

「あそこの桜の樹、少しだけ、分けて頂いても……」

阿久津さんは、自分が切って積み上げた桜の幹と枝の山を見ていた。

思いがけないことを言い出した阿久津さんに、タカナシ工務店の二人も、きょとんとし

た顔をしている。

わたしはマスターを見た。

すぐに「あ、いいですよ」と言うと思ったのだけれど、なぜかマスターは積み上がった桜を見詰めたまま、少しのあいだ押し黙っていたのだった。

「ねえ……」

わたしは、マスターに声をかけた。

すると、ようやくマスターは返事をしてくれた。

「よかったら、どうぞ」

「すみません……」

肩をすくめるようにして、阿久津さんは小さく頭を下げた。そして、そそくさと桜の丸太をいくつか選び、トラックに積み込んだのだった。

それを見届けると、いよいよ萌香ちゃんが「それでは」と言って、三人は車に乗り込んだ。来たときとは違い、トラックには反町さんと阿久津さんが乗り、萌香ちゃんは一人で黄色い軽自動車に乗った。

エンジンがかかり、二台がゆっくりと動き出す。

開けた窓から萌香ちゃんが「またご連絡します。ありがとうございました」と手を振ってくれた。トラックを運転している反町さんと阿久津さんも、車内でお辞儀《じぎ》をしてくれる。

二台の車が、店の前の通りに出た。

そして、そのまま国道のある南の方へと走り去っていく。

わたしとマスターは、二台が見えなくなるまで見送った。

「行っちゃったね」

なんとなく、わたしの口からそんな台詞がこぼれた。

「うん」

マスターは、まだ彼らの車が消えた方を見詰めていた。

みかん色の風に吹かれて、わたしの髪の毛がさらさらと揺れる。

「こんなにいい天気なのに」

わたしが言うと、マスターが続きを口にしてくれた。

「台風、本当に来るのかな」

「ね――」

わたしたちは、顔を見合わせた。そして、どちらからともなく、ため息をこぼした。

二人きりになったとたんに「現実」が息を吹き返したのだ。

遠くで鳴いていた最後の蟬も、いま、鳴きやんだ。

「とりあえず、アイスコーヒーでも飲もうか」

そんな、なにげないマスターの言葉が胸に沁《し》みて、なんだか自分でもふしぎだった。

「うん。美味しいの、淹れてね」

「俺、まずいコーヒーなんて淹れたことないけど」

そう言って、マスターは悪戯《いたずら》っぽく笑ってくれた。

「だよね」と、わたしも微笑み返す。

そして、わたしたちは阿久津さんが削ってくれたドアを開けて店のなかへと入っていった。店内にはまだ削った木材の匂《にお》いが満ちていて、それはなんだかタカナシ工務店の三人の残り香のような気がした。

夕花

遠くに、逃げたい……。

口にした瞬間、わたしの両目からは自然と涙がこぼれだした。

いままで、ずっと、ずっと、心のなかで願い続けてきた想《おも》いを、ようやく口にできたからかも知れない。

「遠くって――」

痛みに顔をしかめながら立ち上がった心也くんが、少し困ったように眉根を寄せた。右膝から、ひとすじの血が流れていた。その血を見詰めながら、わたしは内側から溢《あふ》れてくる言葉をそのまま口にした。

「ここから、ずっと遠いところ」

「…………」

「安心、したい」

「え……」

「もう、安心したい」

泣きながら「安心」という単語を口にしていたら、あらためて、これこそがわたしの求めているものだと気づいた。

そう、わたしはとにかく「安心」が欲しかったのだ。

恐怖も、不安も、空腹も、痛みも、緊張も味わわないでいられる、ごく、ごく、ふつうの——安心できる場所。クラスのみんなが、あたりまえのように、日々、身を置いている、自分が素のままでいられる場所。

安心。

ふつうの場所。

どちらも、どこにでもありそうなものなのに、どうして、わたしのところにはないのだろう。

考えると、ますます涙がこぼれてしまう。

「安心、したい……」

まっすぐな想いが、声になって溢れ出す。

そんなわたしを見て、心也くんはほんの一瞬だけ戸惑った顔をしたように見えた。でも、すぐに唇を引き結んで、小さく頷いてくれた。そして、静かな声でわたしの名前を口にした。

「夕花」

むせび泣いていたわたしは、声を出せないまま、心也くんの顔をまっすぐに見た。

「遠くに行くってのは——、先輩命令か？」

心也くんは真剣な目でわたしを見ていたけれど、ふいに、小さく微笑んだ。その顔を見たわたしは、いっそう涙が止まらなくなってしまった。

それでも、必死に返事をした。

「うん……」

「そうか」

「うん……、先輩命令」

二度、わたしが頷いたところで、心也くんはニッと笑った。

「夕花、泣き笑いしてる」

心也くんに言われて気づいた。わたしはいま、ぽろぽろと涙を流しているのに、殴られた唇の痛みをこらえながら笑みを浮かべているのだった。

それから、わたしたちは駅の方へと向かった。なるべく人通りのない裏道を選んだけれど、それでも時々、すれ違う人にギョッとされてしまった。血のついたわたしの顔に驚いているのだ。

繁華な地区に入る前に、樹々の多い急な坂道を登った。その坂道を登りきったところには、ほとんど参拝者のいない寂《さび》れた神社があるのだ。わたしたちはその境内《けいだい》へと足を踏み入れた。そして、老朽化の進んだ拝殿の裏側へと回り込む。そこは小学生の頃、「かくれんぼ」をしているときによく鬼から隠れた場所だった。

わたしは拝殿の縁側のようなところに、そっと腰を下ろした。正面に立った心也くんが、あらためてわたしの顔を見て、分かりやすいくらいに心配そうな顔をしてくれた。

「怪我、ひでえな。大丈夫か？」

「痛いけど……、でも、大丈夫。心也くんの膝は？」

「俺？　俺はもう無理。出血多量で死ぬかも」

ふざけた心也くんは悪戯《いたずら》っぽく笑ってくれた。わたしも一緒に笑おうと思ったけれど、腫れた唇が痛くてあまり上手には笑えなかった。

「石村くん、大丈夫かな……」

気になっていたことを口にすると、心也くんの顔からすっと笑みが消えた。そして、

「あいつは――」と、何かを言いかけて、いったん口を閉じた。でも、すぐに小さく頷いて、曇《くも》った顔のまま続けた。「ライオンみたいな奴だからさ」

さすがに、大丈夫だ、とまでは言えないみたいだ。

「とにかく、夕花、ちょっとここで待ってろ」

「え？」

「その血だらけの顔じゃ、遠くに行く前に通報されちゃうだろ」

「…………」

「俺、国道沿いに出来たドラッグストアまでひとっ走りして、いろいろと必要なモノを買ってくるから。それと、途中の公衆電話で警察に電話して――」

「それは、駄目《だめ》」

わたしは、ほぼ反射的に言葉をかぶせていた。

「え……？」

「だって、警察沙汰《ざた》になったら、わたしたちのことが『事件』になっちゃうかも」

「まあ、そうだけど」

「そうなったら、心也くんの家にも、石村くんの家にも、迷惑をかけちゃうよ」

「でもさ、どっちにしろ中学三年生の二人が遠くに逃げたら、それだけで『事件』じゃねえの？」

「それでも――、警察には……」

と言いかけて、わたしは続く言葉を飲み込んだ。心也くんも、なにか大事な言葉を飲み込んだように、少し思いつめた顔をした。心也くんは、石村くんのことを心配していて、一刻も早く警察に通報したいのだ。でも、そうなると、わたしたち二人もきっと警察に捕まえられて、わたしはすぐに自宅に戻されてしまうだろう。

そうなったら、また……。

黄色く濁《にご》った義父の目を思い出して、わたしは身震いをした。胃袋を大きな手で握られたような鈍い痛みが、鳩尾《みぞおち》の奥でうずき出す。

わたしは深呼吸をした。心をいったん静止させて、大丈夫、大丈夫、と自分に言い聞かせながら、心也くんの次の言葉を待った。

頭上で、さらさらと葉擦《はず》れの音がした。

神社の境内を覆《おお》い尽くす鎮守《ちんじゅ》の森に、夏の風が吹いたのだ。

息苦しいほどの蟬の声が、蒸し暑い空気を振《ふる》わせる。

「じゃあ、とにかく、俺はドラッグストアに行ってくるから」心也くんは目で頷いてみせると、「ちょっと待ってろ」と言い残して拝殿の裏から出ていった。

左脚を引きずって歩く心也くんの足音が遠ざかっていく。

わたしは、一人になった。

石村くんの心配よりも、自分の身の安全を優先したことで、胸の奥に黒い靄《もや》を抱えたような気分になっていた。だから、もう一度、深呼吸をした。腫れた唇の隙間から吐き出した息には、その靄が混じっているような気がした。

下を向いていたら、ますます気分が落ちて行きそうな気がしたから、少し顔を上げた。

そのまま、ゆっくりと頭上を見上げた。

明るすぎて真っ白に見える夏空――。

その空のほとんどを覆い隠す無数の葉っぱたちの淡いシルエットが、さわさわと揺れていた。

心也くんには「大丈夫」と言ったけれど、顔も、お腹《なか》も、腕も、脚も、正直、かなり痛い。もっと言えば、胸の奥も、胃のあたりも、痛いくらいに重たかった。

自宅のアパートの映像が脳裏をよぎる。石村くんと同じくらいに、置き去りにした幸太のことが気がかりだった。

朝から酔っ払って、手がつけられなくなった義父――。

幸太には、あの鬼のような生き物から逃げる術《すべ》がない。肉体も精神も「力」でねじ伏せられ、押さえつけられ、理不尽にコントロールされているときの絶望感……。そして、あの呼吸をひとつするごとに気力が失《う》せていくような鬱々《うつうつ》とした虚脱感を、幸太は今日もずっと味わうことになるのだ。

でも――、とわたしは思う。

いまのわたしは、あのアパートに戻れない。

全身の痛みが、胸の痛みが、わたしの無力さをあまりにも証明しすぎているから。仮に戻ったところで、義父を余計に怒らせるだけだ。幸太のためになるとは一ミリだって思えない。

だから――、わたしは幸太を見捨てるのでは、ない。

これ以上、ひどい状況にならないようにするだけ。

そう自分に言い聞かせながら、視線を頭上から下ろした。そして、縁側に腰掛けたまま、膝から下をぶらぶらさせた。血の滲んだ膝が痛んだけれど、かまわずぶらぶらさせた。

ショートパンツから伸びたわたしの太ももの上に、ちょっと崩れたハート形の木漏れ日が落ちて、白く光っていた。

わたしは、その光を両手ですくい上げるようにした。

鎮守の森に吹く、やわらかな夏の風。

頭上の枝葉が揺れた。

両手ですくったハート形の光は、あっさり崩れてしまった。

心也

国道に面したドラッグストアの棚を物色して、大きめの絆創膏と消毒液と二枚のタオルを手にした。タオルは、血がついても目立たなそうな濃いブルーのものを選んだ。

レジに並びながら、ポケットから財布を出す。

ナイロン製の安物の財布のなかには、なけなしの小遣い数千円と、父から頼まれたお遣い用の一万円札があった。これだけあれば「ずっと遠く」には行けなくとも、とりあえず夕花が安心できるくらいの「遠い場所」に行けるだろう。

レジで支払いを済ませると、急いで寂れた神社へと戻った。そして、買ったばかりの二枚のタオルを手水《ちょうず》の水で濡らし、軽く絞った。

拝殿の裏側に回ると、縁側に腰掛けていた夕花がこちらを振り向いた。夕花は幼女みたいに膝から先の脚をぶらぶらさせていた。

「なんか、ひまそうだな」

俺が言うと、夕花はわずかに目を細めた。

「ひま部の部員だもん」

「あはは。たしかに」

笑いながら俺は濡らしたタオルを夕花に差し出した。

「ほら、これで顔の血を拭《ふ》けよ」

「うん。ありがと」

タオルを受け取った夕花は、なるべく傷が痛まないよう、恐るおそる、といった感じで顔をぬぐった。でも、すでに黒く固まった血液は、簡単には落ちなかった。

「まだ、ここと、ここと、このあたりについてる」

「え？　あ、うん……」

鏡がないから、いちいち俺が指示してやらなければいけない。

「違うよ、このへん」

「ここ？」

「左右が逆。ここ。もう少し下だって」

「え、どこ？　ここ？」

そんなやりとりをしているうちに、結局は、俺が拭いてやることになった。

血のついた濡れタオルを手にした俺は、夕花に顔を近づけた。

「じゃ、いくぞ」

「うん」

夕花がそっと目を閉じた。

木漏れ日が、夕花の頬のうぶ毛をきらきらと光らせた。俺はその距離感にひとりでどぎまぎしてしまった。

夕花に気づかれないよう、ゆっくり深呼吸をしてから、頬や、鼻の脇《わき》、そして、首筋のあたりを丁寧にぬぐった。

タオル越しに感じる、女の子のはかなさとやわらかさ。

最後に、下唇をそっと撫でたとき――、

「んっ、痛《い》たっ……」

と言って、夕花が顔を引いた。

「え――」

「そこは、もう少し、やさしく……」

「あ、わ、悪《わ》りい」

少しの間があって、「血、まだ、ついてる？」と夕花が訊いた。

「まだ、下唇のところに、少し」

「じゃあ、自分でやるね」

夕花は俺の手からタオルを受け取ると、「この辺だよね？」と言いながら、下唇についた血を拭き取った。

ようやく夕花の顔にこびりついていた血が、すべてきれいに拭き取られた。とはいえ、まぶたのあたりの痣《あざ》や、頬の擦り傷、下唇の腫れは隠しようがない。

「これ、かぶっとけよ」俺は、自分がかぶっていた白いアディダスのキャップを夕花の頭にポンとのせた。「顔を見られないように、深めにかぶるんだぞ」

「うん……」

夕花は少し照れ臭そうな顔をして、キャップのつばを下げた。

それから俺たちは、それぞれ手足に負った怪我の患部を濡れタオルで拭き、消毒液を吹きかけ、そして、必要な場所には絆創膏を貼った。

この消毒液はびっくりするほど沁みる薬で、膝に吹きかけたとき、俺はついつい「ひいぃ、痛《い》ってぇ」だの「うおー、マジかよー」だのと声に出して悶絶《もんぜつ》してしまった。ところが夕花は、肘《ひじ》と、膝と、太ももの外側と、手のひらの擦り傷にスプレーしたのに、声を上げるどころか、表情ひとつ変えなかった。

そういえば以前、高山が「女子ってさ、出産に耐えられるよう、痛みに強くできてるんだって」と言っていたけれど、なるほど、あれは本当なのかも知れない。

怪我の応急処置を終えると、俺たちは手水の水を使って血液と泥で汚れたタオルをきれいにした。そして、よく絞ったタオルをそれぞれ首にかけて、顔を見合わせた。

「じゃあ、行くか?」

本気で遠くに行くつもりなんだよな? という確認の意味を込めて、俺は夕花を見た。

「うん」

夕花は真顔で頷くと、あらためてキャップを目深にかぶり直した。


夏休みのせいか、平日の昼間だというのに駅の構内はわりと混雑していた。

俺たちは券売機の前に立ち、大きな路線図を見上げた。

「夕花、どっか行きたいところ、あるか?」

「ううん」と夕花は首を振った。「遠くなら、どこでもいい」

「海と山なら、どっち?」

夕花は一瞬だけ考えて「海、かな……」と言った。

「だったら、俺、いいところ知ってる」

「いいところ?」

「うん。海がめちゃくちゃきれいな田舎町《いなかまち》」

「そんなにきれいなの？」

「青い宝石みたいな海——って感じかな」

「すごい。その海、わたしも見てみたい」

「オッケー。じゃあ、決定な」

俺は財布のなかからお札を引き抜いて、券売機に入れた。その様子を横から見ていた夕花が申し訳なさそうな声を出した。

「心也くん、ごめんね」

「ん、なにが？」

「お金……。ちゃんと返すから」

「いいよ。どうせ俺も行きたいところだし」

格好つけてそうは言ったものの、本音を言えば、父からあずかったお金に手をつけることへの罪悪感で、胸がチクリと痛んでいた。

とにかく、使い込んでしまった父のお金は、小さい頃からのお年玉を貯《た》めた貯金から早めに返すことにしよう——。

俺は、そう自分に言い聞かせた。

「でも……、悪いよ」

「いいって。いまさら、そういう顔すんなよ」

何もなかったはずの夏休みに、夕花と一緒に龍浦の海に行けるのだ。多少の出費は惜しくない。

それでも、夕花は眉をハの字にして俺を見ていた。

「…………」

「じゃあ、分かった。出世払いな」

「え？」

「俺さ、大人になったら銀座《ぎんざ》で高級な寿司《すし》を食べてみたいんだ。いつか夕花が出世して、ご馳走《ちそう》してくれよ」

「うん。分かった」

「言っとくけど、銀座の寿司って、何万円もするんだぞ。切符代どころじゃねえからな」

「いいよ。銀座のお寿司、ご馳走する」

夕花の顔に、小さな笑顔が咲いた。そして、その花を咲かせるコツを、俺はだんだんと摑《つか》んできたような気がするのだった。

龍浦までの切符を二枚買って、一枚を夕花に差し出した。

「ありがとう」

夕花は小さな切符を両手で受け取った。

鈍行列車にしばらく揺られ、ターミナル駅で快速に乗り換えた。そこから先は、対面式で四人がけのボックスシートだった。俺と夕花は、誰もいないところを選んで、窓側のシートに向かい合って座った。

窓ガラスの外に目をやると、真夏の白い日差しをきらきら照り返す街並みが、心地いい速さで流れていた。

進行方向を向いて座った俺は、龍浦の宝石のような海へ向かうイメージで風景を眺めていたけれど、後ろ向きに座っている夕花は、苦しかった場所から離れていくイメージで同じ風景を眺めているのかも知れない。

快速に乗ってから、なんとなく口数が減っていた夕花が、ふいに車窓から視線を外して俺の方を見た。

「ねえ、心也くん」

「ん？」

「わたしたち、何ていう駅で降りるの？」

「龍浦っていう駅だけど」

「タツウラ？」

「そう。ドラゴンの『龍《たつ》』に、ディズニーランドのある浦安《うらやす》の『浦』って書いて、龍浦」

「龍浦――。聞いたことないかも」

「小さな漁師町だから、あんまり知られてないよな」

「心也くんは、どうしてそこを知ってるの？」

夕花の質問に答えようとした俺は、胸の奥にかすかな痛みを感じた。でも、それを無視してしゃべりはじめた。

「昔、夏休みに家族で行ったことがあるんだよ」

生前の母も一緒だったことまでは、口にできなかった。

「そっか。じゃあ、龍浦の海って、心也くんにとって思い出の海なんだね」

そういう言い方をされると余計に胸が痛むし、照れ臭いような気分にもなってしまう。だから俺は、なるべく素っ気なく「まあね」とだけ答えて、すぐに話の方向を変えることにした。もし、できることなら、夕花に訊いておきたいことがあったのだ。

「あのさ、夕花」

「ん？」

「嫌なら答えなくてもいいんだけど」

「…………」

「夕花のお義父さんって、なんていうか――、いつも、ああなのか？」

質問がストレートすぎたせいか、夕花はわずかにうつむいた。アディダスのキャップのつばも下がって、黒目がちな垂れ目が隠されてしまった。それでも、夕花の腫れた口は動いてくれた。

「いつも、じゃないけど。でも、お酒に酔うと、ときどき……」

「そっか」

クラスメイトたちの噂は、やっぱり本当だったのだ。

「今日は、とくにひどかったかも」

「いつもより、たくさん飲んでたのか？」

「多分、それも、あるけど……」

「けど？」

と、俺は小首を傾げた。でも、うつむいた夕花は、それ以上は答えようとしなかった。

「言いたくないなら、いいけど」

「ごめん……」

「え？」

「いまは、言いたくないかも……。ごめんね」

こんなふうに謝られると、むしろ理由を知りたくなってしまうけれど、でも、申し訳なさそうに背中を丸めている夕花を見ていたら、もうそれ以上、訊くことはできなかった。

俺たちは、それからしばらくのあいだ、無言のまま列車に揺られ続けた。夕花はうつむいていた顔を戻して、遠ざかっていく車窓の風景をぼんやりと見詰めていた。俺は、その夕花の顔と、窓の外を交互に眺めた。

やがて風景に青々とした田んぼが広がりはじめたとき、ふと夕花は何かを思い出したような顔をした。

「そういえば」

「ん？」

「どうして、心也くんと石村くんが、うちの前にいたの？」

「ああ、それは、えっと——」

俺は、どこからしゃべるべきかを考えながら首をひねったのだが、結局、そもそも父にお遣いを頼まれたところから説明することにした。

「俺、父さんにお遣いを頼まれて駅の方に向かいかけてたんだけど、そういえば夕花からひま部の連絡がこないなぁ、と思って。で、なんとなく気になって、夕花んちの方にぶらぶら歩いてたら、石村とばったり会ったんだよ」

「え、たまたま？」

「うん。脇道からひょいとあいつが出て来て」

「……」

夕花のふたつの目が、じっと俺を見詰めていた。

「本当だって。マジで、偶然、ばったり」

「ふうん」

「もしかして、信用してない？」

「信用してるよ。でも、すごい偶然だなって思う」

「たしかに、あのタイミングはすごいよな」

と言いながらも、本当のところ、俺は「偶然」と「必然」が半々くらいだと思っていた。

なぜなら、父が俺を外に出したのと、石村がうちの店に食べに来るタイミングが重なったからこそ、あの道でばったり出くわしたに違いないからだ。

「わたしね、石村くんがいきなり目の前に現れたとき、すごくびっくりして、一瞬、時間が止まったような気がしたの」

「だろうな」

正直、俺だって驚いたし、あの瞬間はスローモーションに見えていた。そもそも石村が、何のためらいもなく、あの大柄でおっかなそうな義父に突っ込んでいくだなんて——、しかも、あの見事な回し蹴りだ。あの場にいたら、誰だって驚く。

「でね、石村くんに驚いていたら、その後すぐに、心也くんまで助けに来てくれて……」

実際に身体を張って夕花を助けたのは石村だし、俺はただ恐怖で膝をガタガタ震わせていて——、ようするに、ビビって出遅れたのだ。だけど、さすがにそれを自分の口からは言えなかった。

「まあ、主役は、最後に登場するもんだからな」

なんて冗談めかしてはみたものの、内心、気恥ずかしくて、俺はただへらへら笑うしかできなかった。でも、夕花は、そんな俺を妙につやつやした目で見ていた。

「なんか、二人ともヒーローみたいだった」

「え……」

俺が、夕花のヒーロー？

もしも、そうだったら——、まあ、悪い気はしないけれど。でも、石村と横並びのヒーローだと思うと、少し胸のなかがもやもやしてしまう。実際、ヒーローのように闘ったのは、石村だけなのだ。

「また、ピンチのときは助けてくれる？」

そう言って、夕花は少しキャップのつばを上げた。黒目がちな垂れ目が、俺を覗き込むように見ていた。そして、その視線があまりにもまっすぐだったから、俺は嘘をつけなかった。

「助けたい、けど——」

「………」

「約束は、できないかな」

「え……」

「っていうか、約束って、なんか、俺、苦手なんだ」

「苦手？」

「うん」

「どういう、こと？」

小首を傾げた夕花に答える前に、俺はひとつ深呼吸をする必要があった。だから、窓の外を流れる田園風景のずっと向こうにそびえる入道雲を見ながら、ゆっくりと息を吸い、そして吐いた。

「約束ってさ、本当に守れるかどうか、分からないだろ？」

「………」

「約束に『絶対』は、ないから」

言いながら俺の脳裏には、入院していた頃の母の顔が浮かんでいた。真っ白な病院のベッドに腰掛けて、そっと俺の肩を抱き、授業参観に「行く」と約束してくれた母のやさしい笑顔。でも、その約束が果たされることはなかった。授業参観の当日、幼かった俺は、何度も、何度も、教室の後ろを振り返っては、母の姿を探したのだった。

そして、ほどなく母は帰らぬ人となった。

死ぬ病気じゃないからね。

もうすぐ、お家《うち》に帰れるからね。

いつも笑いながら嘘を口にして、母は俺の頬を両手で挟んでくれたのだ。そのときの母のひんやりとした手のひらの温度に、幼い俺は言いようのない不安を覚えていた気がする。

あの頃の俺は、九歳だった。

母の言葉を信じていたのか、信じようとしていたのか。

とにかく、母を失った俺は知ったのだ。


約束ほど、結果的に人を傷つけるものはないことを。

たとえそれが「やさしい嘘」であろうとも――。


だから俺は、いまでも「約束」が好きになれない。

「絶対――は、ないのかぁ……」

夕花は肩を落としてつぶやいた。そして、少し心配そうな目で俺を見た。

「あ、でも、今日みたいに、たまたま俺が現場にいたら、助けるよ」

「うん……」

夕花は頷いた。何にたいして頷いたのかは分からないけれど、いまの夕花の目には、もう、ヒーローは映っていないような気がした。


快速列車がいくつ目かの駅に停まると、ぱらぱらとお客が乗ってきた。

乗客たちの多くは、いかにも、これから行楽地に向かいます、といった感じのラフな格好をしていた。そんななか、やたらと目を引く中年のおばさんの姿があった。一人だけ、真っ黒な喪服を着ていたのだ。

黒ずくめのおばさんは、ハンカチで額の汗を拭きながら俺たちの方に近づいてきて、

「お隣、いいかしら?」と夕花に訊いた。

「あ、はい」

夕花が答えると、おばさんはどこかおっとりとした仕草で夕花の隣に腰を下ろした。ゆるいパーマのかかった長めの髪には、少しだけ白髪《しらが》が混じっている。四十代の後半くらいだろうか。色白で、きれいな顔立ちをした女性だった。

列車が動き出すと、おばさんは俺と夕花を交互に見ながらしゃべり出した。

「若い二人で、どちらへ?」

あまり顔を見られたくない夕花が、キャップのつばを少し下げた。だから、返事は俺がした。

「龍浦です」

「いいわね。あそこは海がきれいだから。海水浴？」

「まあ、はい……」

俺は曖昧に笑いながら頷いておいた。上品そうに見えて、じつは、ちょっと面倒な人なのかも知れない。

「もしかして、恋人同士？」

「え？」

正面の夕花と視線が合った。

「あ、いや、そんな……」

慌てて否定しようとしたら、おばさんが言葉をかぶせてきた。

「いいじゃない、そんなに照れなくても。もし、そうなら、お二人、とってもお似合いよ」

適当なことを言いながら、おばさんは俺を見て、それから隣の夕花の顔を覗き込んだ。

「あら？　お嬢ちゃん、そのお顔……」

絆創膏と、痣と、腫れと、かさぶた。

おばさんは怪訝《けげん》そうに眉間にしわを寄せた。

するとタ花は、かぶっていたキャップを取って、おばさんと向き合った。その思い切った行動に、俺が唖然《あぜん》としていたら、夕花はさらに思い切った台詞を口にしたのだ。

「わたし、じつは、ボクシングをやってて、夏の大会の試合でこうなっちゃったんです」

「ボクシング?」

「はい」

「あらぁ……、ずいぶん可愛らしい顔をした女の子なのに」

「あと、わたしたちは従兄妹《いとこ》なんです。これから親戚《しんせき》の集まりで龍浦のおじいちゃんのところに行く途中で。ねっ?」

急に会話をふられた俺は、一瞬、ぽかんとしてしまった。

「え? あ……、うん」

「そうだったの。わたし、早とちりしちゃった。それにしても、ボクシングだなんて、ちょっと格好いいわね」

「そんな……、まだ弱いですし」

「いいじゃない、弱くたって。自分のやりたいことをちゃんとやれてるんだから。それだけで充分だと思うよ」

夕花は恐縮したように小さく頷くと、キャップをかぶり直した。

「あなたたち、いくつ?」

「十五です」と、俺。

「そう。じゃあ、中学三年生ね?」

俺たちは「はい」と声をそろえた。

すると、なぜだろう、おばさんはふいに淋しそうに微笑むと、ひとりごとみたいな言葉をこぼしたのだ。

「うちの姪《めい》っ子と同い年……」

ボックスシートのなかに、重たい沈黙が降りた。

俺は、夕花を見た。

視線が合った。

夕花も、この微妙な空気を感じているのだ。

そのまま、なんとも言えない居心地の悪さに耐えていたら、おばさんがふたたび口を開いた。

「あなたたちは、好きなことをたくさんやって、人生を楽しんでね」

「…………」

会話の急な変わりようについていけず、俺と夕花は黙ったまま、おばさんの顔を見ていた。

するとおばさんは「ふう」と短く嘆息して、淋しそうな笑みをいっそう深めたように見えた。

「死んじゃったの、このあいだ」

「え？」と夕花。

「うちの姪っ子。交通事故でね。それで今日は、四十九日の法要に行くところ」

おばさんは自分の喪服を見下ろしながら言った。

「姪っ子もね、生きてさえいれば、これからきっといいことがたくさんあったのにねぇ」

俺も夕花も、ただ黙ってわずかに頷くしかなかった。

快速列車はぐんぐんスピードを上げて、夏空とまぶしい緑の山々の境目へと飛び込んでいく。

おばさんは視線を窓の外に移し、「はあ」と肩で息をした。

と、そのとき、夕花の腫れた唇が小さく動いた。

「いいこと、ありますか？」

「え？」

おばさんが隣の夕花を振り向いた。

「生きていたら」

「………」

「いいこと、ありますか？」

突然の夕花の質問に、おばさんは何度かまばたきをした。そして、何かを察したかのように、穏やかな笑みを夕花に向けた。

「あるわよ」

「…………」

「必ずね」

夕花は頷かずに、おばさんを見詰めていた。

すると、おばさんが先に、ゆっくり、小さく、頷いた。

夕花の目が、ゆらりと揺れた。

そして夕花が何かを言おうと唇を開きかけたとき——。

まぶしかった窓の外が真っ黒になり、車内に轟音《ごうおん》が満ちた。

快速列車は、長いトンネルに入っていた。


夏休みだというのに、龍浦駅のホームに降り立ったのは俺と夕花だけだった。

ところどころ、ひび割れのあるコンクリートのホーム。そのひび割れた隙間にも、雑草たちはびっしり根を張っていた。

太陽が大きくて、近い。

夏空は宇宙が透けて見えそうなくらいに青く、周囲の緑の山々はまぶしくきらめいていた。無数の蝉たちは、空間を歪めそうなほど旺盛《おうせい》に鳴いている。

快速列車のドアが閉まり、車両を軋《きし》ませながら、ゆっくりと動き出す。俺と夕花はホームに並んで立って、ボックスシートで仲良くなった喪服のおばさんを見送った。窓ガラスの向こうで、おばさんは目を細めながら手を振ってくれたけれど、なんとなく泣いているようにも見えた。

やがて列車は遠ざかり、カーブの向こうへと消えた。

夕花は、緑の山と陽炎《かげろう》揺らめくレールだけになった風景をぼうっと眺めていた。そして、ぽつりとつぶやいた。

「なんか、いい人だったね……」

「うん」

俺も、素直にそう思って頷いた。

青々とした風が後ろから吹いて、なびいた夕花の髪が頬の傷を隠した。そして、その風が止《や》んだとき、俺たちは、どちらからともなく踵《きびす》を返すと、誰もいないホームを歩き出した。

改札を抜け、駅舎を出る。

俺は、周囲をざっと見回した。

駅前は小さなロータリーになっていて、そこからまっすぐな一本道が延びていた。ロータリーの右手には古そうな電話ボックス。反対側には龍浦の町を表した絵地図の看板が立っていた。その看板の先には、赤提灯《あかちょうちん》をぶらさげた居酒屋があるけれど、昼間は営業していないようだった。

一本道を見遣《みや》ると、右側に食料品や浮き輪など雑多なものが売られている個人商店があった。海に向かう前に、あの店で食料を仕入れておくべきかも知れない。

「ねえ、海は、あっちの方角でいいのかな？」

言いながら夕花も一本道の方を見ていた。

「多分、そうだと思うけど。あそこに絵地図の看板があるから、ちょっと見てみよう」

「うん」

その色褪《いろあ》せた絵地図によれば、夕花の予想通り、海は一本道のずっと先に広がっているようだった。

「昔、俺が来たときは、電車じゃなくて車だったから——。この地図があってよかった」

「ふうん。家族でドライブしたんだ。いいなぁ……」

夕花は遠くを見るような目で絵地図を眺めた。

「夕花、トイレは大丈夫か？」

俺は、電車のなかで済ませたけれど、夕花はずっと喪服のおばさんとしゃべっていて、一度もトイレに行っていない。

「大丈夫——だけど、やっぱり行っておくね」

そう言って夕花は、駅舎の隅に併設された公衆トイレに入っていった。

それを見届けた俺は、足早に電話ボックスへと向かった。

おそらく今夜は、この町で夜明かしをすることになる。だから、せめて父には電話をしておこうと思ったのだ。お遣いを頼まれたまま息子が蒸発してしまったとなれば、それこそ警察沙汰になってしまう。

電話機に十円玉をありったけ入れて、店の番号をプッシュした。プルルル、というコール音を聞きながら、俺はこの状況を父にどう説明すべきか考えていた。

「はい、食堂かざまです」

電話に出たのは景子さんだった。

「あ、えっと心也です」

俺の声を聞いた瞬間、景子さんが息を飲んだのが分かった。

「心也くん、いま、どこにいるの？」

景子さんの声の背後は、お客さんたちの声でざわついていた。考えてみれば、いまは混雑するランチタイムだった。

「えっと――、すみません、ちょっと父さんに代わってもらえますか?」

俺は景子さんの質問には答えず、そう言った。少しだけ間を置いて、景子さんは「分かった。ちょっと待ってて」と言って受話器を置いた。すぐに、受話器から野太い声が聞こえてきた。

「こら、お前、お遣いはどうした?」

「あ、ええと――」

「いま、どこだ? 映画は観たのか?」

「ごめん。ちょっといろいろあって、遠くにいるんだけど」

「遠く?」

「っていうか、父さん、今日のお昼前くらいに、石村、食べに来た?」

俺は気になっていたことを最初に訊いた。

「いや、来てない、けど……、なんで心也がそんなことを訊くんだ? お前、何か知ってるのか?」

「ごめん。ちょっといろいろあって、いまは言えないんだけど」

「いろいろ?」父の声が、一気に低くなった。「いろいろって、なんだ?」

「だから、それは、いま言えないんだよ」

「はぁ？」

「だから、ごめんって。あと、今夜なんだけど、俺、家に帰れないから」

「ちょっと待て。なんだ、それ」

「ごめん。その理由も言えない。でも、誘拐されたとかじゃないから、安心して」

そこで父は黙り込んだ。なにかを考えているのだろう。

無言の受話器の向こうから、「おい、おやっさん、炒飯《チャーハン》まだかよ」というお客さんの声が聞こえてきた。「ごめんなさい、ちょっとだけ待ってて下さいね」と景子さんが父の代わりに答えている。

「さっきな、和菓子屋の小出の親父から電話があった。お前がまだ来てないって」

父の声は低く、穏やかだった。それがむしろ怖く感じた。

「うん……。ごめん」

「遠くって、お前、どの辺りにいるんだ？」

その質問に答えたら、龍浦の警察に捜索されてしまうかも知れない。

「ごめん。答えられない」

「あのなぁ」

「お願いだから、いまは何も訊かないで。明日、帰ったらぜんぶ話すから。今日はとにかく、誰にも知られずに、遠くにいたいんだよ」

「本当に、犯罪に巻き込まれたとかじゃないんだな？」

父が太い声で念を押す。

「うん、ぜんぜん違う。だから、何も心配しないでいいから」

父が、また黙り込んだ。さっきよりも長い沈黙だった。

やがて、父はため息みたいな声を出した。

「おい、心也、誰にだって秘密はあってもいいよ。でもな、ある程度までは俺に知らせ――」

「大切なのは」

俺は父の声に、強めの声でかぶせた。そして、ゆっくりと続けた。

「自分の意思で判断しながら生きているかどうか」

「…………」

「だよね？」

父がまた黙った。俺は畳み掛けるように続けた。

「母さん、そう言ってたんだよね？」

「まあ……、そうだな」

「俺、いま、そういう状況だから」

「…………」

「自分の意思で判断してるから」

「あのなぁ——」

「いま！」俺は、また声をかぶせた。「俺が家に帰ったりしたら、もう、墓参りには行けないよ」

「…………」

「母さんに顔向けできなくなる。だから、ほんと、お願いだから、いまだけは俺のことを信じて欲しいんだよ」

懇願するようにそう言ったとき、電話ボックスの外に夕花が現れた。ちょっと不思議そうな顔をして、ガラス越しに俺のことを見ていた。

「お前、誰かと一緒なのか？」

父は、野太いけれど、落ち着いた声でそう言った。

「うん……」

夕花を見ながら、俺は頷いた。

「一緒にいる人のために、帰れない。そういうことか？」

「うん」

「誰と一緒なんだ？」

「言えない」

「それだけは一応、教えておけ。何かあったときに、俺は親として責任を取らなくちゃいけねえんだ」

父の言葉に、俺はどう答えるべきか迷ってしまった。すると、思いがけない言葉が、父の口から飛び出したのだ。

「夕花ちゃんか？」

驚いた俺は、息を飲んだままガラスの向こうを見た。まぶしい日差しのなか、夕花は両手を後ろに回した格好で、たいくつそうにロータリーの方を眺めていた。

「夕花ちゃんなんだな？」

「うん……」

俺は、かすれた声で返事をした。

「石村くんと、何かあったのか？」

「それも、明日、話すから……」

ふたたび受話器の向こうで「おやっさーん、マジで炒飯、急いでよ」という声がした。その声に父が大声で答えた。「すまん。もうちょっとだけ待ってて。いま、取り込み中なんだ」

相手は常連さんらしい。

「ランチタイムに、ごめん。明日から皿洗い頑張るから」

俺は、思わずそう言っていた。すると、父はくすっと笑った。

「おい、馬鹿息子」

「はい……」

「明日は、なるべく早めに帰宅しろ」

「うん……」

「男と男の約束だからな」

「うん」

「あと、ゼッ、タ、イ、に、危ないことはするな」

「分かった。絶対に、しない」

「よし。じゃあ、風間心也」

父が、俺のフルネームを口にした。強くて、太くて、そして、揺るぎないやさしさを感じさせる声色で。

「はい」

「お前は、俺と母ちゃんの息子だ」

「うん……」

それから少し間を置くと、父は穏やかに言った。

「お前のことを、信じてる」

その声は、俺の耳の穴から入って、胸の奥の方にまでゆっくりと浸透していった。

「うん……」

「よし、じゃあ――」

「あ、ちょっと待って」

「なんだ？」

俺は、もうひとつ、大切なことを伝えなければならなかったのだ。

「『こども飯』のことなんだけど……」

たいくつそうな夕花が、ゆっくりとこちらを振り向いた。そして、誰と話してるの？

という感じで小首を傾げた。

「…………」

父は黙っていた。無言で、俺に先を促したのだ。

「やっぱり、続けて欲しいなって……」

夕花を見詰めながら、俺は言った。

父は少しだけ間を置いてから、「分かった」と言ってくれた。

「ありがと」

素直に出た俺の言葉に、父は「くくく」と笑った。

「別に、お前に感謝されることじゃねえけどな」

「でも――」

「用件は、それだけか?」

うん、と言いかけて、もうひとつ訊きたいことを思い出した。

「あ、えっと、父さんは、どうして俺が夕花と一緒だって……」

すると父は、また「くくく」と笑った。

「お前は、母ちゃんとそっくりで、隠しごとが下手くそなんだよ」

「え――」

「だから俺は、何でもお見通しだ」

その台詞に釣られて、俺もくすっと笑ってしまった。

「そっか」

「ああ、そうだ」

「分かった。じゃあ」

「おう。夕花ちゃんに、やさしくしてやれよ」

「するよ」

「じゃあ、明日な」

「うん……」

俺はそっと受話器を置いて、通話を切った。

夕花は、まぶしそうに海のある方角の青空を見上げていた。

その空には、真っ白な飛行機雲が下から上へと伸びていた。

遠く、か――。

ふと思ったら、なぜか俺の胸のなかにいろんな想いが溢れてきて、鼻の奥がツンとしてしまった。

俺は大きく息を吸いながら、夕花に見られないよう顔を背けた。

そして――、

「ふう～」

と思い切り息を吐いて、目尻に滲んだしずくをさりげなく手首でぬぐった。

第四章　わたしのヒーロー

ゆり子

夕食は、冷蔵庫の残り物だけで軽く済ませた。

マスターもわたしも、あまり食欲がわかなかったのだ。

タカナシ工務店の三人に店の壁をふさいでもらってホッとしたら、それまで蓄積していた心身の疲労が一気に噴出したのかも知れない。

お酒を飲む気にもならなかったので、わたしたちは氷の入った麦茶をリビングで飲みながら、ぽつりぽつりとおしゃべりをしていた。

昼間はタカナシ工務店の三人がいてくれたおかげで、この家の空気にも明るさと張りがあった。でも、日が暮れて、彼らがいなくなり、五十代の疲れた夫婦だけになると、リビングを漂う静けさにぐっと重みが加わった。

わたしはBGMの代わりにテレビをつけた。

最近ちょっと映りが悪くなってきた画面に、お笑い系のバラエティー番組が流れはじめた。スピーカーから聞こえてくるたくさんの笑い声。モノクロだった部屋の空気に、かすかな色彩がついた気がした。天然キャラのタレントさんや客席の人たちの笑顔も気持ちをなごませてくれる。

わたしはそのままチャンネルを替えずにいた。ふだんはあまりバラエティー番組を観《み》ないマスターも、何も言わず麦茶を手にして、ぼうっとテレビを眺めはじめた。

「ねえ、マスター」

「ん?」

マスターはテレビの方を向いたまま返事をした。

「萌香ちゃんって、あどけない顔してたけど、すごくデキる人だったたね」

だったね、と語尾が過去形になっていることに、言った後から気づいた。

「たしかに。しかも、あの子は、いわゆる『愛されキャラ』ってやつなんだろうな。営業成績とかも抜群なんじゃないかな」

あの子——、という言葉が、小さな異物となってわたしの内側に転がった気がした。

考えてみれば、萌香ちゃんはわたしたちの娘といってもいいくらいの年齢なのだ。

もし、あんな子が、わたしたちの娘だったら……。

考えそうになって、慌てて打ち消した。

「タカナシ工務店の三人って、みんな人がいい感じだから、わたし、なんだか昼間は気分がホッとしてたんだよね」

「それ、分かる。萌香ちゃんと反町さんは、そこにいるだけで周囲を明るくするタイプだし、阿久津さんは、なんか、こう、地味だけどさ、絶対に悪いことを考えてなさそうというか」

マスターがこちらを向いた。三人の顔を思い返しているのか、表情がやわらかい。

「だよね。それぞれ感じがいいっていうか――」

「一緒にいて、気分がいいよな」

テレビのなかでタレントさんや観覧客たちが笑う。

わたしは萌香ちゃんのえくぼを思い出した。そして、思わず、ため息と一緒につぶやいていた。

「はあ……、あの人たちにお店を直してもらえたら本当にいいのになぁ」

マスターは、やわらかな視線で頷《うなず》きながらも、返事は口にしなかった。昼間、萌香ちゃんが提示してくれた概算の金額を見て、もはやそれは無理だと確信しているのだろう。

正直いえば、わたしもそう思っている。万が一、奇跡が起きてくれたら――、という淡い期待もあるけれど、でも、「奇跡」という言葉は、ほぼ確実に起こらないことを前提とした単語だということも充分に理解している。

「宝くじでも買ってみる？」

わたしは少し冗談めかしてそう言った。

「あはは。いいね」

マスターの笑いが、テレビのなかの笑いと重なった。

わたしも笑いたいな、と思ったけれど、頰《ほお》が少し動いた程度で上手《うま》く笑えなかった。なぜなら微笑《ほほえ》んだマスターの目尻《めじり》のしわが、なんだかいつもより深くて、それがひどく淋《さび》しいものに見えたからだ。

あ、マスターのこの笑い方、どこかで見たことがある――。

わたしはそう思って記憶を辿《たど》りはじめた。そして、すぐに気づいた。

先代――、つまり、マスターの父親が亡くなったことを、当時まだ交際中だったわたしに伝えてくれたときとそっくりな笑い方だったのだ。

父を失い、そして今度は、お店を失いかけている。

喪失の笑み――。

そのことに気づいたわたしは、一瞬、返す言葉を失って、麦茶のグラスに手を伸ばした。持ち上げると、汗をかいたグラスから冷たい水滴がしたたり落ちた。

ひた。ひた。

グラスも泣いているみたい。

わたしは麦茶を飲んで、気分転換でもするように、わざと大きく「ふう」と息を吐いた。陰鬱《いんうつ》なため息をごまかしたのだ。

「宝くじがはずれたら、とりあえず、わたしとマスター、二人でそれぞれ働いて、少しずつでもお金を貯《た》めて、貯まったら、萌香ちゃんに相談してみようか」

「そうだね。しかし、まあ――」と言って、マスターが深く嘆息した。「五十路《いそじ》を過ぎてから職探しをするハメになるとはなぁ……」

「ね――」

と、一文字に心を込めて、わたしが同意したとき、ふいにテレビがＣＭになった。

いかにも優しそうな父と母と、可愛《かわい》らしくて聞き分けの良さそうな娘が出てくる生命保険のＣＭだった。

あなたの大切な家族の未来を守るために――。

誠実そうなナレーターの声が、静かなリビングに沁《し》みていく。

わたしも、マスターも、黙って麦茶のグラスに口をつけた。

氷が半分以上も溶けてしまった麦茶は、麦茶にとっていちばん大切な香ばしい風味が欠けていた。

ひと口だけ飲んで、グラスをそっとテーブルに戻す。

ＣＭのなかの家族は、不自然なくらいに幸せそうだった。そのせいで、わたしの脳は勝手にわたしの人生で欠けてしまったもののことを考えはじめてしまった。

ちょうど四〇歳のとき――。

わたしは待望の妊娠と流産を味わった。

四〇歳の妊娠は、三五パーセントの確率で流産する――、そんなデータを、わたしは産婦人科の担当医から聞かされていた。ようするに「あなたは高齢妊娠だから、くれぐれも大事にしてね」と諭してくれたのだ。そして、わたしは、わたしなりに一生懸命、自分と胎児を慈《いつく》しんだ。マスターも、それまで以上の優しさで妊婦のわたしをいたわってくれた。わたしは「三人家族」という、まさにＣＭみたいなきらきらした未来を夢見て、当たり前のように六五パーセント側に入るつもりでいたのだった。

でも、ふたを開けてみたら、わたしは三五パーセント側の人間だった。しかも、流産したあとに担当医から「この先の妊娠は期待できません」と言われて、〇パーセントの人になったのだ。

それからしばらくのあいだ、わたしは笑い方を忘れたような日々を過ごしていた。現実を受け入れるのに時間が必要だったのだと思う。

ある雨の夜、わたしはこのリビングで、マスターにぽろっと泣き言を口にした。

「わたし、お母さんになれなかったなぁ……」

無意識に過去形の言葉を使っていたわたしは、わたしなりに現実を受け入れたのだと気づいた。でも、受け入れたからといって何かが変わるわけでもなかった。変わらないからこそ、うっかり、泣き言を口にしてしまったのだ。

「マスター、ごめんね……」

するとマスターは、テーブルを回ってわたしの横に立つと、背中をやさしく撫《な》でてくれた。そして、こう言ったのだ。

「ゆり子は『ママさん』だから」

「え?」

「たまたま『お母さん』にはなれなかったけど、地域の子どもたちに慕われる『ママさん』になれたから」

「…………」

「世の中に『お母さん』はたくさんいるけど、『ママさん』になれる人は、そうそういないと思うよ」

マスターの言葉のぬくもりは、わたしの内側にずっと引っかかっていた感情のつっかえ棒のようなものを溶かしてくれた。

わたしは堰《せき》を切ったように泣いた。

人生でいちばん、というくらい涙を流した気がする。

そして、泣きながら思ったのだ。

わたしにとって、人生の拠《よ》り所《どころ》はふたつあると。

ひとつは、マスター。

もうひとつは、お店だ、と。

でも、いま、その拠り所のひとつを失おうとしていた。失ったら、わたしは『ママさん』ですらいられなくなってしまう。

ぼうっとそんなことを考えているうちに、いくつかのCMが終わり、ふたたびバラエティー番組が流れ出した。

テレビのなかで笑いがはじけ、知らない人たちの笑い声が二人きりのリビングに届けられる。

わたしは、なんとなく心の一部が麻痺《まひ》してしまったみたいな感覚を味わいながらつぶやいた。

「なんか、今回のことで、いろんなものを失った気がするなぁ……」

するとマスターは、小首を傾《かし》げてこちらを見た。

「いろんなもの？」

「うん」

「……そっか。いろんなもの、か」

マスターは、わたしの目を見たまま小さく頷き、そして微笑んだ。

それは、さっきの喪失の笑みではなくて、もう少しあたたかみのある共感の笑みだった。

長いこと夫婦をやっていると、そういう違いは分かるようになるものだ。

わたしが失ったいろんなもの――。

大切なお店、日々の仕事、お店でマスターと一緒にいられる時間、そして、わたしを「ママさん」と呼んで慕ってくれる、お腹《なか》を空《す》かせた子どもたち。

わたしも、マスターに同じ笑みを返したくて、口角を上げてみた。

すると、マスターが心配そうな声を出した。

「え……、ゆり子？」

「ごめん、大丈夫。えへへ」

言いながら、わたしは、テーブルの上のティッシュを引き抜き、目頭に押し当てた。ただ、微笑みたかっただけなのに、不器用なわたしは泣き笑いをしてしまったのだ。

マスターがゆっくりと立ち上がった。そして、あの日と同じようにテーブルをくるりと回ってわたしの横に立った。

「ゆり子……」

大きな手が私の背中にそっと置かれた。

やばい。もっと泣いちゃいそう。

そう思った刹那《せつな》――。

プルルルル。

場違いなほど大きな電子音が、リビングに響き渡った。

え、電話？

わたしは泣きそうな顔を上げてマスターを見た。

マスターは、誰《だれ》だろう？　という顔で小さく頷くと、サイドボードの上にある固定電話の子機を手にした。

「はい、もしもし？　あ、萌香ちゃん」目を見開いたマスターが、わたしを見た。「いや、そんな。むしろ、今日は本当に――、あ、うん、はい」

そこでマスターは子機に付いているボタンを押すと、そのまま子機をそっとテーブルの上に置いた。スピーカーフォンにして、わたしも会話に参加できるようにしてくれたのだ。

「萌香ちゃん、こんばんは。ゆり子です」

潤み声にならないよう心を砕きながら、わたしは挨拶《あいさつ》を口にした。

「ああ、ゆり子さん、昼間はありがとうございました」

「こちらこそ、本当に助かりました」

それからひとこと、ふたこと、挨拶のついでのような会話をしたあと、萌香ちゃんが本題を切り出してきた。

「ええと、先ほどの店舗の修繕にかかる金額の件なんですけど、会社に戻って社長といろいろ話をしまして」

「…………」

わたしとマスターは、顔を見合わせ、黙っていた。

残念ながら、うちでは無理でした――。

そんな萌香ちゃんの台詞《せりふ》がイメージできていたから。

ところが、萌香ちゃんの声のトーンは、その先も下がらなかったのだ。

「一括払いということでよろしければ、先ほどマスターにご提示いただいた金額で――、ということになりまして」

「え？」

と声を出したのは、マスターだった。

「え、本当に、できるの？」

わたしが続いた。

すると萌香ちゃんが、電話の向こうでくすっと笑った。

あの可愛らしいえくぼが、わたしの脳裏《のうり》に浮かぶ。

「はい。できます。うちでよければ、ぜひ、やらせて頂きたいです」

テレビのスピーカーから笑い声がはじけた。

わたしとマスターは、ぽかんとした顔で、お互いの顔をしばらく見詰め合っていた。

「あれ、もしもし、聞こえてますか？」

萌香ちゃんの声が、テーブルの上に置かれた子機から聞こえてきた。

「聞こえてます」

答えたマスターの顔に、ゆっくりと笑みが広がっていった。

わたしは、また、さっきと同じ顔をしてしまった。

でも、今度は、安堵《あんど》の泣き笑いだった。

心也

電話ボックスを出ると、夕花が近づいてきた。

「誰に電話してたの？」

当然、そう訊《き》かれるとは思っていた。俺《おれ》は嘘《うそ》をつくつもりはなかった。

「一応、店に電話しておいた」

「お店って――、心也くんのお父さんに？」

「うん」

なるべく自然に返事をしたつもりだけれど、夕花は少し不安そうな顔で俺を見た。

「大丈夫だって。心配すんなよ」

「………………」

「今日は遠くにいるから帰れないって、そう言っただけだから。この場所も、遠くにいる理由も、何も話してないから」

「何も、訊かれなかったの？」

「そりゃ、訊かれたよ。でも、言えないって言い張ってたら、あきらめてくれた」

「え――」

俺のことを信じてくれた――、そう言いたかったけれど、さすがに照れ臭いからやめておいた。

「ほら、うちは、ああいうオヤジだからさ」

「でも……」

「あ、ただ、夕花が一緒だってことは、伝えた」

「え……」

「大丈夫。オヤジに言われたのは、絶対に危ないことはするなよって、それだけだから」

半信半疑の顔をした夕花に、俺は念を押した。

「ほんと、大丈夫だって」

「うん……」

「じゃ、行こうか。海」

言いながら俺は、首にかけた青いタオルで、こめかみを伝う汗を拭《ふ》いた。いつまでも突っ立ったまましゃべっていたら、アスファルトと一緒に溶けてしまいそうな日差しの強さなのだ。

俺は、駅のロータリーからまっすぐに延びる一本道に向かって歩き出した。少し遅れて歩き出した夕花も、すぐに追いついて俺の横に並んだ。

「なあ、喉《のど》、渇かない？」と、俺。

「ちょっと、渇いたかも」

夕花が言って、俺を見上げた。アディダスのキャップのつばで日陰になった夕花の目は少し不安げで、そのせいだろうか、ずいぶんとあどけない表情に見えた。

夕花の顔にできた痣《あざ》と腫《は》れとかさぶた。肘《ひじ》と膝《ひざ》に貼《は》られた絆創膏《ばんそうこう》。

無抵抗の女の子に暴力をふるいまくったクソ親父《おやじ》を思い出して、俺は「ふう」と息を吐いた。

「くっそ暑いもんな。何か買って飲もう」

「うん」

この一本道は町のメインストリートなのだろう、道の左右には小さな個人商店がぽつぽつと並んでいる。地元の学校の制服が売られている洋品店や、本とおもちゃが売られている店、年季の入った鮮魚店と精肉店、そして、小さな郵便局と地方銀行の支店……。

俺たちは、さっきロータリーから見ていた、店先に浮き輪がぶらさがっている商店に入った。そこは予想どおり、よろず雑貨を売る店で、レジの近くの棚には乾物や菓子パンなどの食料品も並んでいた。

「海辺には何もなかった気がするから、念のためここで食料も買っておこう」

「うん」

なるべく安くて、量が多くて、この暑さでも腐りにくそうなもの――、という条件を設定して、俺たちはいくつかの菓子パン類と紙パックのミルクコーヒー、そして、すぐに飲むための缶コーラをチョイスした。

店のおばちゃんは時代めいたレジで精算をすると、「はい、ありがとね」と言って白いビニール袋を手渡してくれた。

買い物を終えた俺たちは、ふたたび通りに出た。

店先で、よく冷えたコーラを喉に流し込んだ。

「くはぁ、うめえ」

ビールを飲んだときの父みたいな台詞を口にしたとき、俺はうっかり盛大なゲップをしてしまった。

「あ、ごめん」

頭を掻《か》く俺を見て、夕花がころころと笑った。

コーラを飲み干すと、俺たちは海を目指して歩き出した。

商店街を抜け、汗をかきつつしばらく歩く。やがて道はゆるい左カーブになり、ふたたびまっすぐになった。すると、かすかな潮騒《しおさい》が、鄙《ひな》びた家々の隙間《すきま》から漏れ聞こえてきた。

ざわ、ざわ。

ざわ、ざわ。

やや細い路地に差し掛かったとき、右手に小さな農家風の家があって、その道路向かいに、まさに「お屋敷」と呼びたくなるような二階屋がそびえていた。

「うわぁ、大きい家だね」

足を止めた夕花が、そのお屋敷を見上げながら言った。

「ほんとだ。でっけえなぁ……」

黒光りする瓦《かわら》屋根はずっしりと重そうで、威圧感すら漂わせていた。立派な門の脇《わき》のブロック塀には、古めかしい木製の看板が掛けられていた。

その看板に書かれた豪快な筆文字を、俺は読み上げた。

「白仁田《しらにた》水産、白仁田丸……、だって」

「漁師の、網元さんの家かな？」

「そうかも。この家だけ、異様にでかいもんな」

振り返った後ろの農家風の家が、ちょっと可哀想《かわいそう》に思えてくるほどに威風堂々としているのだ。重厚な門からは飛び石が続いていて、その先に和風のお屋敷がデーンと建っていた。よく見ると、お屋敷の右側は増築をしたらしく、そこだけ洋風建築になっている。

「いいなぁ、こんなに大きな家に住めて」

そう言って夕花は、夢見がちな目をした。

俺は、夕花が暮らしているアパートを思い出して、救いにもならないフォローの言葉を口にした。

「でも、ちょっとデカ過ぎねえか？　掃除すんのも大変だぞ」

「うふふ。そうかもね。でも、わたし、二階にバルコニーがあるお家《うち》に住むのが夢なんだぁ……」

夕花は右手を胸に当てて言うと、ため息を漏らした。

「そんな家を買って、どうすんだよ」

「どうするって――、ふつうに結婚して、ふつうに幸せに暮らしたいなって……」

なんで？　駄目《だめ》？　という顔で、夕花が俺を見た。

幸せに暮らすって、誰とだよ？

なんて、もちろん訊けない俺は、「ふうん。まあ、べつにいいけど」と、素っ気なく言って、ふたたび歩き出した。

「あ、ちょっと、待ってよ」

名残惜しそうにお屋敷を振り返りながら、夕花は俺についてきた。

そこからさらに少し歩くと、ふいに町を覆《おお》っている空気が変わった。

海の気配だ――。

俺たちは、どちらからともなく足を速めていた。

歩くほどに、潮の匂《にお》いが濃くなってくる。

そして、信号のない小さな交差点を左に曲がったとき、夕花の黒髪がさらさらとなびいた。

「あ……」

夕花が、俺を見た。

「うん」

道路を少し行った先に、きらきらした透明感のあるブルーがたゆたっていたのだ。

俺たちは、そのままゆさにハッとして足を止めかけたけれど、でも、次の瞬間には、はやる心に背中を押されていた。

ぐらつく膝に注意しながら、早足で歩く。

すぐに、渚《なぎさ》に沿って延びる国道に出た。

少し砂の浮いた横断歩道を渡って、さらに海へと近づく。

俺たちが立っている歩道のすぐ下から、真っ白な砂浜が広がっていた。砂浜の先を見ると、白くてクリーミーな波の泡が打ち寄せている。沖のうねりは、遠くから見ているよりもずっと高かった。

右を見て、左を見遣《みや》った。

広々とした白いビーチは、弓なりに延びていた。

その真ん中あたりに、ぽつんと一軒だけある海の家。

まばらに咲いたビーチパラソルは——、七つだけ。

俺は青々とした海風を思い切り吸い込んで肺を洗った。

本当に、記憶のなかの海に来たのだ。夕花と一緒に。

俺は隣の夕花を見た。

海風に髪をなびかせた夕花は、鉄柵《てっさく》に両手をついて身を乗り出しながら、広い砂浜を端から端まで見渡していた。そして、ため息のように言った。

「すごいね、海の色」

「だろ」

なぜか自分が褒《ほ》められたみたいな気分で、俺は頷いた。

「ブルートパーズみたい」

「え、ブルー……トパーズ？」

初耳の単語を訊き返すと、夕花は海を見たまま頷いた。

「うん。すごくきれいな青い宝石なの」

「へえ。見たことないな」

「うちのお母さんがね、昔から大事にしてる指輪があるんだけど、それに付いてる石」

夕花がこちらを振り向いた。

「ねえ」

「ん？」

「わたし、さわりたい」

「さわる？　何を？」

「海」

俺はくすっと笑って、「おう」と言った。

歩道とビーチを隔てている鉄柵の切れ目まで歩き、そこからコンクリートの階段を数段降りた。

すると、そこはもう白砂のビーチだった。

さらさらした砂は、すでに真夏の陽光に焼かれていたから、俺たちは靴を履いたまま汀《みぎわ》へ向かって歩いた。そして、道路と汀のちょうどまんなか辺りで、手にしていた白いビニール袋の口を結び、砂の上に置いた。

靴を脱ぎ、裸足《はだし》になる。

「うわっ、あちちちっ！」

白砂は、火傷《やけど》をしそうな熱さだった。爪先立《つまさきだ》ちになった俺は、思わず「その場で駆け足」をしてしまう。

「そんなに熱いの？」

「めっちゃ熱いよ。ってか、だめだ夕花、俺、先に行ってる」

ぐらつく膝に気をつけながら、俺は急いで海へと向かった。

「ひゃっ、あっつーい！」

すぐに夕花の声が背後ではじけた――と思ったら、膝をかばってよたよた歩いている俺の横を、風のように駆け抜けていった。

「うふふ。お先にっ」

追い越しながら、俺に向けられた笑顔。

心臓がキュッと甘く痛んで、一拍だけスキップした気がした。

思わず俺は足を止めかけた――けれど、足の裏がどうにも熱くて、やっぱり止められなかった。

「あっちちち」

「ひゃっ、冷たーい」

ひと足早くクリーミーな白い波にくるぶしを浸した夕花が、声を上げてこちらを振り向いた。肩をすくめ、両腕で自分の胸を抱いた格好で、大きな笑顔を咲かせている。

俺は、なんだか、目に見えない糸に引っ張られるような――、ちょっとふしぎな感覚を味わいながら、幼馴染《おさななじみ》の笑顔に向かってまっすぐに近づいていった。

澄み切った海に足を浸した瞬間――、冷たさと清々《すがすが》しさが足の裏から頭のてっぺんに向かって突き抜けた。

「冷てえ〜っ！」

でも、冷たいのは最初だけだった。

俺たちはショートパンツの裾《すそ》をたくし上げ、太ももまで海水に浸してはしゃいだ。

正直いえば、頭から飛び込んで泳ぎたかったけれど、残念なことに、俺たちには着替えがない。だから腕と脚を浸し、顔を洗い、ちょっとだけ海水をかけ合ったりする程度で我慢するしかなかった。

しばらくして海から上がると、砂浜に放置されたバレーボールを見つけた。長いこと紫外線と潮風にさらされたようで、ボールの表面は劣化して毛羽立っていた。きっと誰かの忘れものだろう。俺はそのボールを足で転がしてきて、得意のリフティングをして遊んだ。

ひょいひょいと曲芸のようにボールを蹴《け》り上げていたら、夕花が、すごい、すごい、と褒めてくれるので、俺はつい調子に乗ってしまう。でも、ぐらつくこの左膝では大技を披露できなくて、それが少し悔しくもあった。

「ねえ、わたしにも教えて」

「いいよ」

俺は夕花にボールを譲り、リフティングの基礎を教えはじめた。足の甲でボールをちょんちょんと軽く蹴って、落とさないようにするだけなのだが、これが素人《しろうと》にはなかなか難しい。

「え、うそ、こんなに難しいの？　心也くん、すごく簡単そうにやってるから――」

「俺だって、最初は上手くできなかったよ」

「そっか。でも、十回はできるようになりたいな」

それから夕花は、思いがけないほど楽しそうにリフティングの練習をし続けた。俺も、まじめにコツを教えてやった。

しばらくすると、夕花は足元に視線を向けたまま「じつはね――」と話しはじめた。

「クラスのなかで、こっそりわたしのことを気にかけてくれてる人がいるの」

「えっ、誰？」

もしかして、俺のこと？　そう思ったけれど、夕花はボールを真剣に蹴りながら、あっさり別の名前を口にした。

「恵美子《えみこ》」

「は？　恵美子って、バスケ部の江南のこと？」

「うん」

俺からすると、それは、かなり意外だった。江南は成績優秀で、はきはきした受け答えをするから先生たちの評価も高く、女子バスケ部のなかでもリーダー的な存在だと聞いている。でも、クラスのなかで夕花と絡《から》んでいるのは、ほとんど見たことがないのだ。

「マジかよ。俺、ちっとも気づかなかった」

「でしょ？　学校では、あんまりわたしと仲良くできないから、こっそり女子トイレで手紙を交換したり、夜になってから電話でしゃべったりしてるんだ」

「へえ……。あいつ、いい奴《やつ》なんだな」

「わたし、恵美子がいてくれるから、学校に行こうかなって――、あっ、ねえ、いま三回できた。見た？」

リフティングが三回続いたのだ。

「あはは。見てたよ」

「ちょっとコツを摑《つか》んだかも」

「かなり無理矢理っぽい三回だったけどな」

俺が笑うと、夕花は「えーっ」とふくれっ面《つら》をして見せた。「わたし、褒められて伸びるタイプなんですけど？」

「あ、それ、俺も同じ」

「じゃあ、とりあえずわたしを褒めて」

「その前に、教えた俺のことも褒めてくれ」

「さっき上手だねって、たくさん褒めたじゃん」

「足りないなぁ」

「心也くん、欲しがりすぎ」

そんな、どうでもいいような会話で笑い合いながら、夕花は飽きもせずリフティングを続け、俺はコツを教えた。

とはいえ、ずっとビーチで真夏の日差しに焼かれていると、身体《からだ》が熱くてたまらなくなる。そういうときは、さっさと靴を脱ぎ、海水に太ももまで浸して、ざぶざぶと顔を洗う。

そして、またビーチに戻って遊ぶのだ。

遊びながら夕花は、俺の知らないいろんなことを淡々と告白してくれた。そもそものいじめのきっかけは、女子ならではの妬《ねた》みだったこと。かつて所属したテニス部の先輩が、とんでもなく怖かったこと。去年、家の近所に捨てられていた仔犬《こいぬ》にこっそり餌《えさ》をあげていたけれど、三日でいなくなってしまったと思ったら、近所のおじいさんが拾ってくれていたこと。数学と理科の成績はいつも学年で一番だけど、社会は少し苦手で、頑張ってもクラスで三番くらいだということ。

　正直、夕花が秀才なのは知っていたけれど、まさか、そこまで優秀だとは思っていなかった。

「マジかよ、夕花、すげえな。俺なんて、英・国・数・理・社、ぜんぶ中の中だぞ。得意科目だった体育まで、膝の怪我《けが》で中くらいの成績になっちゃったしなぁ。今回の通知表なんて、見事なまでのオール三で、自分でも笑ったよ。四も二も、ひとつもねえの」

「あはは。それはそれですごいね」

「狙《ねら》ってても取れねえよな」と俺は自虐的に笑った。「夕花は？」

「わたしは、体育が三。あとは、まあ——」

「五かよっ」

　夕花は曖昧《あいまい》に笑って、またリフティングをはじめた。

「すげえなぁ。受験なんて楽勝じゃん」

「…………」

　夕花は答えず、黙々とボールに集中し続けた。

「夕花、高校は、どこ受けんの？」

「うーん……、まだ、考えてない」

「え、マジで？」

「うん」

「でもさ、夕花の成績だったら――」

俺が、さらに受験についてしゃべろうとしたら、夕花はいったんボールを止めて、「あ、そうだ」と言った。そして、いきなり話題を変えた。「心也くんちのおじさんのことなんだけど」

「え――、なんだよ、突然」

「少し前にね、心也くんちのお店でご飯を頂いてるときに、わたし、おじさんに『もう、学校、行きたくないなぁ』ってこぼしたことがあったの」

「………」

「そうしたら、おじさん、なんて答えたと思う?」

「え――」なんだろう? 俺はカウンター越しに料理をしている父の顔を思い浮かべた。

「どうせ学校なんて行かなくても死にやしねえよ、とか?」

「あはは。すごい。それ、ほとんど正解」

「マジかよ」

「うん。さすが親子だね」

「言いそうだもんな、あのオヤジ」

俺たちは笑い合った。

「実際はね、心を壊してまで行かなくていいよって言ってくれたの。行かない理由も『なんとなく』でオッケーだし、その理由を誰にも言わなくてもいいって」

あの「何でもあり」な父なら、それも言いそうだ。

俺は、ふたたびリフティングの練習をはじめた夕花の横顔を見つめた。その横顔が、さらに続きをしゃべり出す。

「あとね、もしも、わたしが誰かに相談したくなったときは、いったん周りを冷静に見渡してみて、いちばん格好いいと思える大人に、自分がどうして欲しいか素直に話してみるといいよって」

「いちばん格好いい大人、か――」

「うん」

「そんな大人、いるか？」

「わたしは、いるよ」

「え、誰？」

俺が首をひねっていると、夕花はちょっと意味ありげな感じで微笑んだ。

「そのとき、わたし言ったの。『じゃあ、これからもおじさんに相談したいです』って」

「はっ？　うちのオヤジかよ？」

「うん」夕花は、ふたたびボールを白砂の上で止めて、俺を見た。「だって、ヒーローだもん、わたしと幸太の」

「ヒーローって……、マジか」

俺の頭のなかには、パンツ一丁で居間の畳に寝転がって、プロ野球中継を観ながら威勢のいいオナラをかましている父の姿が思い浮かんでいた。

「あれが、ヒーローねぇ……」

「なんで？　おかしい？」

ヒーローっぽいかどうか、はおいておいて、でも、たしかに、俺にとっても「信じていい大人」であることには違いなかった。

「おかしいというか……。違和感ってやつ？」

「え、だって、豪快で、やさしくて、格好いいじゃん」

豪快でやさしい、までは納得できるけど――。

「あのさ、夕花に、これからも相談したいって言われたとき、オヤジなんて答えた？」

俺が訊くと、夕花はそのときのことを思い出したようで、くすっと笑った。そして、偉そうに腕を組んで胸を張り、父のモノ真似《まね》をしながらこう言った。

「おお、さすが夕花ちゃん、人間を見る目があるよなぁ。よし、お代わり十杯食べていけ――だって」

俺は吹き出した。

「あははは。それ、マジで言いそう。つーか、言ってるときの得意げな顔まで思い浮かぶ」

「でしょ？　でもね、そういうところが格好いいんだよ」

「いやいや、それはないって」

俺はちょっと照れ臭くなって、夕花の足元からボールを引き寄せると、そのままリフティングをはじめた。小さな技をいくつか繰り返していると、たまたま通りかかった水着姿の二十歳《はたち》くらいのカップルの男の方が「リフティング、上手だね」と褒めてくれた。

「どうも」

と小さく会釈《えしやく》しながら、次の技に入ろうとして——、ミス。白砂の上にボールを落としてしまった。

カップルは、そのまま微笑みながら通り過ぎていった。

「褒められて伸びるタイプじゃなかったの？」

夕花がからかうように言って、今度は俺の足元からボールを奪い取った。そして、ボールを小さく蹴り上げはじめる。
一、二、三、四……。
「あ、見た？　いま四回できた。新記録」

「いやぁ、残念。見てなかったわ」

俺は笑いながら嘘をついた。

「え、嘘、見てたでしょ？　褒めてよ」

「よっ、天才」

「ぜ〜んぜん心がこもってない」

わざと不満げな顔をしてみせる夕花。

俺は少し笑って、まぶしい空を見上げた。

遥《はる》か高い青空から、ぴぃ〜ひょろろろぉ〜、と鳶《とんび》の歌が降ってくる。視線を下ろして海を見ると、透明な波のなかを小魚の群れがサーッと泳ぎ抜けて、それは銀色の川のように見えた。やがて、透明な波は崩れて白い泡となり、ビーチに押し寄せてくる。その白い泡が砂に吸い込まれるときのシュワーという音は、ソーダ水を思い出させた。

遠く背後から聞こえてくる蟬《せみ》たちの歌。

爽快《そうかい》な海風。

これが、龍浦の海なんだよな……。

俺のなかで眠っていた美しくて哀《かな》しい記憶が、すうっと呼び起こされそうになったとき

――、

「心也くん、ひとりで笑ってる」

夕花にそう言われて、ハッとした。

たしかに、俺はニンマリとしていた。

「なあ、夕花」

「ん？」

「俺、腹減った」

「あ、わたしも同じこと思ってた」

意見の合った俺たちは、渚沿いの道路と砂浜をつなぐコンクリートの階段に戻り、その石段に腰掛けた。

パンとミルクコーヒーが入った白いビニール袋の口を広げて、夕花の方に差し出す。

「夕花、どれ食う？」

「ええと、わたしはね……、とりあえず、これかな」

「じゃあ、俺は、これ」

それぞれパンを手にすると、夕花が眉尻《まゆじり》を下げた。

「なんか、パンがあったかいね」

「たしかに」

さらに、ミルクコーヒーの紙パックを手にしたとき、俺は思わず声を上げてしまった。

「うわ、これ、完全にホットだ」

焼けた砂に下から炙《あぶ》られ、真夏の陽光に上から焼かれ、冷たかったはずのミルクコーヒーは、体温よりもずっと熱くなっていたのだ。

夕花にひとつを手渡すと、「ほんとだ、ホットコーヒーになってる」と目を丸くして笑った。

それから俺たちは、首にかけたおそろいの青いタオルで汗を拭きつつ、夏空のもと、あたたかいパンと完全にホットになったミルクコーヒーのランチを楽しむのだった。

夕花

さっきまで頭の上でギラギラと沸騰していた太陽が、気づけば西の空に傾いていた。

一軒だけの海の家も、店じまいをはじめている。

わたしと心也くんは、透きとおったパイナップル色の海風のなかにいた。

少し遠くを見ると、釣りをしているおじさんのシルエットが杭《くい》のように立っている。

「いつの間にか、鳴いてる蟬の種類が変わったな」

砂浜に置いたボールにお尻をのせた心也くんが、水平線のあたりを見詰めながら言った。

「そうだね。カナカナカナカナって——。これ、ナニ蟬だっけ？」

わたしは直接、白砂の上に座って、伸ばした膝のあたりにさらさらと生暖かい砂をかけて遊んでいる。

「ヒグラシだよ」

「あ、それ、聞いたことある。昼間にジージーって鳴くのはアブラゼミでしょ？」

「そう」

「じゃあ、シャワシャワシャワって鳴いてたのは？」

「クマゼミじゃないかな、たぶん。あっ、ほら、なんか釣れたぞ」

心也くんは、釣り人のシルエットを指差した。

見ると、十五センチくらいの細長い魚が、一度に三匹も釣り糸からぶら下がっていた。

「あの魚は？」

「何だろう。ここからだとよく見えないけど……、砂浜から釣ってるからシロギスかな」

「心也くん、物知りだね」

「昔、オヤジと二人で釣ったことがあるんだよ」

「ここで？」

「たぶん別の海だったと思うけど。だいぶ前だから、場所までは覚えてないや」

「そっか。でも、いい思い出だね」

わたしは父子《おやこ》が仲良く釣りをしている絵を思い浮かべて、小さくため息をついた。そういう経験って、わたしの人生にはなかったし、これからも絶対に訪れることのない幸せの絵だから。

「そういえば夕花、晩飯、どうする？」

「あ、どうしよう……」

そもそもお金を持っていないわたしは、意見を言える立場ではないと思っていた。だから、最初からすべて心也くんの言うことに従うつもりだった。

「あんまり金もないしなぁ……。とりあえず、さっきの駅前の店に戻って、またパンでも買っておくか？」

「うん」

「じゃあ、店が閉まる前に行こう」

「だね。田舎《いなか》って、閉店時間が早そうだもんね」

わたしたちはお尻や足についた砂を払って立ち上がった。そして、昼間、駅から歩いてきた道のりを逆戻りした。

駅前のよろず雑貨店では、店先に吊《つ》るしてあった浮き輪を、お店のおばちゃんが片付けはじめていた。

わたしたちが急いでお店に入ると、おばちゃんが声をかけてきた。

「あら――、二人とも、ずいぶん日焼けしたねぇ」

昼間に来たのを覚えられていたのだ。わたしは曖昧に笑ってごまかそうとしたけれど、おばちゃんはさらに話しかけてきた。

「今夜は、どこの宿に泊まるの？」

「あ、ええと……」

わたしが言葉を詰まらせたとき、心也くんが横から入ってくれた。

「なんだっけな？　名前は忘れちゃったけど、海からすぐの宿です。道路を渡って、少し入ったところ」

「ああ、そうしたら、民宿海楽《かいらく》さんかね？」

「かな？」

心也くんが、わたしを見た。

「あ、そう、かも」

わたしは適当にはぐらかして、惣菜《そうざい》パンの棚を物色しはじめた。心也くんも「これ、美《う》味《ま》そうじゃね？」などと、わたしに話しかけて、おばちゃんとの会話をやんわりと終わらせた。

買い物を終えて店を出ると、わたしたちはホッとして、ふたたび海の方へと足早に歩き出した。

「いやぁ、あっぶねぇ」

「話しかけてくるとは思わなかったね」

「ほんとだよな」

「おばちゃん、わたしたちのこと、不審に思ってないかな？」

「うーん、まあ、大丈夫だろ。つーか、夕花、ちょっと雲行きが怪しくねぇか？」

心也くんが空を見上げて言った。

たしかに、いつの間にか低い黒雲が空の半分を覆っていた。

「夕立がくるかもな」

「うん……」

「ちょっと急いで海の方に行って、どこか雨宿りできるところを探しておこう」

「うん」

わたしたちは足を速めて海沿いの道路まで戻った。

ついさっきまでパイナップル色だった風は色彩を失い、海原も憂鬱《ゆううつ》そうな灰色の広がりになっていた。

「どっちに行く？」と、わたし。

「夕花は、どっちだと思う？」

「え、分からないよ。はじめて来たんだもん」

「俺も、すっかり忘れてるけど……、なんとなく、民家も多そうだし、あっちに行くか」

わたしたちは海沿いの道を、黒雲が張り出してきた方に向かって歩いた。

しばらく進むと、鄙びた小さな漁港が見えてきて、そこが海沿いの道路の終着点らしかった。

「あ、やばい。降ってきた」

心也くんが言うやいなや、雨足がみるみる強くなってきた。大粒のしずくがアスファルトに無数の黒いシミを作っていく。

「走ろう」

「うん」

わたしは小さな漁港に向かって駆け出しかけて――早歩きに戻した。膝の悪い心也くんは、そもそも走れないのだった。

「夕花は先に行けよ」

「大丈夫。少しくらい濡《ぬ》れても」

結局、ずぶ濡れ一歩手前――、というところで、わたしたちは港に辿り着き、大きな屋根の下に逃げ込んだ。

そこは、屋根はあるけれど壁はないという、ちょっと見慣れない建物で、コンクリート敷きの床にはバスタブのような水槽がたくさん並べられていた。

「ねえ、心也くん」

「ん？」

「港の入り口の看板に『龍浦漁港』って書いてあったけど、ここって、水揚げされた魚の競《せ》りをやるところかな？」

わたしが訊くと、心也くんは青いタオルでごしごしと頭や顔を拭きながら頷いた。

「そうかもな。こういう屋根だけの場所で競りをしてるところ、テレビの旅番組で観た気がする」

「じゃあ、明日の早朝になったら、ここは関係者でいっぱいになるってこと？」

言いながら、わたしも濡れた髪と顔、そして腕や首筋をタオルで拭いた。風が急にひんやりしてきて、背中に鳥肌が立った。

「そうか。そうだよな。ってことは、俺たち、朝までここにはいられないってことか」

「うん……」

港の岸壁には十数隻の漁船が繋留《けいりゅう》されていた。風に揺られた船体が互いに擦れて、ギイイ、ギイイ、と少し耳障りな音を立てている。

空は完全に黒雲に支配されていた。もはや土砂降りと言っていいレベルの雨になっている。港の海水は、幾千万の波紋と飛沫《しぶき》で、ほとんど白い磨《す》りガラスのように見えた。

わたしは、ぐるりと港の周囲を見回した。

少し離れたところに、港を見下ろす小高い丘があった。その丘のてっぺんには小さな平屋の家が建っている。もしも天気がよかったら、最高の見晴らしを味わえる家に違いない。

「あそこの家の人――」わたしの後ろから、心也くんが言った。「なんか、作ってるのかな？」

「あ、わたしも、そう思って見てたの」

丘の上の方からは、カンカンカン、カカカ、カンカン……と、金属を打つような音が聞こえてくるのだ。その甲高《かんだか》い音が雨音と重なると、どこか懐かしくも淋しいような響きとなって、わたしの胸の奥の方にまで沁みてきた。そして、なぜだろう、その音色は、夏休みに入ってからずっと閉じていたわたしの心の扉を開ける「鍵《かぎ》」になったようだった。

やっぱり心也くんには、本当のことを言わなくちゃ――。

わたしは、斜め後ろにいた心也くんの方をゆっくりと振り向いて、少し深めに息を吸った。そして、その息を吐きながら、話しかけた。

「あのね……」

「ん？」

小首を傾げた心也くんは、小学生の頃《ころ》からずっと変わらない、のんきで平和そうな目でわたしを見下ろした。

そして、わたしが、続く言葉を伝えようと口を開きかけた瞬間――。

ピシッ！

いきなり鋭い音がして、港に真っ白な閃光《せんこう》が走った。

間髪を入れずに、胃のなかを震わせるような雷鳴が轟《とどろ》いた。

「うわ」

「きゃっ」

心也くんとわたしは、思わず首をすくめて声を上げていた。かなり近くで落雷があったのだ。

「すごかったな、いまの」

「うん……。わたしたち、ここにいて大丈夫かな」

「分かんねえけど……。雨降ってるし、屋根のないところを歩くよりは、ここの方がマシな気がする」

「そっか。そうだよね」

わたしたちは、大きな四角い屋根を見上げて、なるべくその真ん中あたりに移動した。

すると、ちょうどベンチ代わりになりそうなサイズの木箱が置いてあったので、その上に並んで腰を下ろした。

「あ、さっき、夕花、俺に何か言いかけてなかった？」

「え？　あ、うん」

そうだった。心也くんに、わたしがずっと隠してきたあのことを伝えようと思ったのだった。でも、いまの雷のせいで、伝えるタイミングと勇気の両方が、わたしの内側から転がり出てしまったようだった。だからわたしは、わざと首をひねって見せながら、とぼけた返事をした。

「ええと、何だっけな。雷のせいで忘れちゃった」

「え、マジかよ」

「ごめん。思い出したら、言うね」

やっぱり、言わないまま、というのもありかな――。

頭のどこかで、そんなひとりごとが浮かんで消える。

正直いえば、内緒のあのこと以外にも、幸太と石村くんのことが気になっていて頭から離れない。でも、わたしは、残してきた二人のことについても、あえて口にはしなかった。

なぜなら――、せめて、いま、この瞬間くらいは、そういうことをすべて忘れていたかったし、心也くんと二人きりで「遠く」にいるという嘘みたいな現実をしっかり味わっていたかったからだった。周りのみんなが当たり前のように味わっている、「ふつうに安心していられる時間」を、いま、わたしは、ようやく生きているのだ。この宝石のようなひとときを、義父の存在で汚したくはない。

きっと、明日になったら、わたしたちは帰宅するハメになるだろう。さすがに心也くんもお金が無くなるだろうし、心也くんのお父さんだって許してくれないと思う。かといって、いま、帰宅したあとのことを考えるのは嫌だった。

わたしはズルい人間だなぁ、と思う。

心也くんにわがままを言って「遠く」まで連れてきてもらったうえに、金銭的にも頼りきって、自分はホッとしている。それなのに、悪夢のような場所に置き去りにしてきた幸太と石村くんのことは考えたくないと思っているのだ——。

本当にズルい。でも、いまは、そんなズルい自分をあえて放《ほう》ったままにしておきたい。

雨足は、さらに強まってきた。

無数の雨粒が、小さな港の風景を霞《かす》ませる。

ふたたび丘の上の家から、カンカンカン、カカカ、カンカン……と、金属を打つような音が聞こえてきた。

ときおり、身がすくむような雷鳴が轟く。

「夕花」

「ん？」

「なんか……大丈夫か？」

ふいに心也くんがわたしの顔を覗《のぞ》き込んできた。

「え——」

「深刻そうな顔してるけど」

「そう、かな？」

「もしかして」

「………………」

「不安になってきたとか？」

「べつに、そういうわけじゃ……」

「雨だし、雷だし、しかも、これから夜だし」

わたしは、何も言わず小さく首を振った。

「そっか。なら、まあ、いいけど」

「うん……」

心也くんとわたしの間に、少し重たい感じの沈黙が降りた。こういう感じになるのって珍しいな、と思っていたら、また心也くんが真顔でわたしの名前を口にした。

「あのさ、夕花」

「ん？」

「ちょっと、変なこと、訊いてもいいか？」

「変なこと？」

心也くんは「まあ、うん」と小さく頷いてから続きをしゃべり出した。

「俺さ、いつも教室で夕花の背中を見てるじゃん？」

「うん」

「正直、すげえなぁって思いながら見てるんだよな」

「え……？」

「なんていうか、夕花にとっては、あの教室って、めちゃくちゃ居づらい雰囲気なわけじゃん？　なのにさ、毎日ちゃんと学校に来て、授業を受けて、休み時間もやり過ごして――。もし俺だったら、江南みたいな陰の仲間がいたとしても、耐えらんねえかもなって……」

わたしは、どう答えていいものか分からなくて、黙ったまま次の言葉を待った。

すると心也くんは、「ふう」と息を吐いて腕を組んだ。

「夕花って、いつからそんなに強くなったんだ？」

「強い？　わたしが？」

意外すぎる言葉に、わたしは戸惑った。

「だって、ずっと心が折れずにいられるって、すげえよ」

折れてるよ。何度も、何度も。死にたいと思ったことだって、何度もあるんだよ……。

わたしは胸の内側でそうつぶやいていた。

「たぶん、わたしが強いわけじゃないと思う」

「え？」

「だって、わたし、家にいるよりはマシだから、仕方なく学校に行ってるだけだし。学校でも、心が折れてないんじゃなくて、朝からずっと折れっぱなしだし……」

「折れっぱなし？」

「うん」

「そうだったんだ……」

「うん」

「なんか、俺――」

言葉を詰まらせた心也くんが、ちょっと申し訳なさそうな顔をしたから、わたしは話の方向を変えることにした。

「でもね、折れっぱなしのままだけど、とりあえず生きていられる方法があるなぁって、あるとき気づいたの」

「……………」

「あまりにも心が苦しくなったときは、深呼吸をするの」

「深呼吸……」

「うん。ゆっくり深呼吸をするとね、ほんの少しのあいだだけ、感情を静止させることができるの。で、静止しているあいだに、なにか別の楽しいことを考えて、心のなかにあるものを置き換えるようにしてるの」

「楽しいこと――」

「そう。楽しいこと。人間の脳って、ふたつのことを同時には考えられないんだって」

「そうなの？」

「うん。楽しいことを考えているあいだは、つらいこととか嫌なことは考えられなくなるんだって」

「じゃあ、夕花は、つらくなったら、空想の世界を生きてるってこと？」

心也くんにそう言われると、なるほど、たしかにそういうことのようにも思えてくる。

「まあ……、うん、そういう感じなのかな」

わたしが頷くと、心也くんは少し眉尻を下げて、ストレートな質問をぶつけてきた。

「夕花の楽しいことって、なに？」

「え――」

「たとえば、どんなこと？」

「えっと……」わたしは、最近、いちばんよく思い浮かべていることを、そのまま口にした。「ひま部のこと、よく考えてるかな」

「マジか」

「うん。夏休みに、どんな活動をできるのかな、とか。そもそも、名前からして変な部活で笑えるな、とか」

「たしかに笑えるよな」心也くんの目がやさしげに細まった。「他には？」

「他に？　えっと……、空に浮かぶ雲の形がチューリップみたいだったなぁ、とか。通学路に背の高いタンポポが咲いてたなぁ、とか、心也くんちの焼うどんは美味《おい》しいなぁ、とか」

「それが夕花の、楽しいこと？」

「え？　まあ、うん……」

「そっか」

「なんで？　駄目？」

「べつに、駄目じゃないけど……」

駄目じゃないけど、何なのだろう？

その先が気になったけれど、わたしは、あえて訊かないことにした。なんとなく、心也くんの考えていることが分かる気がしたから。しかも、そのことを心也くんに言葉にして伝えられてしまったら、わたしと心也くんは違う世界の生き物だと宣言されたような気分になってしまいそうに思えて、ちょっと怖かったから。

また、港に白い閃光が走って、少ししてから雷鳴が轟いた。どうやら雷雲は遠くに離れてくれたようだった。雨足もだいぶ弱まってきた。そろそろ夕立も終わるのだろう。

「夕花」

「ん？」

「龍浦に来てからは、楽しいか？」

「え……」

心也くんが、心配そうな目でわたしを見下ろしていた。

「うん。楽しいよ、すごく」

ここ何年も味わったことがないくらいに楽しいし、不安も恐怖もないという、わたしにとっては「特別な時間」を味わわせてもらっている。わがままを言って、遠くに連れて来てもらってよかった。本当に、よかった。

この感情を心也くんにちゃんと伝えないと——、そう思ったら、なぜだろう、言葉が上手く選べなくなってしまった。

しかも、言葉の代わりに、涙がじんわりと出てきた。

「え？　ちょっ……、夕花？」

「あはは。ごめん。大丈夫だから」

わたしは首にかけている心也くんとおそろいの青いタオルを両目に押し当てた。

「なんか、悪《わ》りい、俺——」

「あ、違うの、これは、違うの」

わたしは首を振りながら、泣き笑いをしていた。そんなわたしを見て、心也くんはいっそう困った顔をしている。

どうしてここまで心がコントロール不能になってしまうのだろう。楽しくて、安心できる、夢のような環境にいるのに。自分で自分の心の揺れ方が分からなかった。でも、一方で、分かっていることもあった。それは、わたしがずっとこんな感じだと、心也くんに面倒な奴だと思われてしまうということだ。

こんなときこそ——。

わたしは大きく深呼吸をした。

心を静止させて、昼間のビーチではしゃいでいたときのことを思い出した。わたしたちを包んでいたきらきらの海風と、足元を洗う波。白砂の熱さと、楽しくて難しいリフティング。

「ふう」

心の中身がピュアな幸せと入れ替わった。

「夕花？」

「ん？」

心配そうな顔をした心也くん。

「…………」

ようやく涙が止まったので、わたしは微笑んで見せた。

「ねえ、雨、あがったね」

わたしは港の向こうの、大海原の方を見ながら言った。

「え？　あ、ほんとだ」

低い雲に覆われた空の一部が、淡いレモン色に輝いていた。

「雨上がりの虹《にじ》、架かるかな」と、わたし。

「うん、架かるかもな」と、心也くん。

丘の上の家からは、相変わらず金属を叩《たた》く哀しげな音が響いてくる。

わたしたちは、どちらからともなく木箱からお尻を上げて、海の方へと歩き出した。

「夕花、あの堤防の先端まで行ってみない？」

「うん、行く」

雨上がり特有の生々しい真水の匂いを、海風がすうっと押し流していく。

沖合の方が、少しずつ明るくなってきた。

わたしは、黒雲が駆け抜けていく空を見上げながら願った。

これからわたしたちが堤防の先端に着いて、後ろを振り向いたとき、できるだけ大きくて完璧《かんぺき》な虹が架かっていますように——。

心也

夜になると、風が少し強くなった。

俺たちは漁港の縁《へり》に座って、膝から下をぶらぶらさせたまま惣菜パンを齧《かじ》っていた。たぶん。たぶん。

と、黒い海水が堤防にぶつかる甘い音が夜風に溶ける。

夜の龍浦漁港はとても静かだった。静けさに「重さ」を感じるくらいにひっそりとしているのだ。

夕立のあと、虹は架からなかった。

でも、いま、俺たちの頭上には、信じられない数の星たちが瞬いていた。天《あま》の川《がわ》もはっきりと見えるし、流れ星はすでに五つも見た。

「このマヨネーズとコーンがのったパン、わたし好き」

「あ、それ、美味いよな」

「少し食べる?」

「いいの?」

「うん」

夕花はパンを半分にちぎって俺に差し出した。

「え、半分も?」

「うん、食べて。わたし、半分で充分だから」

淡いミルク色の街灯の下で、夕花がえくぼを浮かべていた。よく見ると、唇の腫れが少し引いてきたようだった。

「じゃあ、もらうわ。サンキュ」

俺は受け取ったパンに齧り付いた。夕花も手元に残った同じパンを食べる。

肩と肩が触れ合いそうな距離で並んで座った俺たちは、黒い海から吹いてくる風を浴びていた。

「風が吹くと、ちょっと寒いね」

夕花がぽつりと言う。

「だよな。飯を食ったら、少し歩こうか」

「うん」

真夏とはいえ、Tシャツにショートパンツという格好の俺たちは、すでに鳥肌を立てていた。

最後のパンの欠片《かけら》を口に押し込んだとき、黒い水面《みなも》で、ぽちゃん、と魚が跳ねた。次の瞬間、俺と夕花は魚の方ではなく、背後を振り返っていた。サンダルを引きずって歩くような足音が聞こえてきたのだ。

「あの家の――」

夕花が小声で言った。

夕方、金属音を立てていた丘の上の家から、この港へと続くゆるやかな坂道を、背の高い男が悠々とした足取りで降りてくる。

「こっちに来る」

「うん」

男はラフな格好をしていた。着古したタンクトップとショートパンツ、足元はぺらぺらのビーチサンダルだ。ポケットに両手を突っ込んだまま、ビーチサンダルをぺたぺたと鳴らしながら近づいてくる。すでに、俺たちの存在には気づいているはずだけれど、まるで気にも留めていないような自然な足取りだった。

やがて男は、俺たちのすぐ後ろで足を止めた。

角刈り頭に、よく日に焼けた顔。年齢は――、多分うちの父よりは若いだろう。彫りの深い顔立ちはハンサムだけれど、どことなく怖そうな雰囲気も漂わせている。

「悪いけど」男が低くてよく通る声を出した。「ちょっと、そこ、どいてくれるか?」

「え?　あ、はい……」

俺たちは、慌てて立ち上がり、男の後ろへと下がった。すると男は船を舫《もや》うための繋留ビットにつながれた細いロープを手にして、それをぐいぐいとたぐりはじめた。

「何をしてるんだろう?」

俺は、夕花にだけ聞こえるひそひそ声で言った。すると夕花は、思いがけず、直接、男の背中に声をかけたのだった。

「あの、何をしてるんですか?」

ん? という感じで男が振り向いた。そして、「タコだよ」と言って、さらにロープをたぐる。すぐに夜の海から五〇センチ四方ほどの茶色いカゴが引き上げられた。

水のしたたるそのカゴを、男は少し乱暴な手つきで地面に置いた。俺と夕花は、そのカゴを覗き込んだ。

「あ、いる」と夕花。

「ほんとだ」と俺。

カゴのなかで、吸盤の付いた脚がうねうねと蠢《うごめ》いていた。

「この辺りの子じゃないな」

男が、ギロリ、と値踏みするような目で俺たちを見下ろした。

「はい。家族旅行で……」

どぎまぎしながら、俺は嘘をついた。

「こんな時間だ。そろそろ宿に戻った方がいい」

渋い声でそう言うと、男はカゴのなかのタコを摑み出し、ネット状の袋にひょいと移し替えた。そして、空になったカゴのなかに冷凍の魚とアラを入れはじめる。きっと、それがタコをおびきよせる餌になるのだろう。

「夕花、じゃあ、行こうか」

「うん」

俺たちは、男に「どうも」と小さく会釈をして、そのまま逃げるように漁港を後にした。

街灯の少ない夜道は、足元が頼りなく感じるほどに暗かった。歩行者はもちろん、車もほとんど通らない。それでも一応、俺は車道側を歩いた。

道端の茂みからは、たくさんの虫の声が聞こえてくる。その声に二人の足音がリズムをつけていく。

「ほんと、すごい星空だね」

夕花は夜空を見上げたまま悠々と歩いていた。

俺は、真っ暗な足元がどうにも不安で仕方がなくて、下ばかり向いているのに。

俺、男のくせに、リスクをとれない性格なのかな——。

ちょっと情けなくなりながらも、とりあえず「ほんと、すげえ星だよな」と答えておいた。

石村は、迷わずリスクをとって、夕花の義父に立ち向かっていった。俺の父は、経営が苦しくなるというリスクを承知で、「こども飯」というサービスをはじめた。

なんとなくため息をつきたくなって、夜風を深く吸い込んだそのとき、たまたま見上げた夜空に、ツツー、と星が流れた。

「あ、流れ星」

先に夕花が弾んだ声を出した。

「うん。見た」

俺が答えたとき、歩いていた俺たちの腕と腕が、ぴと、と一瞬だけ触れ合った。

夕花の腕、けっこう冷たいな――。

そう思ったら、もう一度、触れた。

今度は、さっきとは違って、はっきりと意思を持った触れ方に思えた。

え？　と、俺は隣の夕花を見た。

夕花は、なぜか視線を落として歩いていた。

そして次の瞬間、夕花の手が俺の手に触れて――、そのまま、おずおずと握ってきた。

俺がとれずにいたリスクを、夕花がとったのだ。

ごくり、と唾《つば》を飲み込んだ俺は、必死に平静を装いながら、夕花の手をそっと握り返した。

「足元、暗くて、危ねえもんな」

黙っていられなくて、そう言ったけれど、少し声がうわずってしまった。

「うん……」

小さく頷いた夕花の手は、ひんやりとして、か弱くて、やわらかで、そして何より、痺《しび》れるほどに甘やかな感触を俺の手に伝えてきた。

また心臓がキュッと甘く痛んで、夜空の星たちの輝きにまで甘いツヤが加わった気がした。

いまの俺なら――、夕花の義父にだって迷わず立ち向かっていける。

何の根拠もなく、俺はそう確信していた。そして、一方では、そんな自分のことを、単純バカだよなぁ、と思って、なんだか笑えてきた。

またひとつ、夜空から小さな星がこぼれ落ちた。

「あ」

「あ」

俺たちは顔を見合わせて微笑み合った。

暗闇《くらやみ》のなか、遠くから押し寄せてくる波音は、なんだか夢のようにやさしくて、俺の足元はふわふわと雲の上を歩くような感覚になっていた。

俺は夕花の手をしっかりと握り直して思った。

ずっと、この夜が続けばいいのに。


手をつないだまま、星空の下を一時間ほども歩いただろうか——。

俺たちは、たまたま見つけた海辺の小さな公園に立ち寄っていた。

ざわ、ざわ。

ざわ、ざわ。

コールタールみたいに真っ黒な海原から、さざ波の音が押し寄せてくる。

その音を聞いた瞬間、なぜだろう、俺はかつて夢のなかでこの公園を訪れたことがあるような気がした。いわゆるデジャヴというやつだ。でも、それは、かなりうっすらとした感覚だったから、夕花には話さなかった。

それにしても——、この小さな公園は、哀しいくらいに寂《さび》れた雰囲気を醸《かも》し出していた。設置されている遊具も、雑草が生えてしまった砂場と、古めかしいブランコしかない。でも、そのブランコにのると、正面には黒い海原がたゆたっていて、遥か対岸には、きらめく街の夜景が左右に延びていた。

「ねえ、心也くん」

「ん？」

「あの夜景のなかに、わたしたちの住んでる街もあるのかな？」

「どうかな。もしそうだったら、遠くまで来たつもりでも、実際はけっこう近いんだなって思うよ」

きいこ。

きいこ。

園内をぼんやり照らす街灯の白い光のなか、俺たちが揺らすブランコは、ひと漕《こ》ぎごとに切ないような音を立てた。

「あ、そういえば夕花」

俺はブランコを揺らしたまま話題を変えた。

「なに？」

「俺に、嘘をついてるだろ」

「え？」

夜景を眺めていた夕花が、こっちを向いた。

「っていうか、内緒にしていることがあるだろ？」

「え……、な、なに？」

夕花は、わざわざブランコを止めてこちらを見た。

俺は、かまわず揺らしたまま話を続けた。

「とぼけんなって。俺に黙って石村に渡したモノがあるんじゃねえの？」

すると夕花は、なぜか少しホッとしたような顔をして、

「あは、バレちゃった」

と、首をすくめて見せた。

「しかし、よく、あんなおっかねえ奴に手紙なんて渡せたな」

「手渡しじゃないから」

「え？」

「放課後、図書委員の仕事が終わったとき、たまたま教室に誰も残っていなかったから、こっそり石村くんの机のなかに手紙を忍ばせておいたの」

「あ、なるほど」

その手紙の文章はシンプルだった。

『石村くんの机の落書きを消したのは、B組の風間くんです』

夕花はノートから切り取った紙にそれだけ書いて、こっそり隣のクラスに忍び込み、石村の机に忍ばせたのだ。

どうしてそんなことをしたのか？

理由は訊かなくても分かっている。俺と石村が険悪になっていると思って、心配してくれたに違いない。

「このあいだ俺、いきなり石村に技術室の裏に連れてかれてさ、ワイシャツの形に折られた手紙を押し付けられたんだぞ」

「え、そうなの？」

「そうだよ。何も言わずにいきなり渡されたから、最初はぽかんとしちゃったよ。まさか、あの石村からラブレターをもらったのかと思って」

夕花はくすっと笑って、ふたたびブランコを揺らしはじめた。

きいこ。

きいこ。

夕花が笑うと、さっきまで哀しげだったブランコの軋《きし》みまでが、ちょっと愉《たの》しげな音に聞こえてくる。

「わたしが書いた手紙が、心也くんのところに回っていくなんて」

「笑えるよな」

「うん」

「隠しごとって、ちゃんとバレるようにできてるのかもな」

俺が言うと、夕花はえくぼを浮かべたまま、黙って夜の海を眺めた。

きいこ。

きいこ。

ブランコが愉しげに鳴く。

ざわ、ざわ。

ざわ、ざわ。

やわらかな潮騒が夜の小さな公園に沁みてくる。

「心也くん」

「ん？」

「さっきの流れ星に、なにか願いごとをした？」

ふいの質問に、俺は答えられず、「え？」とだけ言って夕花を見た。すると夕花は、星空を見上げながら口を開いた。

「流れ星って、消えるのが早すぎるよね」

「まあ、うん、一瞬だもんな。願いごとなんてつぶやいてるひまはないよな」

「わたしたち、ひま部なのにね」

「あはは。つぶやくひまのない、ひま部の二人――」

「もっとゆっくり流れてくれればいいのになぁ」

「ってか、夕花、願いごとあるの？」

「うん――」と頷きかけた夕花が、ふいに何かを思い出したように地面に足を着けてブランコを止めた。そして、言った。

「え？」

「そこの街灯の下に、クローバーがたくさん生えてたの」

夕花はブランコから降りると、右手にある街灯の明かりの下でしゃがみ込んだ。

「なに？　四つ葉、探すの？」

「うん。あるかなぁ……」

ヤドカリみたいに背中を丸めて四つ葉を探しはじめた夕花を、俺はどこか微笑ましいような気分で眺めていた。

でも、その穏やかな気分は、長くは続かなかったのだ。

「ねえ、心也くん」

夕花は、俺に背中を向けたまましゃべり出した。

「ん？」

と小首を傾げた俺は、軽くブランコを揺らしている。

「わたし、部長に隠しごとをしているのが、ちょっとつらくなっちゃったかも……」

夕花の声のトーンが、一気に落ちた。

「え……」

「隠しごと、手紙みたいにバレる前に言うね」

俺は、ブランコを止めた。

ざわ、ざわ。

ざわ、ざわ。

潮騒が、嫌な重さを持ちはじめた。

「転校……することになったの」

夕花の声は、少しかすれていた。

「………………」

俺は頭のなかが真っ白になって、声を出せないままヤドカリの背中を見詰めていた。

「夏休み中だって」

「え、ちょっ……」

「八月に入ってからだけど」

「………………」

「わたし、ひま部の活動、できなくなっちゃった」

なぜだろう、夕花の声が、どこか遠いところから聞こえてくるような気がした。

「え、なんで、そんなに急に……」

「うちのね、ほとんど寝たきりだったおばあちゃんが施設に入ったの。それをきっかけにして、お母さんの田舎に引っ越すことになって。田舎の方が家賃も安いし、助けてくれる知り合いもいて、生活費もかからないからって——」

「でも、ちょっと、急すぎるだろ」

俺はなんとかそう言ったけれど、語尾が力なくかすれてしまった。

「うん。急すぎだよね……」

ほの白い街灯の明かりのなか、丸まった夕花の背中が淡い絵のように静止していた。

「………」

「急すぎるから、わたし、せめて引っ越しは夏休みの終わりにして欲しいってお願いしたの。学級新聞を任されているからって。そうしたら——」

夕花が大きく呼吸をした。背中の動きでそれが分かった。

「そうしたら？」

俺は先を促した。

「お義父《とう》さんが、怒って……」

え——。

「それが、今日の昼間の……。そういうことか？」

背中を向けたまま、夕花はこくりと小さく頷いた。

マジかよ——。

俺は、目を閉じて、ひとつ深呼吸をした。

そして、あることを思い出した。

龍浦に向かう列車のなかで、夕花の義父がいつも以上に暴力的になった理由を、俺は夕花に訊《たず》ねていた。それにたいして夕花は「いまは、言いたくないかも」と答えたのだ。あれは、つまり、ひま部の活動のために夕花が引っ越しを遅らせて欲しいと頼み込み、そのせいで、いつもよりひどい暴力を受けた——、そのことを俺には言えなかったのだ。

俺は、なんだか、たまらなくなって、ブランコから降りた。そして、ゆっくり夕花の隣へと歩いていき、何も言えないまま同じ格好でしゃがみ込んだ。

「四つ葉のクローバー、ないみたい……」

つぶやいた夕花は、泣いていた。

このとき俺は、十五歳という年齢を心から呪《のろ》った。

もしも俺が大人で、ある程度でも金があれば、夕花のことを——。

「夕花、泣くなよ」

悔しくて、俺がそう言ったら、夕花は余計に泣き出した。

「泣くなって」

「だって……」

クローバーの群生を見下ろしていた夕花が顔を上げた。涙が頬のカーブを伝って、顎《あご》からしたたり落ちた。

「深呼吸――するんだろ？」

俺の言葉を聞きながら、夕花はすすり泣いていた。

「深呼吸して、楽しいことを考えるんだろ？」

こんなときに、なぜか、きつい口調になっている自分が、いっそう腹立たしい。

夕花は、首にかけていた青いタオルで顔を覆った。

「いまは、ちょっと、無理かも……」

押し当てたタオルの隙間から、夕花の潤み声が漏れてくる。

「じゃあ、分かった。一分だけ、泣いていいよ」

言いながら、俺も素早く目元をタオルでぬぐった。

「一分？」

「そう」

「なんで、時間制限があるの？」

夕花は、顔からタオルを離した。

思いがけず、そこには泣き笑いの顔があった。

頬にできた涙のすじが、街灯の淡い光を受けてうっすらと光っていた。

「泣きたいのは俺だから。部長命令で一分ルールな」

「だってさ、夕花がいなくなったら、学級新聞作り、ぜんぶ俺ひとりでやるハメになるんだぞ」

俺なりに頑張って、できるだけ明るく冗談めかしてそう言った。

すると夕花は、また泣き笑いをしながら「えー、心也くんが泣きたい理由って、そこぉ？」と言って、アディダスのキャップを前後ろにかぶり直した。

見慣れた垂れ目のまぶたが涙で腫れぼったくなっていた。頬骨のあたりに擦り傷があって、目のそばに痣《あざ》があって、少し腫れた唇で微笑んでいる夕花の頬には、小さなえくぼ。

なんだか、いつも以上にあどけなく見えた。

「あと、三〇秒な」

もしも、三〇秒後に夕花がピタリと泣きやんで「いまの、ぜーんぶ嘘だよ。引っ越しなんてしないよ」と笑ってくれたなら――。

「三〇秒なんて、すぐじゃん」

「すぐだよ」

「わたしが泣きやまなかったら、どうなるの？」

「もう、泣きやんでるじゃん」

「え……」

「え……？」

眉をハの字にした夕花が、ぽかんとした顔で俺を見た。

「泣きやんでるぞ、夕花」

「ほんとだ……」

ざわ、ざわ、ざわ。

潮騒が、さっきよりも近くに聞こえた。群生した足元のクローバーが、その音にさらわれてしまいそうな気がして、俺は言った。

「一緒に探してやるよ」

「え――」

「四つ葉のクローバー。どうせ俺たち、ひまなんだから」

するとタ花はくすっと笑って頷いた。

「ひま部だもんね、わたしたち」

それから俺たちは、絆創膏を貼った膝を地面に着けて、四つん這《ば》いの格好になり、かなり真剣に四つ葉のクローバーを探し回った。

そして、探しながら、たくさんの話をした。

まだ無邪気だった小学生の頃の思い出話、学校生活の話、こども飯のメニューの話、俺の父をネタにした笑い話、ちょっと淋しい幸太の話、夕花の母親と祖母の苦労話、俺の膝の怪我とサッカーの話、そして、ここ最近、俺と石村のあいだに起きた出来事に関しても、夕花には洗いざらい打ち明けた。

しゃべればしゃべるほどに、俺の胸のなかがやわらかくなって、でも、それと同時に、鳩尾《みぞおち》のあたりが重たくなっていくのを感じていた。夕花が引っ越す先は、鳥取《とっとり》砂丘の近くの田舎町だという。無力な十五歳の俺たちにとって、その距離は、もはや外国と変わらない遠さだった。

しゃべりながら夕花は、ときどき目を潤ませたり、声を上げて笑ったりした。俺は、ころころと変わるその表情を、まるで神聖なものでも見るような感じで眺めていた。

やがて、夜空の星たちが、東の空から順番にその姿を消しはじめた。

夏の海に夜明けが近づいてきたのだ。

「心也くん」

四つん這いの夕花が、俺の名を呼んだ。

「ん？」

「もう、いいや」

「え？」

「無いよ、四つ葉」

「…………」

「っていうか、無くてもいいかなって思ったの」

「え……」

「たくさんおしゃべりをしながら探せたことが、なんか、いい思い出になったし」

ふっと笑った夕花の頰に、淋しげなえくぼができた。

俺は言葉もないまま、そのえくぼを見詰めていた。

「ねえ、空が明るくなってきたから、またブランコにのろうよ。わたし、空と海がだんだん明るくなっていくところを見てみたい」

そう言って夕花は立ち上がり、膝とお尻についた土を払った。

四つ葉を見つけてやれなかったことに悔しさを覚えつつも、俺も立ち上がって、夕花と同じように膝を払い、そして、お尻を払ったとき——、俺は、自分の手の感触にハッとした。

尻ポケットに入れてある財布の存在に気づいたのだ。

夕花がゆっくりと歩き出し、ブランコに座った。

俺は尻ポケットから財布を抜き出しながら、夕花の後を追った。そして、隣のブランコには座らず、夕花の前に立った。

「え——」

夕花が、ちょっと不思議そうに小首を傾げて俺を見上げた。

俺は財布のファスナーを開けて、なかから透明なカード状のものを抜き出した。

「これ、やるよ」

言いながら、それを夕花に差し出した。

「え？」

夕花は、ブランコに座ったまま、おずおずと両手を伸ばし、それを受け取った。

「これって……」

俺は、黙って頷いた。

夕花が手にしたのは、四つ葉のクローバーを押し花にしてパウチしたものだった。

幼少期の俺が三つ見つけた四つ葉のクローバーを、生前の母がひとつずつパウチしてくれて、そして、それを家族それぞれの「お守り」として持ち続けてきたのだ。だから父も持っているはずだし、母の分も、きっとどこかにしまってあるはずだ。

「押し花にして、パウチもしてあるから――」

永遠なんてありえないけれど、でも、俺のなかでは、このクローバーだけは、なんとなく特別なパワーがあるような、そんな気がしている。

「でも、これ、心也くんの大事なものだって……」

小学生の頃、このクローバーの話を夕花にしたことがある。だから夕花は、もらうのをためらっているのだ。

「大事だよ」

「え――」

「すごく大事」

俺は、本当のことを口にした。そして、財布を尻ポケットに押し込んで、夕花の隣のブランコに腰掛けた。

夕花は両手でパウチされたクローバーを持ったまま、黙って俺を見ていた。

空が、うっすらと明るくなっていく。

俺は、静かにブランコを揺らした。

きいこ。

きいこ。

そして、目の前に広がる海原を眺めながら言った。

「すごく大事なモノだからさ、夕花が持っててくれよ」

隣から、すすり泣きが聞こえはじめた。

夏の早朝のすがすがしい海風が、ふわり、と吹いてくる。

空と、海は――いま俺たちがいるこの世界すべては――神々しいくらいに透き通った明るい紫一色に染められていた。

「泣くのは一分以内だぞ。泣きたいのは俺なんだから」

海を見たままそう言ったら、夕花は声を上げて泣き出した。

ヒーローになれない無力な俺は、ブランコの勢いを増した。

せめていまだけは、夕花に泣き顔を見られたくはないから。

夕花

龍浦駅を列車が出発して、三〇分ほどが経《た》っていた。

遠くできらきら光っていた海は見えなくなり、車窓越しには青々とした田んぼが広がっていた。

ブルートパーズ色の海が、過去になっていく――。

列車の進行方向から見て後ろ向きのボックスシートの窓側に座ったわたしは、なんとなく心の欠片を白砂に置き忘れてきたような、ひどく切ない気持ちで窓の外を眺めていた。

心也くんは、わたしの隣の通路側の席に座って、朝食のクリームパンを頬張っている。よほどお腹が空いているのか、ひと口がとても大きくて、ほっぺたをリスのように膨《ふく》らませていた。こういう子どもみたいな仕草は、心也くんの可愛いところだと思うし、そこが、おじさんとよく似ているから、なんだか見ていて微笑ましくもある。

龍浦駅のホームからこの列車に乗り込む直前――、ミンミンゼミの大合唱に包まれながら、心也くんはわたしにこう言った。

「なんか、ごめんな……。こんなに早く帰らせて」

わたしは「ううん」と首を横に振った。

なるべく早く帰る、というのが、心也くんとお父さんの約束だというのだから仕方がない。

それに、なんだか、わたしはちょっぴり疲れていた。

身体の芯《しん》に砂が詰まってしまったような、これまで経験したことのない疲労感を味わっていたのだ。でも、それは決して悪い感覚ではなくて、むしろ、充実感に近いような心地いい疲れだった。

夜の公園で四つ葉のクローバーを探しているときに、たくさん、たくさん、心也くんとおしゃべりができたせいか、いま、わたしの心は不思議なくらいにすっきりしていた。もちろん家に帰ったあとのことを想像すると、すぐに胃が重くなるけれど、でも、離れていく龍浦をいとおしく想《おも》いながら風景を眺めたり、心也くんが隣にいてくれるという「いま」に気持ちを向けたりしていれば、わたしは「限りなく幸せに近い切なさ」に寄りかかっていられるような気がしていた。

「ふう、やっと腹が落ち着いた」

立て続けにパンを三つ食べた心也くんが、炭酸入りのオレンジジュースをごくごくと飲んだ。

「夕花、チョコなら食えるんじゃない？」

「あ、うん。食べようかな」

なんだか胸がいっぱいすぎて、朝ご飯を受け付けなかったわたしのために、心也くんは、あの駅前のお店でお菓子をいくつか買っておいてくれたのだ。

「このチョコ、俺、昔から大好きなんだよな」

心也くんは、赤、緑、黄色など、色とりどりにコーティングされたチョコを、パラパラとわたしの手にのせてくれた。

「ありがと」

「うん」

わたしは数粒のチョコをまとめて口に入れて、舌の上で転がした。コーティングが溶け、独特の甘さが舌を包む。軽く噛《か》んだら、一瞬にしてチョコの風味が口いっぱいに広がった。疲れたときは甘いものが美味しく感じるというけれど、それはどうやら本当らしい。わたしは思わず目を閉じて「んー、美味しい」とつぶやいていた。

「な、このチョコ、美味いだろ」

心也くんは、自分の手柄みたいに嬉《うれ》しそうな顔をした。

やっぱり、可愛い。

それからしばらく、わたしたちは他愛《たわい》ない話をしたり、どんどん離れていく風景を眺めたりして過ごした。

この、なんでもないような時間を、もうすぐわたしは失うんだな——と思うと、いますぐにでも龍浦へと引き返したくなってしまう。

十五歳という年齢は、つくづく無力だった。

わたしは、大人になったら思い切り働いて、自由を手にするのだ。自分の人生のハンドルを自分で握って、悠々と生きていきたい。そして、心也くんに、銀座のお寿司《すし》をご馳走《ちそう》するのだ。

しばらくあれこれ考えていたわたしは、ふと虚《むな》しさを覚えてため息をこぼした。そして、「徹夜だったから、ちょっと眠いかも……」と言って、心也くんに借りたアディダスの帽子のつばを下げた。

心也くんは、予想どおり、「そっか。じゃあ、少し寝ろよ」と言ってくれた。

わたしは静かに目を閉じた。やがて、列車の揺れと、隣にいる心也くんのかすかな体温を感じているうちに、本当に眠たくなってきた。このままだとうっかり寝てしまって、気づいたときには大切な時間が終わっていた、なんてことになりかねない。

だから、わたしは、昨夜、思い切って心也くんの手を握ったときみたいに、こっそり深呼吸をして、気持ちを固めた。そして、列車の揺れを利用しながら、少しずつ上体を心也くんの方へと傾けていった。

わたしの肩と、心也くんの腕が、そっと触れた。

心也くんの身体が一瞬だけ固くなったけれど、すぐに緩んだのが分かった。わたしはさらに体重をかけていき、そして、心也くんの肩の上に頭をのせると、そのまま狸《たぬき》寝入りをはじめた。

やさしい心也くんは、列車の揺れがわたしの頭に伝わらないように、と頑張ってくれている。

心也くん、ありがとう——。

そう思ったら、寝たふりをしているわたしの目から、涙が滲《にじ》み出てきた。でも、アディダスの帽子のつばで顔を隠しているから、泣き顔を見られる心配はないし、部長命令の一分ルールを告げられることもない。

安心して泣いちゃおうかな——。

わたしは、いまこの瞬間の幸せと、未来の悲しみを一度に味わいながら、狸寝入りを続けた。

どこかの駅で列車が停《と》まったとき――、ふと、わたしは目覚めた。

いつの間にか、本当に寝てしまったらしい。

わたしは、相変わらず心也くんの肩に頭をのせたままだった。でも、さっきと違うところもあった。わたしの頭の上に、心也くんの頭がのっていたのだ。

そっか、心也くんも寝ちゃったんだ……。

わたしは、胸が苦しくなるほどの安堵《あんど》を味わいながら、ふたたび目を閉じた。

列車がゆっくりと動き出した。

ブルートパーズの夢が遠ざかり、現実へと近づいていく。

永遠なんて、ありえない。

そんなことは、わたしも充分に知っている。

虹は架からないし、流れ星は一瞬で消えてしまうし、四つ葉のクローバーは見つからない。そもそも願いごとなんて叶《かな》ったことがないような人生を送ってきた。

でも、このときのわたしは、心の底から願っていた。

ずっと、この列車に乗り続けていたいよ――。

ゆり子

タカナシ工務店による店舗の修繕工事がはじまって三日後——、うちの店の裏庭は、まさかの「オープンカフェ」になっていた。急場凌《しの》ぎではじめたものだから高校の学園祭みたいなクオリティではあるけれど、それでも青々とした夏の芝生とサルスベリの花が咲き誇る裏庭での営業は、新鮮さも手伝ってか、お客さんたちの評判はまずまずだった。

そもそも、なぜオープンカフェをはじめることになったのかというと——、わたしが萌香ちゃんにぽろりと漏らした、この何気ないひとことがきっかけだった。

「お店を工事しているあいだ、子どもたちが心配だなぁ……」

学校給食を食べられなくなる夏休みは、一年でいちばん「子ども食堂」のニーズが増える時期なのだ。

わたしのこの言葉を聞いた萌香ちゃんは、こめかみに人差し指を当てて、ほんの数秒、考えごとをする素振りを見せたと思ったら、すぐに妙案が浮かんだとばかりに目を輝かせた。

「ゆり子さん、いまは開放的な夏ですし、しかも、お店の裏庭の芝生が素敵ですから、オープンカフェを営業してはいかがでしょう？　子どもたちにも、常連さんたちにも喜ばれるかも知れませんよ」

「え、うちの庭で、オープンカフェ？」

「はい。毎日じゃなくて、天気のいい日限定で、ランチタイムから夕方までの数時間だけとか、ゆるい感じでいいと思うんです。学園祭のノリでやってみたら、きっと楽しいですよ」

　萌香ちゃんのアイデアに、わたしは内心で膝を打っていた。なぜなら、お店を工事しているといっても、厨房《ちゅうぼう》はいままでどおり使えるし、マスターもわたしも元気に働けるのだ。裏庭で営業すれば子どもたちも助かるうえに、収入ゼロが続いている我が家の家計の足しにもなる。

「萌香ちゃん、それ、面白いかも」

「ですよね！」

「でも、ちゃんと営業できるかな……」

　ぎりぎりのところで踏ん切りをつけられず、腕を組んだわたしを見て、萌香ちゃんは頬にえくぼを浮かべて首を横に振った。

「むしろ『ちゃんと』じゃない感じで営業するのがいいと思うんです。半分は遊びというか、夏休みの思い出作りくらいの気構えでやった方が、お客さんも子どもたちも気楽に楽しめると思うので」

「夏休みの思い出作りか……」

「はい。工事の期間、マスターとゆり子さんが楽しむための、お遊び企画というイメージです。もし、やってみて楽しめなかったら、さくっとやめちゃえばいいですし」

お遊び企画。やめてもいい——。

そういうのも、たまには悪くない気がする。

というわけで、わたしは、さっそくマスターに相談し、予想どおりふたつ返事でオーケーをもらえたのだった。

オープンカフェをやると決めてからの萌香ちゃんの行動は早かった。さっそく翌日、タカナシ工務店が毎年バーベキュー大会で使っているというアウトドア用のテーブル、チェア、パラソルのセットを持ってきて、それを裏庭に三つ並べてくれたのだ。わたしは、通りに面した駐車場の入り口に『裏庭オープンカフェ、はじめました』という手書きの看板を立ててみた。かき氷とアイスコーヒーのイラストも添えて。メールアドレスを知っている人たちには、一斉送信でお知らせをした。

事前にやったことと言えば、それだけだ。まさに「お遊び企画」そのものといった感じの営業形態だけれど、それでも、いざ、はじめてみると、情報を聞きつけた常連さんたちがぽつぽつと陣中見舞いに来てくれるのが嬉しかった。

ちょうどいまも、内藤さんがアイスコーヒーを飲みながら、「子ども食堂」のランチを食べにきたみゆちゃんと親しげに談笑している。ちなみに内藤さんは、密《ひそ》かに萌香ちゃんのことが気に入っていて、勝手に「俺のアイドル」なんて言っているし、みゆちゃんは、それこそ本物のアイドルを見るような目で反町さんを見ているのが面白い。

マスターの思いつきで、裏庭に並べた三つのテーブルには、それぞれ足元に蚊取り線香を置き、貸出用のうちわも用意した。さらに、夏休み気分を少しでも盛り上げるために、小型オーディオのスピーカーから『ビーチ・ボーイズ』を流してみた。すると、これがまた年配の常連さんたちに好評だった。

マスターは、工事中ゆえにエアコンの効かない厨房を担当し、わたしは炎天下のフロアを担当した。どちらも非常に暑いので、二人はTシャツにショートパンツを身に着け、しかも水で濡らしたフェイスタオルを首にかけたまま働いた。なんだか、そういうところもお気楽な学園祭みたいで、萌香ちゃんの言っていたとおり、マスターもわたしもこの新鮮な状況を楽しんでいるのだった。

お店の工事は、スタートしてから一週間が経ち、そろそろ終盤にさしかかっていた。

正直いうと、当初は「安かろう、悪かろう」になるのではないかと、ちょっぴり心配していたのだけれど、しかし、実際に工事がはじまってみると、それは完全にわたしの杞憂《きゆう》だった。使用する資材は決して安っぽくないし、阿久津さんと反町さんはもちろん、他社の業者さんたちも、皆とても丁寧な仕事をしてくれていたのだ。そして、連日その陣頭指揮に当たってくれているのが現場監督の萌香ちゃんだった。

とりわけ阿久津さんの仕事には目を見張るものがあった。たとえば、あの折れた桜の自然な枝のカーブと木肌の感触をそのまま生かしたドアの取っ手を造ってくれたり、ドアの入り口付近の床に、色の違う正方形の木の板をタイルのように並べることで、ナチュラルで洒落《しゃれ》たデザインに仕上げてくれたりするのだ。

「阿久津は人見知りですけど、ああ見えて、うちのエースなんです」

と、萌香ちゃんが手放しに褒めるだけあって、タカナシ工務店のホームページで紹介されていたあのセンスのいい施工例のほとんどに、阿久津さんのアイデアや技術が加えられているとのことだった。

やっぱり、人は見かけによらないんだね——。

マスターもわたしも、阿久津さんの仕事っぷりを見ながら、何度かこっそりそんな会話をしたものだった。

この日のオープンカフェには、合計十七人ものお客さんが来てくれた。そのうち「子ども食堂」のお客さんは、みゆちゃんをはじめ、小学四年生の修介《しゅうすけ》くん、五年生の千紗《ちさ》ちゃん、そして中学二年生の隼人《はやと》くんの四人だった。急場凌ぎではじめた「お遊び企画」にしては、まさに充分すぎる成果を得られた一日だったと思う。


やがて真夏の太陽がビルの向こうに消えて、蟬たちがおとなしくなると、わたしたちはオープンカフェを閉じ、タカナシ工務店のみんなとバーベキューの準備をはじめた。

いつもは車で来ているタカナシ工務店の三人も、今日はそれぞれ電車で来ていた。アルコールを飲む気満々なのだ。

準備が整う頃、東の空にいちばん星が瞬きはじめた。西の空はまだ透明感のある紫色だ。

わたしたちは、きんきんに冷えたビールをグラスに注《つ》ぎ合い、乾杯をした。

マスターと反町さんはバーベキューグリルに張り付いて、肉やら野菜やらをじゃんじゃん焼いてくれる。

「なんか、髭《ひげ》のマスターとワイルドな反町さんが並んでお肉を焼いてると、お二人とも、それが本職みたいに見えてきますね。似合いすぎです」

萌香ちゃんが笑いながら言うと、

「マジか。じゃあマスター、俺たち二人で新しいビジネスをはじめますか？」

と、すかさず反町さんがノッてくる。

「おっ、いいね。二人で転職するか。せっかく店を直してくれている人たちには申し訳ないけど」

マスターの台詞に笑い声がはじけた。

阿久津さんも、控えめながら微笑んでいる。

この感じ。なんだかしみじみいいなぁ、と思う。

工事の施工業者とその客との関係とは思えないような、平和で親しげな空気――。でも、きっと、この人たちとは、工事が終わったら元どおりの他人になってしまうのだ。そう思うと、喉を潤すビールがちょっぴり苦く感じる。

わたしはあえてきゅっと口角を上げてから、みんなにビールを注いでまわった。

夜空に月が顔を出すと、気温が少しずつ下がってきて、いくらか過ごしやすくなった。

時折、すうっと夏の夜風が吹き渡り、サルスベリの木から澄みやかな音色が聞こえてくる。

凜《りん》。

多少なりとも裏庭が涼しく感じられるようにと、萌香ちゃんが枝先に風鈴を吊るしてくれたのだ。

その風鈴は、萌香ちゃんのお母さんの私物だそうで、よく見ると、ちょっと風変わりな形をしていた。桔梗《ききょう》の花を逆さにしたように、縁に五つの山があるのだ。

凜。

心に沁み渡るような音色に惹《ひ》かれて、わたしは萌香ちゃんに訊ねた。

「ねえ、あの風鈴、どこで買えるのかな」

「ええと、たしか、どこかの海辺に風鈴を手作りしている工房があって、そこで直接買ったとか言ってた気がしますけど」

「そう」

「すみません、具体的な場所は聞いてなくて」

「あ、ううん、いいの」

「今度、ちゃんと聞いておきますね」

そう言って萌香ちゃんは、グラスのビールを飲み干した。

バーベキューをはじめて二時間ほど経った頃、阿久津さんが「あのぅ、私は、そろそろ……」と言って、先に帰っていった。なにやら自宅に帰ってやるべきことがあるとのことだったけれど、本当はこういう場があまり得意ではないのだろう。

阿久津さんが帰ったあとは、グリルの前でマスターと反町さんが好きな洋楽の話題で盛り上がり、テーブルに着いたわたしと萌香ちゃんは恋愛ネタで盛り上がっていた。

いま、萌香ちゃんには、二ヶ月前に友人の紹介で知り合って、ちょっといい感じになりつつある彼がいるという。

その彼は、大手食品メーカーに勤めていて、性格は温厚で、ちょっと少年っぽいところがあって、会社のサッカー部ではエースストライカーとして活躍していて、しかも、まあまあイケメンなのだそうだ。

「えー、すごいじゃん。萌香ちゃん可愛いし、モテそうだから、きっとお似合いなんだろうな」

わたしが手放しで褒めたら、萌香ちゃんは白ワインの入ったグラスを手にして、ちょっと困ったように首を振った。

「いいえ、そんな。まだ付き合ってないですし」

「でも、付き合うんでしょ？」

「うーん、正直、彼からアプローチをかけられていることには気づいているんですけど……」

「最後の一歩が踏み切れない感じ？」

「まあ、はい。そんな感じです」

「どうして？　条件は最高じゃない？」

「まあ、そうなんですけど……」

珍しく言い淀《よど》んでいる萌香ちゃんに、わたしは好奇心のままに質問を投げていた。

「温厚すぎて、性格が合わない、とか？」

「いいえ、そういうことでは……」

「え、じゃあ、どうして？」

すると萌香ちゃんは、手にしていたグラスをそっと置いて、ぽつりぽつりと言葉を選ぶように答えはじめた。

「前に一緒にご飯を食べてたときに、彼がぽろっと言ったんです。『俺、結婚しても子どもはいらない派なんだよね』って」

「ああ……」

「なんか、そこがどうにも引っかかって」

「萌香ちゃんは、子どもが欲しい？」

「まあ、はい」

「そっかぁ……」

わたしは無意識にため息を漏らしていた。

「萌香ちゃん、ちょっと重たい話になっちゃうんだけど――」

わたしは、そう前置きをしてから――ちょっぴりお酒の力も借りて――自分自身のことを萌香ちゃんに話しはじめた。高齢での妊娠と流産を経験して、絶望していたこと。でも、マスターがくれた「お母さんにはなれなくても、地域の子どもたちのママさんにはなれた」という言葉に救われたこと。そして、本当に子どもが欲しいなら、きっと産んだ方が後悔をしないだろうということと、そうは言っても、パートナーと二人で歩む人生にも、幸せな日々はちゃんとあるということ。

萌香ちゃんは、瞳《ひとみ》を潤ませながら聞いてくれた。しかも、聞きながら、あれこれ上手に質問をするので、わたしはうっかりマスターとの馴《な》れ初《そ》めや、『カフェレストラン・ミナミ』に救われていること、店名を付けたのはマスターの亡くなったお父さんだということ、さらには、マスターと出会う以前の恋人のことまでしゃべってしまったのだった。

女同士って、どうしてこうも「恋バナ」が絡むとブレーキが利かなくなってしまうのだろう。

ひととおりしゃべり終えたわたしは、振り返って急に恥ずかしくなってしまった。でも、萌香ちゃんが「ゆり子さんのお話を参考にして、彼とのこと、ちゃんと考えてみます」と言ってくれたので、多少なりとも恥をかいた甲斐《かい》はあったのかも知れない。

少しして、わたしはトイレに行きたくなった。

いったんお店のなかに入り、用を足してトイレを出ると、店内に萌香ちゃんが立っていた。

「あ、ごめんね。お待たせ。萌香ちゃんもトイレ?」

「いえ、そうじゃなくて」

そう言って、萌香ちゃんは、少し意味ありげな顔をした。

「え?」

「じつは、ちょっと、ゆり子さんだけにお話をしたいことがありまして……」

わたしだけに?

「それは、もちろん、いいけど……」

「さっきの恋バナとはちょっと質が違うお話なので、お店のなかでお話しさせて頂いてもいいですか?」

そう言って萌香ちゃんは、裏庭とつながっている裏口をちらりと見た。

「えっと、それって、マスターと反町さんには——」

「はい。聞かれたくない、内緒のお話なんです」

萌香ちゃんは、まっすぐにわたしを見ていた。だから、むしろ、すぐには返事ができなかった。

「もしかすると……」萌香ちゃんが続けた。「ゆり子さんの気分を害してしまうかも知れないんですけど」

「え——。どういう、こと？」

わたしは、わけが分からず、そう訊ねた。

「この話、ちょっと長くなっちゃうんですけど……」

長い時間、わたしたちだけが蒸し暑い店内にいるのは不自然すぎる。

「分かった。じゃあ、一緒にコンビニに買い出しに行くって言って、散歩しながら聞くっていうのは？」

「あ、はい。それがいいと思います」

ホッとした顔をした萌香ちゃんは、「ありがとうございます」と言って、ぺこりと頭を下げた。

マスターと反町さんに、散歩がてらコンビニに行くことを告げたわたしたちは、お店の前の通りに出て、歩道をゆっくりと歩き出した。

「なんか、すみません。こんな、面倒なことをさせてしまって」

「ううん。平気だよ。で、話って、なに？」

わたしは、わたしの気分を害するかも知れないという話——を促した。

「はい。ええと、どこから話そうかな……」

いつも、はきはきしゃべる萌香ちゃんが、言葉を選び兼ねているようだったので、わたしは助け舟を出してみた。

「お店の工事のこととか？」

「あ、それもあるんですけど……」

「けど？」

わたしたちが歩いている通りは、そのまままっすぐ行くとターミナル駅へと続いているので、夜になってもそこそこ人通りがある。だからわたしは、あえて車の通らない住宅街のなかを抜ける道へと萌香ちゃんを誘導した。すると、ようやく頭のなかで整理がついたらしい萌香ちゃんが口を開いた。

「じつは、最終的には、わたしからのお願いになっちゃうんですけど――」

そんな切り出し方ではじまった萌香ちゃんの話は、わたしが思っていた以上に長かった。しかも、それは伏線が張られたドラマのような内容だったから、わたしはもう驚きの連続で、さっきまでのほろ酔いもどこかに吹き飛んでしまった。

とはいえ、萌香ちゃんが心配するような、わたしの気分を害する類《たぐい》のものではなかったので、そこはホッとしたけれど。

「そういうわけですので――」最後に萌香ちゃんは、わたしへの「お願い」を口にした。

「ゆり子さん、このお願い、聞いて頂けますでしょうか？」

わたしは深くため息をついて、言った。

「ねえ、人生にそんなことってあるの？　嘘みたい……」

すると萌香ちゃんも、ちょっとしゃべり疲れたような小さな笑みを浮かべて頷いた。

「ですよね……。はじめは、わたしもびっくりしました」

閑静な住宅地のなかの細い道に、わたしたちの靴音が響き渡る。頭上には白い月が浮かんでいて、わたしたちの歩く速度に合わせてついてくる。

「萌香ちゃん」

「はい」

「最初から、そのつもりだったの？」

わたしは、声が刺々《とげとげ》しくならないよう心を砕きながら訊いた。

「いいえ。最初は、そこまで考えていませんでした」

「そっか。そうなんだ」

「でも、マスターとゆり子さんが本当にいい人だったので……」

いい人、か――。

褒められれば悪い気はしない。でも「いい人」って、正確にはどんな人のことなのかなぁ、なんて考えてしまう。たしかにマスターは、誰がどう見ても「いい人」だと思う。でも、わたしは、あまり自分に自信が持てていないのかも知れない。

ふわり、と湿った夏の夜風が吹いた。

どこかの家から、香ばしい醤油《しょうゆ》の匂いが漂ってきた。

「ねえ、萌香ちゃん」

「はい」

「わたしね、どう返事をしていいか、分からない」

「え……、やっぱり、気分を害し――」

「あ、違う。違うの。むしろその逆で、胸がいっぱいな感じ。マスターは、ほら、ああいう人だし、萌香ちゃんのことだって、わたしにこんな娘がいたらいいのになぁって思うくらいだもん」

「じゃあ、わたしからのお願い……」

「うん。いいよ。っていうか、むしろ、それは素敵なことだと思うし、わたしも楽しみかも」

「はあ……、よかった。ゆり子さん、ありがとうございます」

安堵した萌香ちゃんの頬に、可愛らしいえくぼが浮かんだ。

「じゃあ、これは、わたしと萌香ちゃんだけの」

「はい、秘密で」

頷き合ったわたしたちは、歩きながら軽くハイタッチを交わした。

そして、わたしは月を見上げた。
なんだか夢を見ているような不思議な気持ちだった。
このままコンビニに立ち寄って、みんなの分のアイスクリームを買って帰ろう――。
わたしは、夜空に向かって両手を突き上げると、思い切り伸びをした。

第五章

さよなら、そして……

心也

蝉《せみ》の声しかしなかった龍浦駅から、せわしなく人々が行き交う地元のターミナル駅に帰ってきた。

「戻ってきちゃったね」

夕花がぽつりと言う。

「うん。帰りは早かったな」

俺《おれ》たちはゆっくりと改札口に向かって歩いた。

ふと、視線を改札の先に送ると、待ち合わせだろうか、十人ほどの人たちが横並びに立っていた——、と思ったら。

「えっ」

俺は、無意識に声を出していた。横並びの人のなかに、父の姿があったのだ。

「あ、おじさん」夕花もすぐに気づいた。

父はTシャツにショートパンツというゆるい普段着で、足元はビーチサンダルだった。がっしりと腕を組み、やっと帰ってきたか、という感じで微笑《ほほえ》みながら俺たちを見ていた。

じつは今朝、俺は、父に心配をかけないよう、龍浦駅前のロータリーにある電話ボックスから電話をかけて、「これから電車に乗って帰るよ」とだけ伝えておいたのだ。そのとき父は、拍子抜けするほどあっさりした声色《こわいろ》で「そうか。で、何時くらいになるんだ?」と訊《き》いてきたので、おおよその時刻を伝えたのだけれど、まさか、駅まで迎えに来ているなんて……。

俺たちは混雑した改札を抜けた。

と、そのとき夕花が声を出した。

「お母さん……」

え? 俺は夕花の視線の先を追った。横並びの人たちのいちばん左に、大きなマスクと帽子で顔を隠した女性が立っていた。ここ何年か顔を合わせたことはなかったけれど、それは確かに夕花のお母さんだった。しかも、露出した両目の周囲が、ひと目でそれと分かるほどに腫《は》れていた。きっとあのマスクの下も、ひどいことになっているのだろう。

夕花が立ち止まり、俺も足を止めた。

　すると次の瞬間、誰《だれ》かが後ろから俺の肩に手を置いた。力強さを感じる、大きな手だった。

「風間心也くん？」

　ハッとして、俺は後ろを振り向いた。そこには見知らぬ男の顔があった。チノパンにポロシャツ姿の、三〇歳くらいの大男だった。

「えっと――」

　返事をする前に、夕花の方を見た。夕花もまた、見知らぬ男に背中を押され、顔を腫らしたお母さんの方へと連れていかれるところだった。

「ほらな、俺の息子、ちゃんと帰って来ただろ？」

　すぐそばで父の声がした。父は、俺の肩を摑《つか》んだ男に向かってそう言ったのだった。

「え……、なに、これ」

　状況が飲み込めないでいる俺に、父が言った。

「この人は警官だ」

「え――」

「昨日、夕花ちゃんのアパートの人が、喧嘩《けんか》をしてる人がいるって警察に通報したんだ。しかも、その現場から夕花ちゃんがいなくなっただろ？　それで警察は探してたんだよ。夜になって、うちに連絡が来たから、二人は明日には帰ってくるぞって教えてやったんだ。

な?」

最後の「な?」は、大柄な私服警官に向けた言葉だった。

私服警官は、やれやれといった顔で小さく頷《うなず》くと、「じゃあ、ちょっと話を聞かせてもらうからね」と俺の肩をぽんと叩《たた》いた。そして、北口の方へと背中を押された。

揺るぎない力で押されながら、俺は後ろを振り向いた。

夕花は、お母さんに手を引かれて、俺とは逆の南口へと連れていかれるところだった。

夕花もこちらを振り向いて、目が合った。

大丈夫だよ――。

そう伝えてやりたくて、俺は黙って深く頷いてみせた。夕花はちょっと不安げな目をしていたけれど、小さく頷き返してくれた。お母さんが夕花に何かを言うと、夕花は前を向いて歩き出した。

アディダスの帽子を後ろ前にかぶった夕花の、細くて頼りない後ろ姿が、ゆっくりと遠ざかっていく。

「夕花ちゃんは大丈夫だ。心配すんな」

父が、いつもの太い声でそう言った。

「うん……」

後ろ髪を引かれながら、俺も前を向いた。

まさか、この瞬間が、俺と夕花の永遠の別れになるなんて、このときの俺は一ミリだって考えていなかった。

北口を出てすぐのところにある交番で、俺は質問攻めにあった。でも、警官の口調はきついものではなく、むしろ、俺に同情してくれているような感じだった。

ここで嘘《うそ》をついても、夕花と俺にメリットはない。だから、すべて本当のことを話した。夕花の義父のことも、石村が身を挺《てい》して夕花を救ったことも、その後、どういう流れで龍浦に逃げて、ここに戻ってきたのかも。

聴取の終盤、交番の引き戸が開いて誰かが入ってきた。見ると、担任のヤジさんだった。ヤジさんは、ハンカチで額に浮いた汗を拭《ふ》き取りながら、警官と父に向かって頷くだけの挨拶《あいさつ》をした。そして、俺を見下ろして言った。

「先生いま、新井さんの聞き取りに付き添ってたんだ。昨日からのことは、ぜんぶ新井さんから聞いたよ」

「はい……」

「しかし、まあ、風間もいろいろあったみたいだけど、黙って遠くに行っちゃうのは、さすがに問題あるな。みんなに心配かけるだろう」

「すみません……」

とりあえず、俺はボソッと謝っておいた。

「あの、矢島先生、もうすぐ、こちらの聴取も終わりますんで」

警官にそう言われて、ヤジさんは口を閉じた。

聴取は、それから本当にすぐに終わった。父は俺の隣で腕を組んで座ったまま、最初から最後まで何も言わず、俺と警官とのやりとりを聞いていた。

エアコンの効いた交番から外に出た。駅前ロータリーは蒸し風呂《ぶろ》のような暑さだった。青空も、入道雲も、ビルも、アスファルトも、すべてがまぶしくて、俺は目を細めた。

ヤジさんは、「私は、これから学校に報告をしなければいけないので」と父に言うと、俺の肩をぽんと叩いて「あとで電話するからな」と頷いてみせた。そして、そのまま学校の方へと立ち去っていった。

二人きりになると、父は「ふう」と息を吐いて、太い声で俺の名を口にした。

「心也」

「ん?」

警察沙汰《ざた》になったわけだし、さすがに叱《しか》られるだろうな、と思って身構えていると、父はすっと手を振り上げた。

あっ、叩かれる。

そう思って目を閉じ、首をすくめたら……、ポン、と俺の頭に分厚い手が置かれた。そして、そのままゴシゴシと、ちょっと乱暴な感じで撫《な》でられた。

「お前、いろいろあったんだなぁ」

俺は、恐るおそる目を開けた。父はクスッと笑って手を戻した。

「父ちゃんな、警察からも、先生からも、ブーブー文句言われちまったけどよ、その間、ずーっとニヤニヤしてたんだ。そしたら、余計にブーブー文句言われちまってよ」

ニヤニヤって――。

「なんで、笑ってたの？」

「なんでって、そりゃ、お前のやってることが、いちいち格好いいからに決まってんだろ」

夕花のヒーローが、真夏の太陽の下でニカッと笑った。

「俺のこと、怒らないの？」

念のため、俺は訊いた。すると父は、笑みを残したまま眉《まゆ》を上げた。

「お前、男として、やるべきことをやったんだろ？」

「うん、まあ……」

「だったら、いいじゃねえか。逆に誇らしいわ」

「…………」

「なんだよ、褒《ほ》められてんのに、そんな深刻な顔すんな。腹減ってんだろ？　うちに帰って昼飯にしよう」

父は笑いながら俺の背中をそっと押した。俺は、押されるままに歩き出した。

夕花にもこんな父がいたら——、そう思って、俺は深呼吸をした。ため息を誤魔化したのだ。

「何か食いたいモンあるか？」

歩きながら父に訊かれたとき、俺は別のことを考えていた。今日、夕花は、あの家に帰るのだろうか。ご飯は食べられるのだろうか。そしてなにより、誰があの義父から夕花を守ってくれるのだろうか。

「ん？　心也、どうした？」

父の声に、俺はすぐに反応した。

「あ、えっと、肉が食べたい、かな……」

答えたとき、なぜか俺はふと思った。

こんなビルだらけの駅前でも、蟬は鳴いているんだな、と。


父と帰宅すると、店の引き戸に貼《は》り紙を見つけた。

本日は臨時休業と致します――。

達筆な景子さんの文字だった。

「今日、お店、休みにしたの？」

「まあな」

言いながら父は鍵《かぎ》を開けて、店のなかへと入っていった。俺もその後に続いた。

すぐに飯にするのかと思ったら、違った。

「心也は、ちょっと座っとけ」

そう言って父は、一人で二階へと消えてしまったのだ。言われるままに、俺はいつものカウンターに座って、ぼんやりと夕花のことを考えていた。

ほどなく父が戻ってきた。その手には、一冊のノートのようなものが握られていた。

「んじゃ、カツ丼《どん》を作るからよ、できるまでのあいだ、これでも読んどけや」

父はカウンターの上にそっとノートを置くと、そのまま厨房《ちゅうぼう》に入っていった。

「なに、これ？」

俺の前に置かれたのは、A5サイズのリング綴《と》じノートだった。表紙は薄茶色の厚紙で、お茶でもこぼしたのか、右下のあたりに淡くて小さなシミがある。

「日記だよ、母ちゃんの」

厨房に立った父が言った。

「え？」

驚いた俺は、表紙を見下ろした。そして、そっとめくってみた。紺色のボールペンで書かれた几帳面《きちょうめん》そうな文字が、一ページ目からびっしりと並んでいる。

「母ちゃん、入院中にこっそり書いてたんだ」

「えっ、そんなの――」

俺は、知らなかったけど。そう言いかけたとき、父が先に言った。

「心也には内緒にしてくれって、母ちゃんに言われてたんだよ」

「…………」

「でも、いまのお前になら、読ませてもいいかなっていう――、まあ、そこは俺の判断だな」

落ち着いた声でそう言って、父は調理をはじめた。

それから少しの間、俺は最初のページをぼんやりと眺め下ろしていた。そして、ようやくページをめくろうとしたとき、あるものに気づいて手を止めた。ページの真ん中あたりに、薄っぺらくて透明なプラスチックのようなものが挟まっていたのだ。

ん、栞《しおり》かな？

俺はそれが挟まっているページを開いてみた。

そして、息を飲んだ。

それは押し花にしてパウチされた、あの四つ葉のクローバーの栞だったのだ。

俺は、そっと栞を手に取った。

父に教えようかと思ったけれど、やめておいた。父はすでに知っているだろう。

母の四つ葉のクローバーは、四つある葉っぱのうちのひとつが小さくて、少し不格好だった。きっと母は、いちばん形のいい四つ葉を俺のものにして、自分はあえていびつなものを選んだに違いない。母には、そういうところがあったのだ。たとえば食べ物の美味《おい》しいところはいつだって俺にくれて、自分は残り物を幸せそうに食べていたし、暖かくて軽い布団を買ったなら、真っ先にそれを俺にかけ、自分は使い古しで寝ていた。子どもながらに、なんだか申し訳ないな、という気持ちになっていたのを、俺はよく覚えている。

四つ葉の栞を手にしたまま、俺はそれが挟まっていたページの日記を読みはじめた。

病院での検査のこと、古い友達が見舞いに来てくれたこと、抗がん剤の副作用がつらいこと、そして、俺が将来の夢を語っていたことなどが綴《つづ》られていた。当時の俺は、高校サッカーの全国大会で活躍したいと、母に切々と語っていたらしい。

そして、そのページの最後に、母の夢がしたためられていた。

『いろんな事情で、ご飯を食べられないでいる子どもたちが、無料で、安心して、美味しいご飯をお腹《なか》いっぱい食べられるサービスをやれたらいいな。そのためにも、お店をしっかり繁盛《はんじょう》させて——』

ノートに記された母の夢を最後まで読んだ。俺は、いったん顔を上げて父を見た。父は、黙々とカツ丼を作っていた。父に声をかける前に、俺にはひとつ大きく深呼吸する必要があった。

「あのさ――」

調理中の父は、手元に視線を落としたまま「ん？」と言った。

「うちの『こども飯』って、もともとは母さんの夢だったの？」

「まあな」父は顔を上げず、調理をしながら続けた。「母ちゃんが子どもだった頃《ころ》な、父親が交通事故で脊髄《せきずい》を損傷して、寝たきりになっちまったらしくてよ。で、それ以来、母親の細腕一本で育てられたらしいんだよ」

「え、じゃあ、父親の介護をしながら？」

「そうらしいな」

「貧乏……だったの？」

「ああ。子どもの頃《ころ》の母ちゃんは、いつもお腹を空《す》かしてたって言ってたよ。まあ、そういう生い立ちがあったから、母ちゃんはうちの店で『こども飯』をやりたかったんだろうなぁ」

俺は、次の言葉が出てこなくて、黙ったまま、母が書き残した紺色の文字を眺めていた。

厨房から、ジュワーッとカツを揚げる音が聞こえてくる。

「父ちゃんな、心也と違って、守ってやれなかったんだよ」

「え？」

俺はカウンター越しに父の横顔を見た。父は、油のなかのカツを穏やかな顔で見守っていた。

「お前は、夕花ちゃんを守っただろ？　でも、俺は、何もしてやれなかったんだ」

「………」

「母ちゃんが病気と闘っていたとき、俺は、治療費を稼がなくちゃなんねえから、この店を閉められなくてよ。そんで、まあ、結果的には、充分に看病をしてやれなかったんだ」

「でも、それは――」

俺は、何か言いたくて口を挟んだのだけれど、結局、続く言葉は出てこなかった。

「まあ、だからよ、せめて、母ちゃんがこっそりあたためてた夢くらいは、俺が代わりに叶《かな》えてやろうってな」

「それで、『こども飯』を？」

父はカツの揚がり具合を確かめながら「まあな」と照れ臭そうに頷いた。

俺は、少しいびつな四つ葉のクローバーをパウチの上からそっと撫でた。

「ねえ、父さん」

「ん？」

「この日記、ひと晩、借りてもいい？」

いまここで読んだら、きっと父の前で涙腺《るいせん》が緩んでしまう気がしたのだ。

「いいけど、大事に扱えよな。お前、雑なところがあっから」

「それ、父さんにだけは言われたくないんだけど」

俺の不平に、父は「ガハハ」と盛大に笑った。

「うっし。いい感じに揚がったぞ」

そう言って、父はカツを油から引き上げた。そして、そのまま卵とじへと取り掛かった。

「あのさ」

「ん？」

ガス台の方を向いた父の大きな背中に、俺は率直な疑問を投げかけた。

「この日記、どうして俺に見せる気になったの？」

父は、相変わらず俺の方を見ずに返事をする。

「さっき、改札の向こうから夕花ちゃんを連れて出てきたお前を見たときな、なかなかいい男になったじゃねえかって——、そう思ったんだ」

「それで、見せようと？」

「まあな」

「そんなことで、母さんとの約束を破っていいの？」

するとは父は、ようやくこっちを振り向いた。

「なんだ、お前、クソ真面目《まじめ》な奴《やつ》だなぁ」

「母さん、天国で怒ってるかもよ」

そう言った俺は、自分の頬《ほお》がずいぶんと緩んでいることに気づいていた。

「じゃあ、墓参りに行ったとき、墓石に向かって土下座でもしてやるか」

父は、いつものようにニカッと悪戯《いたずら》っぽく笑った。

「それがいいかもね」

「馬鹿。お前も、読んだんだから、同罪だぞ」

「はっ？」

「一緒に土下座しろよな」

笑いながら言った父は、ふたたび俺に背を向けた。

「なんで俺が同罪なんだよ」

父の笑い声と一緒に、美味しそうな匂《にお》いが漂ってきた。

俺は四つ葉のクローバーのパウチをノートの上に置いた。そして、そっとページを閉じた。

もうすぐ、最高に美味《うま》いカツ丼を食べられる。

夕花も食べに来ればいいのに。

考えながら、薄茶色の表紙を見詰めた。

その夜――、俺は、ふだんよりだいぶ早めに自室のベッドに潜り込んだ。部屋の電気は消し、枕元《まくらもと》の読書灯だけを点《つ》けて、母の残した日記を開いた。そして、最初のページから、じっくりと青いボールペンの文字を追っていった。

書きはじめの頃は、ほぼ毎日、日記は綴られていた。文字も丁寧で美しく、読みやすかった。それが、一日おきになり、二日おきになり、週に一～二度になった。後半にいけばいくほど、青い文字からは力が失われていき、最後の方は、読み取れないほどに文字がよれていた。

中盤からは『死』という文字がよく出てくるようになった。

『死んだらどうしよう』が『死にたくないな』になり、『絶対に死ねない！』が『やっぱり死ぬのかな……』になった。そして最後は『わたしが死んだ後は』と、力無い文字で書かれていた。

この日記にもっとも多く登場する単語は『心也』だった。

最後のページにも俺は登場したけれど、その内容はほとんど理解できなかった。文字がよれて読み取れないのだ。

唯一、しっかり読めたのは、

『心也がわたしを心配そうに見ていて、小さな手を』

という部分だけだった。

そして、その先に書かれた、この日記の「最後の一行」も、残念ながら読み取れなかった。

読了した俺は、無意識に「ふう」と、深いため息をついていた。

そっとページを閉じ、それを枕の横に置いた。

今夜は、このノートと一緒に眠ろう——。

そう決めて、仰向《あおむ》けになった。

目尻《めじり》からこぼれたしずくが耳に入ってくすぐったかった。

俺は自分に「一分ルール」を許可して、タオルケットをぎゅっと顔に押し当てた。


龍浦から帰ってきたあの日以来、夕花とは会えずにいた。

電話もなければ、「こども飯」を食べにも来ない。

さりげなく父や景子さんに訊《たず》ねてみたけれど、やはり夕花からの連絡はお店にも入っていないようだった。

八月に入ってから、こっそり俺の方から電話をしてみた。

あの義父が出たら——と思うと、受話器を持つ手が震えたけれど、でも、その電話の結果は、義父が出るよりもずっと悪いものだった。

おかけになった番号は、現在使われておりません——。

「嘘だろ……」

受話器から聞こえてくる無機質な女性の声を聞きながら、俺は声に出してつぶやいていた。

その三日後の夕方、ヤジさんから店に電話があった。

景子さんが、俺につないでくれたのだが、電話の内容は、なんとなく想像がついていた。

「新井のことだけどな、じつは先日、ご家族で引っ越されたんだよ。一緒に卒業できないのは残念だけどな」

ヤジさんの声の裏側には、問題のある生徒が引っ越してくれてホッとした、というオトナの本音が透けて見えた。

「そうですか……」

俺は、気の抜けた返事をした。

「風間ひとりじゃ、さすがに学級新聞作りは無理かな？」

「無理です」

短い返事なのに、声がかすれた。

「うん、まあ、仕方ないな。いまから新井の代役を探すのも難しいだろうから、うちのクラスは棄権ってことにするか」

「はい……」

と答えたとき、俺の夏休みが完全に終わった。

「じゃあ、次に会うのは新学期だな」

どうせ終わった夏休みだけれど、訊いておきたいことがあった。

「あ、あの――」

「ん、なんだ？」

「新井さん、あの後は、大丈夫だったんですか？」

「とくに問題があるとは聞いてないけどな。まあ、生徒の家庭事情までは、教師もなかなか首を突っ込めないから」

「そうですか……。あ、あと、石村は？」

これも、気になっていたことだ。

「石村は、まあ、怪我《けが》はしたけど、入院するとか、そういうレベルじゃないから大丈夫だろ。ただ、彼も、二学期からは転校することになるらしいな」

「え――」

どうして、と訊きそうになって、俺は口を閉じた。その理由は、俺がいちばんよく知っている。石村には、もう、学校内に仲間はいない。あのサバンナのライオンみたいに、はぐれ者になってしまったのだ。

「じゃあ、まあ、そういうことだから」

ヤジさんは、さっさと話を終わらせたがっているようだった。もう、面倒なことは忘れたいのかも知れない。

「はい」

「受験生なんだから、しっかり勉強しろよ」

「はい……」

「じゃあ、新学期にな」

ヤジさんとの乾いた通話は、それで終わった。

新学期は、気だるい感じでスタートした。

俺は、相変わらず左脚を引きずりながら、夕花と石村がいなくなった学校へと登校した。

二学期最初のホームルームがはじまり、ヤジさんが教壇に立った。斜め前の席に、夕花の丸まった背中がない。そのことに俺は、胃が痛くなるほどの違和感を覚えていた。

「はい、静かに。新学期早々だけど、みんなに報告があります」ヤジさんは、チラリと俺の方を見てから続けた。「新井夕花さんが、ご家族の都合で、急遽《きゅうきょ》、夏休みのあいだに引っ越しました」

教室のなかが、一気にざわついた。

俺は、なにげなく、クラスメイトたちの顔を見渡した。

夕花をいじめていた連中は、仲間同士で「えー、マジでぇ？」などと言い合いながらニヤニヤしていた。でも、よく見ると、その笑みは微妙に引きつっていて、少なからぬ罪悪感が見え隠れしているような気もした。

陰ながら夕花を助けていたという江南は、ぽかんと口を開けたまま、クラスで一人だけ固まっていた。親友だったはずの江南も、夕花が引っ越したことを知らなかったらしい。

「そういうわけで、残念ながら、うちのクラスは学級新聞コンクールを辞退することになりました」

ヤジさんが言って、教室はいっそう騒がしくなった。

「おお、心也、夕花が引っ越してくれてラッキーじゃん」

後ろの方から、青井の声が飛んできた。

俺は無視して、机の上で頬杖《ほおづえ》をついた。

ヤジさんの方を見ると、どうしても夕花の席が目に入ってしまうから、俺は窓の外を眺めることにした。

九月になっても、空はまだまだ夏だった。

抜けるようなブルーと、まぶしい銀色にふちどられた入道雲。

俺は、龍浦の空と海を想《おも》った。

すごいね、海の色——ブルートパーズみたい——すごくきれいな青い宝石なの——うちのお母さんがね、昔から大事にしてる指輪があるんだけど、それに付いてる石——。

透明な青い風のなかで、まぶしげに目を細めた夕花の横顔が脳裏《のうり》にちらつく。

ふわり。

教室のカーテンが風をはらんで揺れた――と思ったら、青空に浮かぶトンボのシルエットを見つけた。

陽光を透かして、きらきらと光る翅《はね》。

俺がため息をこぼしたとき、トンボはスーッと西の空へと飛んでいってしまった。

たった一匹だけで、見えないところへ消えてしまった。

ゆり子

工事の最終日は、あいにくの大雨だったけれど、予定どおり、夕方にはすべての作業が終了した。

萌香ちゃん、阿久津さん、反町さん、そしてマスターとわたしは、新しく生まれ変わったお店のなかでテーブルを囲み、アイスコーヒーで乾杯をした。

「なんか、これでお別れだと思うと、淋《さび》しいなぁ」

わたしが言うと、反町さんが「ちょっと、そういうの、やめて下さいよぉ」と眉をハの字にした。「俺、絶対にコーヒー飲みに来ますから」

「わたしも、絶対に来ます」

萌香ちゃんが頰にえくぼを浮かべて後に続いた。

「あの、私も……」と、控えめに言った阿久津さんは、続けて「すみません、ちょっと失礼します」と言って、店の裏口から外に出ていってしまった。

「雨降ってるのに、どうしたんだろう？」

マスターが裏口の方を見ていると、萌香ちゃんが「車に忘れ物でもしたんですかね」と首を傾《かし》げた。

阿久津さんは、ほどなく戻ってきた。両手に大きな木製の台を抱えて、えっちらおっちらと。

「えっ、どうしたの、阿久津さん」

言いながら反町さんが急いで近寄っていって、阿久津さんに手を貸した。そして、二人で運んできたその木製の台が、わたしとマスターの前にそっと置かれた。

「あの、じつは……」阿久津さんが、後頭部を搔《か》きながらしゃべり出した。「これ、レジ台のつもりで作らせて頂きまして……」

「え？」

「え？」

驚いたわたしとマスターは、ぴったり声が重なった。

「私からの記念のプレゼントと言いますか……、ええと、以前、マスターから頂いた、あの桜の丸太を素材にして作ったものでして」

恐縮したように背中を丸めた阿久津さんに、萌香ちゃんが声をかけた。

「もしかして、バーベキューの夜に、やることがあるって先に帰られたのって……」

すると阿久津さんは、もはや悪事でも発覚したというくらいにうつむいて、「はあ。申し訳ありませんでした」と、なぜか謝るのだった。

わたしはマスターを見た。涙腺のゆるいマスターは、ちょっと目を潤ませながら阿久津さんの肩に手を置いた。

「嬉《うれ》しいです。あの桜が、こんなに格好いいレジ台に生まれ変わるなんて。ありがとうございます」

わたしも隣で一緒に「ありがとうございます」と頭を下げた。

「いえ、あの……なんか、押し付けたみたいで。すみません」

「すみませんだなんて、そんな――」

わたしが言いかけると、阿久津さんはかぶせるように続けた。

「本当でしたら、木をしっかり乾燥させてから作るべきなんです。でないと、使っているうちに板が乾いて、反ってくることがあるんで。もし、そういう不都合が出ましたら、ご連絡を頂ければと。すぐに直しますので」

阿久津さんは、ゆっくり、訥々《とつとつ》としゃべった。そんな阿久津さんに、そこにいた全員が愛のある目を向けていたから、なんだか空気がとても和《なご》やかになった気がした。

「じゃあ、さっそく置かせて頂こうかな」

そう言って、マスターは反町さんの手を借りて、出入り口のドアの近くに手作りのレジ台を置いた。

「ドアの取っ手とデザインがリンクしてて素敵」

わたしが言うと、萌香ちゃんも「本当ですね」と嬉しそうに目を細めた。

それからしばらく五人でおしゃべりをしたあと、いよいよ阿久津さんと反町さんは帰ることになった。萌香ちゃんだけは、このあとマスターと支払いの件などを話すため、残ることになっていた。

わたしたちは傘をさして外に出た。

土砂降りのなか、資材やゴミを積んだトラックに乗り込んだ阿久津さんと反町さんは、何度も、何度も、こちらに頭を下げて、「本当に、また来ますんで」「ありがとうございました」と言いながら駐車場から出ていった。

わたしたちは、二人を乗せたトラックが見えなくなるまで見送った。

「はあ、行っちゃったね」

わたしがつぶやくと、マスターは隣でため息を漏らした。

「いい人たちだったなぁ……」

「そう言って頂けて、わたしも嬉しいです」

後ろから萌香ちゃんが、ちょっと明るめの声を出してくれた。

わたしたちは後ろ髪を引かれながらも、踵《きびす》を返して、店のなかへと戻った。

「萌香ちゃん、コーヒーもう一杯、飲む？」

「はい、マスター、頂きます」

「わたしも飲む」

「オッケー。エアコンも効いてるし、今度はホットを淹《い》れるよ」

そう言って、マスターは、あらためてコーヒーを落としはじめた。

いい香りのコーヒーが入ると、わたしたち三人は窓辺に近いテーブル席に着いて、しばらく談笑していた。

そして、ふと会話が途切れたとき、萌香ちゃんが、少し意味ありげな目でわたしを見たのが分かった。

いよいよ、本日のメインイベントのはじまりだ。

わたしはカップをそっとテーブルに戻して、萌香ちゃんの唇が開くのをじっと見ていた。

「あの、マスター」

「ん？」

「工事が終わってすぐで、ちょっと、アレなんですけど」

萌香ちゃんの台詞《せりふ》に、マスターはピンときたようだった。

「あ、うん、支払いの件だよね」

「はい」

「一括だよね。すぐに振り込むようにするから。ええと、どうしたらいいかな」

「はい、じつは、その件なんですけど――」

萌香ちゃんの台詞に違和感を覚えたマスターが、え？　という感じで小首を傾げた。

「お支払いはもう、済んでおりますので」

萌香ちゃんの唇が、小さく笑っている。

「………………」

意味が分からないマスターは、わたしを見た。

わたしも、ニンマリ笑っていた。

「え……」マスターはふたたび萌香ちゃんを見て、目をぱちくりさせた。「ごめん、よく分からないんだけど。ゆり子が振り込みをしてくれたってこと？」

「わたしは、してないよ」

「じゃあ――、え？　どういうこと？」

マスターが挙動不審になったところで、萌香ちゃんが種明かしをしはじめた。

「うちの社長が、出世払いをさせて頂きました」

「出世……払い？」

マスターがぽかんとしていると、さらに萌香ちゃんが続けた。

「遅くなりましたが、これがうちの社長の名刺です」

言いながら、萌香ちゃんはテーブルの上に桜色の名刺を置いて、それをマスターの方へと滑らせた。

その名刺を、ぽかんと見下ろしていたマスターの目が、パッと見開かれた。気づいたのだ。ついに。

「えっ」マスターはテーブルに両手をついて、顔を上げた。「これ――、もしかして……」

「この名前に、見覚えがありますか？」

萌香ちゃんの微笑みがふわっと大きくなった。

タカナシ工務店　代表取締役社長　高梨夕花
名刺には、そう書かれていた。

わたしは、驚いて声を失ったマスターの顔と、嬉しそうな萌香ちゃんの顔を順番に見ていた。

人生に起こりうる奇跡を、いま、まさに共有している二人の表情は、わたしの心までときめかせてくれていた。

「え、俺――、中三の夏休みに、義理の父親に暴力を振るわれてたクラスメイトの女の子を連れて、海辺の町に逃げたことがあるんだけど」驚きを隠せないマスターが、わたしに昔話をしはじめた。「しかも、それが警察沙汰になっちゃって――」

「知ってるよ、その話」

わたしは、ニヤリと笑いながら言った。

「え……、話したこと、あったっけ？」

「ないけど、知ってるの」

「……なんで？」

すると萌香ちゃんも楽しそうに目を細めて頷いた。

「そのお話、わたしも知ってます」

マスターとわたしは、萌香ちゃんをまっすぐに見た。

「じつは、うちの社長が、よく、それとそっくりな昔話をしてくれるので」

マスターは、テーブルの上の名刺を手に取った。そして、その名刺と萌香ちゃんの顔を何度も見比べはじめた。

「嘘だろ……。こんなことって……」

マスターの声が、わずかに震えていた。

「あるんだって」と、わたし。

「え？　ゆり子は、知ってたの？」

「もちろん」

当然という顔をしたら、マスターは桜色の名刺を持ったまま「うわぁ」と天を仰いだ。

「ホントかよ。ってことは、萌香ちゃんは、当然――」

「はい、最初から」

「ゆり子は、いつ知ったの？」

「バーベキューの夜。萌香ちゃんと二人で買い物に出かけたときにね、いろいろと教えてもらったの」

マスターは何度も首を横に振りながら「いやいやいやいやいや」と言い続けた。

「いやいや、まさか、こんなのって。信じられない。もう、誰も信じられない。なんで俺にだけ黙ってるわけ？」

「すみません。もしかすると、ゆり子さんの気分を害してしまうかも、と思って。で、念のため、先にゆり子さんにお話をさせて頂いたんです」

「わたしは、一ミリも害されなかったけどね。むしろ、こんな奇跡があるんだって、感動しちゃった」

わたしが言うと、マスターは気を落ち着けようとしたのだろう、大げさなくらいの深呼吸をした。

「ゆり子に気分を害されても困るよ。だって中学生の頃の――、えっと、三七年も前の話なんだから」マスターは自分でそう言ったあとに、あらためて、「そうか、あれって、もう三七年も前のことなのか……」と、勝手に感慨深そうな顔をするのだった。

「うちの社長も、この工事の受注が決まったとき、あれからもう三七年も経《た》つのねぇ……って、しみじみ言ってました」

するとマスターは、萌香ちゃんの顔をまじまじ見ながら言った。

「あのさ、萌香ちゃん」

「はい」

「もう、訊くまでもないと思うんだけど」

「はい」

「萌香ちゃんって、この人の……」

マスターは桜色の名刺を指差した。

すると萌香ちゃんは、椅子《いす》の上で座り直し、姿勢を正した。そして、頬にかわいらしいえくぼを浮かべて、明るく凜々《りり》しい声を出した。

「はい。あらためまして。わたくし、夕花の娘の、萌香です」

エピローグ

萌香

「ねえ、ちょっと緊張してるでしょ」

わたしは車を走らせながら、助手席のお母さんをちらりと見て言った。

「してる、かな？　やっぱり、してるように見えるよね？」

いつもより、ちょっとだけ着飾ったお母さんが、今日はいつも以上に可愛《かわい》く見える。

「見えるから言ってるんだよ。前にも言ったけど、ゆり子さんもすごくいい人だから大丈夫。自然体でいきなよ」

「うん……」

頷《うなず》いてすぐに大きなため息を漏らしたお母さんを見て、わたしはクスッと笑ってしまった。

夏のあいだに何度も通った『カフェレストラン・ミナミ』へと向かう道は、わりと空《す》いていた。工事を終えてから約半月が経《た》った今日、わたしは、ようやくお母さんをあの店に連れていける——と思うと、なんだか、わたしまで少し緊張してしまうのがおかしかった。

正直いえば、工事をしているときから、お母さんは何度も、顔を出すか、出さないか、迷いに迷っていた。でも、わたしが「ゆり子さんが、ぜひ、お母さんに会いたいって言ってくれたよ」と伝えたとき、お母さんは胸を撫《な》で下ろすような顔をしたのだった。きっと、そのとき、決心できたのだろう。やっぱり、女同士ってそういうところに気を遣うから。

「ねえ、お母さん」

「ん？」

「そういえばさ、あのカフェレストランにトラックが突っ込んだっていうニュースをテレビで観《み》たとき、どうして風間さんのお店だって分かったの？」

「どうしてって？」

「だって、お母さんが通ってた子どもの頃《ころ》は、古い大衆食堂だったんでしょ？」

「あ、うん。わたしもね、最初は気づかなかったんだけど、でも、お店の前に立派な桜の樹《き》があったおかげで店主の命が救われたってニュースキャスターが言ってたの。そのとき、折れた桜の映像が流れてて。それを見てピンときたの。交差点と坂道の感じと、桜の位置が、昔の記憶につながった感じ」

「折れた桜を見て――」

「そう。しかも、あの桜はね、心也くんのお母さんの『南さん《みなみ》』が、心也くんを産んだ年に植えた誕生記念樹なの。だから、心也くんはお母さんに守られたんだなって、そう思ったんだよね」

「あの桜、そうだったんだ。知らなかったよ、わたし」

そういえば、阿久津さんが桜の丸太を欲しがったとき、マスターは一瞬だけ躊躇《ちゅうちょ》していた。きっと、大切な記念樹を持っていかれることに抵抗を感じたのだろう。

「最初はね、わたしの知ってる大衆食堂じゃなくて、洒落《しゃれ》たカフェだったから、もしかすると経営者は知らない人になってるかもって思ったの。でも、お店の名前が『カフェレストラン・ミナミ』だっていうから――」

「あ、そっか」

「うん。確信したの」

「マスターのお母さんの名前が、店名になってるって」

「そう。絶対に、心也くんのお店だって」

信号が赤になり、わたしは車を停《と》めた。

お母さんは、さっきより少し穏やかな顔で前を見詰めていた。もしかすると、少女だった三七年前の思い出を見ているのかも知れない。

わたしのお母さんは苦労人だ。でも、あまり自分から昔話をする人ではない。もしかすると、つらかった過去を思い出したくないのかも知れない。とはいえ、娘のわたしは、ある程度までの生い立ちを、本人から聞いて知っていた。

義父に暴力を振るわれていた中学三年生の夏――、お母さんたちは鳥取砂丘の近くにある田舎町に引っ越した。そして、その引っ越しを契機に、お母さんの母親、つまり、わたしのおばあちゃんは離婚をして、お母さんを守った。その離婚した相手には生活力がなかったため、血のつながらない幸太おじさんのことも引き取り、一緒に育てたのだった。

鳥取では、お母さんもアルバイトをして家計を助けながら高校を卒業し、奨学金をもらって東京の有名大学に進んだ。大学を出たあとは建築会社に入り、そこで経験を積みながら得意の勉強にはげみ、一級建築士のライセンスを取って、独立。いよいよ子どもの頃からの夢だった工務店を立ち上げたのだった。

その頃、お母さんは、すでに結婚して「高梨」になっていたから、立ち上げた工務店の名前には「タカナシ」と銘打った。ちなみに、お父さんは建築とはまったく関係のない古典文学研究者で、お父さんとお母さんが出会った大学で、いまも教鞭《きょうべん》をとっている。性格はとことん温厚。わたしは生まれてから一度もお父さんの怒った顔を見たことがないし、夫婦喧嘩《げんか》も見たことがない。自他共に認めるおしどり夫婦なのだ。

「結婚をするなら、絶対に物静かで優しい人って決めてたの」と、以前、お母さんが言っていたことがあるけれど、それは、きっと、かつて虐待された義父のことがトラウマになっているからだと思う。でも、そのトラウマのおかげで、優しいお父さんと結婚できたのだとしたら、お母さんは人生を一発逆転させて幸せを摑《つか》んだ成功者だと思う。

「萌香、信号、青だよ」

助手席のお母さんの声に、わたしはハッとした。

「あ、うん」

急いでアクセルを踏む。

「どうしたの？　ぼうっとして」

「ごめん、ちょっと、考えごとしてた」

お母さんのことをね――、とわたしは胸裏《きょうり》で付け足した。

すると、どうやらお母さんも、自分の過去のことを考えていたようで、「あの街、もう、すっかり変わってるんだろうなぁ」と、ため息みたいにつぶやいた。

「そうだろうね」

「三七年だもんね……」

「ねえ、お母さん」

「ん？」

「どうして鳥取に引っ越したあと、マスターに連絡しなかったの？」

「だって、何も言わずに引っ越しちゃったんだもん。いまさら連絡できないって思うのが普通でしょ？」

「え、黙って引っ越しちゃったの？」

「うん……」

「なんで？」

「前に萌香には話したと思うけど、あの夏の逃避行は警察沙汰《ざた》になっちゃったのね。だから、もう、これ以上、心也くんをうちのことに巻き込んじゃいけないかなって……」

「えーっ、そんなのって、あり？」

「しょうがないじゃない。まだ子どもだったんだから」

「まあ、そうだけどさぁ。でも、切ないね、そういうお別れって」

「うん。切なかったなぁ……。学校に一人だけいた女友達にも、何も言わなかったんだよね」

「それって、友情が壊れちゃうパターンじゃない？」

「まあね。でもさ、誰《だれ》かに伝えて、誰かには伝えないっていうのも、なんだか後ろめたい感じがするなって思って。だから、いっそのこと誰にも言わずに、すっといなくなろうって思ったの。その方が、きっとすぐに忘れてもらえるかなって」

お母さんは、そこまで言って、また嘆息した。

「お母さん、切ないのはわかるけど、思い出してため息つきすぎ」

「あはは。だよね」

「せっかくマスターと再会できるんだから、いつもどおり明るい顔してよね」

「はいはい」

わたしはステアリングを切って、広いバイパス道路へと車を乗せた。ぐっとアクセルを踏み込み、速度を上げる。このバイパスを抜けて少し走れば、そこはもう、かつてお母さんが住んでいた街だ。

「ねえ、萌香」

「ん？」

「せっかく送ってもらって悪いんだけど……」

え、まさか、やっぱり会うのをやめるとか？

わたしは、「なに？」と短く言って、ちらりとお母さんを見た。お母さんも、わたしを見ていた。きれいな形の眉毛《まゆげ》が、困ったときのハの字になっていた。

「ごめん。やっぱり、わたし――」

「え、駄目《だめ》だよ、ここまで来て引き返すなんて」

「そうじゃなくて」

「え？」

「一人で行きたいなって」

「じゃあ、わたしは？」

「どこかで、待っててくれる？」

「えー、なんで？　そんなのって、あり？」

わたしは、あえて、ごねるフリをした。

「だって、昔の同級生と再会するシーンを、じつの娘に見られてると思うと、恥ずかしいんだもん」

お母さんは、首をすくめた。その仕草がなんだか少女っぽくて、わたしは笑ってしまった。きっと、わたしがいると、素直に昔に戻れないのだろう。

「わかったよ。じゃあ、お母さんを近くで降ろして、わたしは別の有名な喫茶店でお茶してるから」

「有名な喫茶店？」

「うん。お店のなかにお賽銭箱《さいせんばこ》があって、そこにお金を入れると、お店のママさんが何でも相談に乗ってくれるっていう噂《うわさ》の喫茶店なの」

「なにそれ、おもしろそう。お店の名前は？」

「昭和堂《しょうわどう》……だったかな。あのへんの名物喫茶らしいよ」

「あ、昭和堂って——なんか、そういう名前の喫茶店、あった気がする。駅前の商店街にあるお店じゃない？」

「あ、うん。たしか、そうだと思う」

「そっかぁ。あの商店街、懐かしいなぁ……」

お母さんの心がタイムスリップしたようなので、わたしはそれから少しのあいだ黙って運転をしてあげた。お母さんとマスターの再会のシーン、見たかったなぁ、と残念に思いながら。でも、まあ、いいかな、とも思う。わたしには、それ以外にも、とっておきの「お楽しみ」があるのだから。

夕花

三七年ぶりの街は、さすがに風景がガラリと変わっていた。

でも、心也くんと歩いた中学校へと続く坂道の風情《ふぜい》だけは、あまり変わらず残っていた。

その坂道のいちばん下に、いま、わたしは立っていた。

目の前に『カフェレストラン・ミナミ』がある。

萌香たちが心を込めて改修してくれただけあって、とても素敵な外装に仕上がっていた。

今日、わたしがここを訪れることは、心也くんにも、奥さんのゆり子さんにも知らせてはいない。だから、もし、心也くんがわたしだと気づかなかったら、ふつうのお客さんのふりをしてご飯を食べて、そのまま帰ってもいいのだ――。わたしは、そう思うことで、勇気を振り絞ることにした。情けないけれど、すでに脚が震えてしまっている。

あの桜の樹が生えていた場所を見ると、切り株だけが残っていた。かつて心也くんと一緒に食べたさくらんぼの甘酸っぱい味。次にさくらんぼがなったら食べに行くよって「約束」をしていたのに、結局は、食べられなかった。

そういえば、心也くん、「約束」するのは苦手だと言ってたっけ――。

わたしは一歩、お店の入り口のドアへと踏み出した。

そのドアには、桜の木肌を生かした洒落た取っ手がついていた。

幸太が手作りしたという取っ手だ。

ドアの上に視線を向けると、『カフェレストラン・ミナミ』と彫られた真新しい看板がかかっていた。それを見たわたしは、なんだかしみじみ嬉《うれ》しくなってしまった。看板には、四つ葉のクローバーがデザインされていたのだ。

いま、わたしのカバンのなかの財布には、パウチされた四つ葉のクローバーが入っている。三七年前、心也くんにこのお守りをもらってから、わたしの人生は一気に変わった。いい方へ、さらにいい方へと。だから、いまでもそれは大切な宝物だ。今日、もしも心也くんが返さなくてもいいと言ってくれたら、いつか萌香に引き継ごうと思っている。

わたしはひとつ深呼吸をした。そして、ドアを引いた。

コロン、コロン、と甘いドアベルが鳴った。

「いらっしゃい」

カウンターのなかから声をかけられた。

ひと目で分かった。

髭《ひげ》をたくわえた心也くん――。

わたしの心臓は、一拍だけスキップしたようになった。

「いらっしゃいませ」

やわらかな女性の声――、トレーを手にして微笑《ほほえ》んでいるこの女性が、ゆり子さんに違いない。

わたしは、口から飛び出しそうな心臓に気づかれないよう、平然とした顔で小さく会釈《えしやく》をした。

すぐ右手に、ドアの取っ手とデザインを合わせた桜材のレジ台があった。相変わらず幸太は、お客さんに喜ばれるいい仕事をするなぁ、と感心する。萌香の話では、心也くんはまだ阿久津という職人が、大人になった幸太だとは気づいていないらしい。照れ屋の幸太は、知らせなくていいよ、と言っていたけれど、もしも知ったら、心也くん、どんな顔をするかな――。

あれこれ考えながら、わたしは心也くんのいるカウンターの方へと歩いていった。緊張のあまり、ぎこちない歩き方になった気がするけれど、それはもう仕方がない。

カウンターは、さすがに食堂だった当時とはテイストが違うけれど――、でも、やっぱり、わたしが座るのは、厨房《ちゅうぼう》が見えるカウンターだ。

どきどきしながら椅子《いす》に座ったわたしに、「どうぞ」と、ゆり子さんが水とメニューを持ってきてくれた。

きれいな奥さんだなぁ、と思いながら「ありがとうございます」と言ったとき、ゆり子さんの目が見開かれた気がした。

バレたのかも知れない。わたしはよく萌香と似ていると言われるから。顔も、声も、そっくりだって。

ゆり子さんは、わたしを見たまま嬉しそうににっこり笑うと、「ごゆっくりどうぞ」とだけ言って、そのまま下がってくれた。わたしだと気づかないフリをしてくれたのかも知れない。

心也くんはというと、わたしの斜め右手に立って、真剣な顔でコーヒーをドリップしていた。あまり見ていると、不審に思われてしまいそうだから、わたしはメニューを開いて視線を落とした。

萌香に勧められている、代金にチャリティーが含まれた「ミナミブレンド」は飲むとして……。

食べ物のメニュー欄を眺めていたとき、わたしは思わず声を上げそうになった。あの頃、おじさんが食べさせてくれた「こども飯」のなかで、いちばん人気だった「裏メニュー」が、このお店では正式なメニューとして書かれていたのだ。

わたしは一も二もなく手を挙げて、こちらに近づいてきたゆり子さんに、そのメニューをオーダーした。

「はい、かしこまりました」

ゆり子さんは、確信を得た、という顔で、オーダーを心也くんに伝えた。

心也くんは、わたし以外の数人のお客さんのオーダーにも対応しているから、カウンターのわたしにはちっとも気づかなかった。

やがて、心也くんがフライパンを振りはじめた。ちょっとうつむいたその顔は、どこか微笑んでいるようにも見えて――、わたしは、かつてのわたしのヒーローだったおじさんの姿と重ねて見てしまった。そのおじさんがすでに他界していることは、萌香に聞いて知っている。

懐かしさと感謝が入り混じって、胸の浅いところが、じんじんと熱を帯びてきた。

わたしは、そっと深呼吸をした。

泣かない。いまは、まだ、泣いちゃ駄目――。

別の楽しいことを考えないと。

まもなく、心也くんが出来立てほやほやの料理をわたしの前に差し出してくれた。

「お待ちどおさまでした」

「あ、ありがとう、ございます……」

そのとき、一瞬だけ目が合った。でも、まだ気づかれていない。きっと、わたしがうつむき加減だったから。

お皿に添えられた割り箸《ばし》を手にした。

湯気の立つお皿から、にんにくとバターと醬油《しょうゆ》のいい匂《にお》いが立ち上ってくる。

そう、この香り……。

たっぷりのせた鰹節《かつおぶし》が、生き物みたいに揺れ動くのを、いつも幸太が不思議そうに見ていたっけ。

わたしは小声で、でも、思いっきり感謝の気持ちを込めて「いただきます」と言った。

そして、あの頃、大好きだった「バター醬油味の焼うどん」に割り箸を差し込んだ。

ひと口食べた刹那《せつな》、わたしは目を閉じてしまった。

あの頃と、まったく同じだ――。

長いこと胸の奥にしまい込んでいた記憶の糸が、するすると伸びて、あの頃とつながっていく。

閉じていた目を開けた。

すると、カウンター越しの正面に心也くんが立っていた。

心也くんは、不思議そうな顔をして、わたしを見ていた。

「これ、美味《おい》しいです……」

わたしは、必死に、微笑みながらそう言ったつもりなのに、泣き笑いになってしまった。

と、その瞬間、心也くんが口を開いた。

「え……、お客さん」

「はい」

「あ、えっと、その指輪についている石――」

「はい……」

わたしは、傍らにあったナプキンで涙をぬぐった。

「もしかして、ブルートパーズ、ですか？」

その単語を、心也くんの声で聞ける日がくるなんて。

わたしの記憶の糸は、きらめく龍浦の海へとつながった。

「はい。そうです」

「じゃあ、ええと、もしかして、大きなバルコニーのある家にお住まいですか？」

言いながら、心也くんの顔に、ゆっくりと笑みが咲きはじめた。

昔と変わらない、相手を包み込むような優しい笑み。

「はい。それが、中学生時代からの夢だったので」

「そうですか」

「はい」

「夢、叶《かな》えられて、よかったね――」

心也くんは、ため息のようにそう言った。

「うん」

頷いたわたしは、少し離れたところにいたゆり子さんを見た。ゆり子さんも、心也くんとよく似た感じの笑みを浮かべて、わたしに深く頷いてくれた。

ちゃんと許されている――。

わたしは、そう感じて、落涙《らくるい》しながらゆり子さんに微笑み返した。

「夕花先輩」

心也くんは、いきなりそんな呼び方をした。

「はい。心也部長」

そう返したら、心也くんがクスッと笑った。

「ちょっと、ゆり子」

心也くんは、ゆり子さんに手招きをした。ゆり子さんは、にこにこ顔で近づいてくると

「はじめまして」と言った。

「娘が、本当にお世話になりまして」

わたしが言うと、ゆり子さんが深々と頭を下げた。

「いいえ。むしろ、こちらこそ、本当に、ありえないほどお世話になりまして。ありがとうございます」

「あ、いえいえ、そんな」

わたしが両手を前に出していたら、心也くんが割り込んできた。

「人生で、いちばんびっくりしたよ。本当にありがとう」

心也くんも、カウンター越しに頭を下げた。

「もう、本当に、やめて。わたしは、心也くんのお父さんにお礼をしたかっただけだから」

この台詞《せりふ》の半分は嘘《うそ》じゃない。本当は、心也くんと、おじさん、二人へのお礼のつもりだけど。

わたしは話題を変えたくて、こう言った。

「このメニュー、残してくれたんだね」

「あ、うん。それ、俺《おれ》も大好きだったから」

亡くなったおじさんを思い出したのか、心也くんは少し淋《さび》しそうに微笑むと、「それより」と続けた。

「どうして、もっと早く来てくれなかったんだよ」

その質問を、わたしは予期していた。だから、ちゃんと、ふさわしい返事を用意していたのだ。

「だって、主役は、最後に登場するものでしょ？」

あの日、龍浦行きの電車で心也くんが口にした台詞だ。

一瞬、ぽかんとしかけた心也くんの顔に、じわりと確信めいた色が浮かんできた。そして、クスッと笑った。

「すごい。よくそんな細かいところまで覚えてるなぁ」

「心也くんも思い出せたってことは、覚えてたってことだよね」

「あのときの行きの電車のなかで――」

「そう」

「ねえ、二人でなに笑ってるの？　わたしにも教えて」

ゆり子さんも笑いながら言った。

「いいけど、いろいろあったから、話すと長いぞ」

「いいよ、今日は長くても。ね？　夕花さん」

わたしは「はい」と頷いた。話したいことは、たくさん、たくさん、あるから。

でも、いまは、話をする前に――。

「その前にさ」心也くんが、おじさんとよく似た声で、おじさんがよく口にしていた台詞を言った。「料理が冷めちゃうから、食べちゃいなよ」

「うん」

わたしは思い出の焼うどんを食べた。

うっかりすると涙腺《るいせん》が緩んでしまうから、途中で何度も深呼吸をはさみながら。

そして、あと少しで完食――というときに、背後でコロン、コロン、とドアベルが鳴った。

新しいお客さんが来たのかな。わたしはそう思って、箸を動かし続けていたけれど、なぜか心也くんもゆり子さんも「いらっしゃいませ」と言わなかった。不自然な空気を感じたわたしは、お皿から顔を上げた。

目の前で、心也くんが意味ありげに笑っていた。

「夕花、後ろを見てごらん」

「え？」

わたしは、言われるままに振り返った。

そして、思わず声を上げてしまった。

「えっ、萌香、幸太。なんで？」

わたしの声を聞いて、今度は心也くんが声を上げた。

「えっ、幸太？　えっ？　どういうこと？」

そうだった。まだ「阿久津」が、婿養子入りして苗字《みょうじ》が変わった幸太だということを、心也くんには伝えていないのだった。

あの桜で造られたレジ台の前に立っている、わたしの大切な二人。

幸太は、照れ臭そうに後頭部を搔《か》いていた。

萌香は、驚いているわたしたちを順番に見回して、ちょっと悪戯《いたずら》っぽく笑いながら言った。

「大好きな皆さんに、二人目のサプライズを連れてきました」

ぽかんとしている心也くんとゆり子さんを見て、わたしはクスッと笑った。

三七年という歳月が、きらめく青い風になって、いま、わたしの内側を吹き抜けていった。

本書は二〇二〇年六月に小社より単行本として刊行されました。

Haruki Bunko
ハルキ文庫

も 4-2

おいしくて泣《な》くとき

著者
森沢明夫《もりさわあきお》

2022年 5 月18日第一刷発行
2024年11月18日第六刷発行

発行者
角川春樹

発行所
株式会社角川春樹事務所
〒102-0074 東京都千代田区九段南2-1-30 イタリア文化会館

電話
03(3263)5247(編集)
03(3263)5881(営業)

印刷・製本
中央精版印刷株式会社

フォーマット・デザイン 芦澤泰偉
表紙イラストレーション 門坂 流

ISBN978-4-7584-4487-3 C0193 ©2022 Morisawa Akio Printed in Japan
http://www.kadokawaharuki.co.jp/[営業]
fanmail@kadokawaharuki.co.jp[編集] ご意見・ご感想をお寄せください。